KB183314

추월산

길라잡이

추월산 길라잡이

김덕령 장군
부인 흥양이씨의
지난한 삶

강성오 장편소설

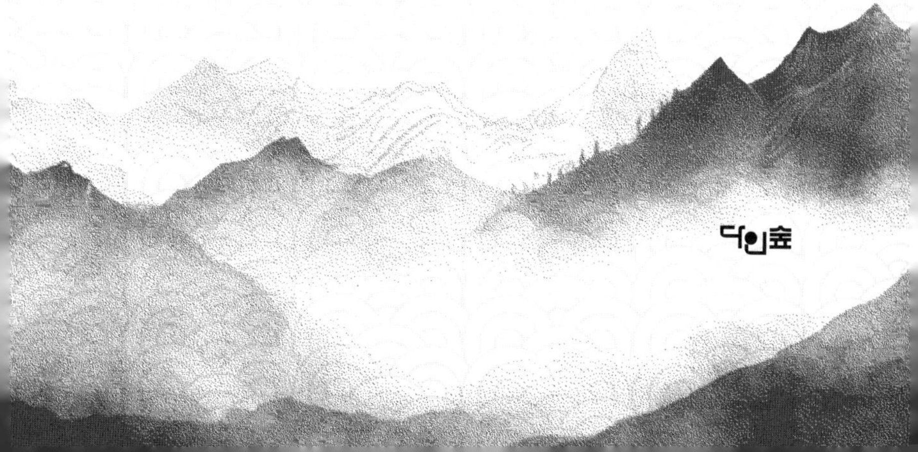

다인숲

⊙ — 차례

프롤로그

1596년에 요절한 김덕령 장군은 대역죄인이라는 이유로 한동안 선산으로 가지 못했다. 선산이 있었는데도 멀리 떨어진 금곡동 배재마을 뒷산에 안치되어 있었던 것이다. 그로부터 378년이 지난, 1974년 11월 19일 장군의 묘를 선산으로 이장했다. 이날, 장군의 생가 마을인 성촌마을(현, 성안마을) 주민 몇 분과 파는 다르지만 광산 김 씨의 후손 몇 분이 이장을 거들었다. 그때 이장에 참여했던 분이 증언했다. 장군의 몸과 머리가 분리된 흔적이 있었다고. 그는 지금도 성안마을에 살고 있다.

⊙ - 1593년 8월

1593년 8월

　심상치 않은 소리에, 신경을 곤두세우고 귀를 기울였다. 소리는 점점 가까워지고 있었다. 능주는 석굴에 등잔불을 밝혀놓고 자다, 번쩍 눈을 떴다. 등잔불이 석굴을 은은히 비추고 있었다. 바위틈에서 똑, 똑, 떨어지는 청아한 물소리가 들렸다. 밤새 물방울이 떨어지고 있었지만 자는 동안은 들리지 않았고, 시끄럽다고도 느껴지지 않았다. 그런데 낯선 소리가 들려온 것이다. 이 석굴에서 숱하게 밤을 보냈지만 처음이었다. 석굴 입구로 다가가 귀를 열어놓고 바깥 소리에 집중했다. 벌이 무리 지어 나는 소리가 들려왔다. 잘못 들었나? 다시 귀에 신경을 끌어 모으고 소리에 집중했다. 몇 번을 들어도 벌 떼의 날갯짓 소리가 틀림없었다.

밤에는 벌이 움직이지 않는 거라고 알고 있었다. 벌통을 이동할 때도, 저녁에 시작해서 동트기 전까지 끝내는 게 일반적이었다. 아직 동도 트지 않았는데, 한두 마리도 아니고 벌이 떼를 지어 이동하다니. 감때사나운 장수말벌의 날갯짓 소리는 아니었다. 꿀벌 소리가 분명했다. 벌 떼가 수십 마리인지, 수백 마리인지 판단하기는 어려웠다. 다만 벌떼가 급하게 이동하고 있다는 느낌이 강했다. 분봉할 때 떼 지어 이동할 수는 있다. 그렇다 해도 밤에 이동하지는 않는다. 미물일지라도 위험을 감지하면 본능적으로 대피하기 마련이니, 벌이 위험에 직면한 듯했다.

불길한 예감이 온몸을 구석구석 휘젓고 다녔다. 불이 났을지도 몰랐다. 불이 났다면 능주도 석굴을 빠져나가 안전한 곳으로 대피해야 했다. 능주는 평소보다 일찍 눈을 뜬 탓에 몸이 묵지근해도 다시 눈을 붙이고 싶다는 생각은 들지 않았다. 무슨 일인지 바깥부터 살펴야 했다. 원인을 알아야 잠을 더 자든지 말든지 적절한 판단을 할 수 있을 것이다. 능주는 젖먹이 아이처럼 바닥을 기다시피 하여 동굴 밖으로 나갔다.

추월산에 짙은 어둠이 깔려 있었고, 사위는 고요했다. 산새나 풀벌레들도 모두 깊은 잠에 빠져 있었다. 밤늦게까지 울어대던

부엉이나, 여치, 쓰르라미 등의 소리가 들리지 않는 고즈넉한 산중 새벽이었다. 까만 하늘에 별이 빼곡하게 박혀 있었다. 여명에 밀리기 전에 마지막 힘을 쓰는 듯 영롱하기 그지없었다. 금방이라도 몸으로 쏟아질 것 같았다. 심상치 않은 벌 떼 소리를 듣지 않았다면, 아름다운 새벽이라고 느끼고, 영롱한 별을 보며 아내를 상상을 했을 것이다. 하지만 지금은 그렇게 한가하게 상상이나 하고 있을 시기가 아니다. 달은 보이지 않았다. 하현과 그믐달 사이의 포동포동한 낫 모양의 달을, 잠들기 전에 보고 잤는데 눈에 들어오지 않았다.

시야 확보가 잘 되는 바위에 올라섰다. 고개를 왼쪽 아래로 돌려 보리암부터 살폈다. 불이 났다면 암자일 가능성이 가장 높다고 생각해 먼저 살핀 것이다. 보리암의 실루엣이 희미하게 눈에 들어왔다. 낯익었다. 깊은 잠에 빠져 있는 듯 더없이 평온한 모습이었다. 법당이나 요사채에서는 가느다란 촛불 한 줄기마저 흘러나오지 않았다. 인시가 되어야 새벽 예불을 시작했고, 석굴에서 잘 때는 예불을 알리는 타종 소리를 듣고서야 자리에서 일어나 일과를 준비했다. 아직 인시가 한참 남은 모양인지, 타종과 새벽기도를 준비하려는 움직임조차 감지되지 않았다.

서른여 걸음을 이동해 비스듬히 솟은 바위 등에 올라섰다.

저 아래 보이는 미륵실 계곡으로 시선을 돌렸다. 매일 무속인들이 북적인 곳이었다. 추월산은 미륵부처님이 편안하게 누워 있는 형상이라 미륵실 계곡에서 기도하면 신통력이 높아지고, 집안은 안녕과 평화가 이어질 거라는 믿음 때문이었다. 미륵실 계곡은 자정이 훌쩍 넘을 때까지 곳곳에서 촛불이 일렁거렸다. 누군가가 끄지 않고 잠들었다면 초가 다 타서 불이 날 수도 있었다. 하지만 불꽃 하나 보이지 않았다. 이상한 움직임도 느껴지지 않았다. 행여나 이 시간까지 징이나 꽹과리를 두드리며 기도하는 무속인 때문에 벌 떼가 놀라서 이동했을까 싶어 미륵실 계곡으로 귀를 기울였다. 어떤 소리도 들려오지 않았다.

다시 자리를 이동해 산기슭이 한눈에 들어오는 바위에 올라섰다. 아련하게 보이는 구복마을에 이 새벽에 무슨 일이 일어났는지 샅샅이 훑었다. 마을은 그 어떤 일도 없다는 듯 납작 엎드려 잠에 취해 있었다. 안온한 전경이었다. 아니다. 왜적이 들이닥칠지도 모른다는 불안감 때문에 바짝 긴장하여 몸 사리고 있는지도 몰랐다. 그렇다면 마을 사람들도 깊이 잠들지 못하고 들려오는 소리에 신경을 집중하여 귀를 기울일 것이다. 능주는 낯선 소리에 흠칫흠칫 놀라 자리에서 벌떡 일어나는 장면을 상상하고 도리질 쳤다. 아궁이에 불을 지폈다면 희미하나마 불빛이 보일 텐데 한 줄기도 보이지 않았다. 왜적 때문에 불빛을 감추어서가 아니라 아직 아침을 지을 시간이 아니기 때문이리라. 사방 어디를 둘러보아도 고요한 새벽이었다. 이 고요한 새벽에 왜 벌 떼가 급히 이동할까. 여우. 삵, 늑대, 멧돝 같은 짐승들의 습격이라도 받았단 말인가? 그건 아니지 싶었다. 짐승들이 야심한 밤에 벌집을 공격했다면 그동안 한 번쯤은 이런 경험을 했을 것이다. 짐승들이 굳이 오늘 이 시간까지 기다리지 않았을 것이다.

문득, 왜군의 정찰병이나 척후병일지도 모른다는 생각이 스쳤다.

1592년 4월에 왜군이 침략했다. 그로부터 3년이 지났고, 왜군을 물리치려고 1593년 12월 13일에 덕령이가 기병한지 2년 4개월을 넘어서고 있었다. 이후 명나라와 왜군이 강화협상을 벌이고 있었으나, 크고 작은 전투가 빈번하게 일어났다. 이순신 장군의 활약으로 해상으로 군량미를 수송하려던 왜군이 심대한 타격을 받아, 군량미 부족을 해결하기 위해 곡창지대인 전라도를 호시탐탐 노리고 있다고 했다. 여기까지 능주가 들은 소문이었다. 지금까지는 왜군이 추월산을 넘지 않았지만, 언제 추월산을 넘을지 몰랐다. 공격하려고 척후병을 미리 파견했는지도 몰랐다.

능주는 수상한 움직임을 포착하려고 바위 등걸 뒤에 몸을 숨기고 발아래부터 범위를 넓혀가며 톺아보았다. 그때였다. 추월바위 쪽에서 수상한 움직임이 눈에 들어왔다. 희끗한 물체였다. 분명 사람의 움직임이었다. 하얀 움직임은 잠깐 사라졌다, 나타나곤 했다. 때로는 빠르게 때로는 느릿느릿 움직였다. 하얀 움직임은 추월바위에서 굴바위 쪽으로 내려오는 중이었다. 움직임이 능주 쪽으로 점점 가까워졌다. 능주는 잔뜩 긴장한 채 그를 지켜보았다. 그는 허리를 숙여 바위틈을 살피고는, 자리를 이동해 다른 바위틈을 살폈다. 하얀 봇짐이 등에 있다는 것은 알 수 있지만, 어두운 탓에 무기를 들고 있는지 아닌지 파악이 되지 않았다.

그가 마흔 걸음 이내까지 가까워졌다. 그는 허리를 숙여 바위틈을 막대기로 쿡쿡, 쑤셔가며 이동했다. 그런 행동 때문에 벌이 놀라서 날아오른 듯했다.

"아니, 이게 누구다냐? 떡배 아녀?"

작달막한 키에 하얀 저고리를 입은 떡배가 방위 등걸 뒤에서 갑자기 튀어나온 능주를 보고 소스라치게 놀랐다. 마치 귀신을 만난 듯 다리에 힘이 풀려 털썩 주저앉고 말았다. 능주는 기척이라도 하고 얼굴을 드러낼 걸, 미안한 마음으로 떡배를 보았다. 처음 보았을 때는 포동포동한 돼지처럼 육중해 보였는데, 그 사이에 무슨 일이 있었는지 포동포동한 느낌은 하나도 들지 않

16

았다. 떡배가 맞는지 의심스러울 정도로 살이 빠져 있었다. 족히 스무 근은 빠진 듯했다. 자기를 놀래 킨 이가 능주임을 알고 나서야 떡배는 안도의 한숨을 길게 쉬고서, 십년감수했다고 했다. 능주는 손을 내밀어 떡배가 일어서는 것을 도왔다.

"마, 식겁했음니더! 그칸데 형은 이 시간에 웬일입니꺼? 아직도 석청 따러 다니십니꺼?"

반가움의 표시로 떡배가 능주 손을 힘껏 쥐며 말했다.

"석청이 사시사철 나오는 건 아니잖여? 아직도가 아니라 때죽꽃이 피면 어김없이 산에 오른당께. 그나저나 동상은 이 시간에 웬 일이여? 나는 도깨빈 줄 알았다니께."

능주는 때죽나무 꽃이 한참일 때가 석청을 따는 최적기라고 생각하고 있었다. 때죽나무 열매 껍질에 함유된 독성을 이용해 능주는 고기를 잡은 적이 있었다. 껍질을 짓찧어 물에 풀어 놓으면 물고기가 떠오르곤 했다. 빨래할 때 때죽나무 열매 껍질을 찧어서 비누처럼 사용한 적도 있었다. 이처럼 때죽에는 독성이 있지만 때죽나무 꿀은 생이 청정한 느낌이고 향도 좋다. 능주는 내심 때죽꿀이 단연 으뜸이라고 평가했다. 하지만 구하기 쉽지 않다. 때죽나무는 깊은 계곡이 아니면 군락을 형성하지 않고, 꽃도 보름 이상 피지 않는다. 때죽꽃이 피는 시기를 놓치면 잡꿀이 되

고 말 가능성이 크다. 추월산에 때죽나무 군락지가 있기에 때죽
나무 꽃이 필 때면 능주는 만사를 제쳐놓고 추월산에 오르곤 했
다.

"행님요? 도깨비고 나발이고 일단 목부터 좀 축여야겠슴더.
물 좀 없는교?"

얼마나 목이 탔는지, 떡배는 행여나 물을 가지고 있는지 능주
를 샅샅이 훑어보았다. 하지만 물이 없음을 알고 이내 포기하고
화재를 돌렸다.

둘이 반갑게 이야기를 나누는 동안 추월산에 여명이 밝아오
고 있었다. 떡배가 어떤 표정인지 알아볼 정도였다. 목이 말라서
일까. 떡배 얼굴에 짙은 그림자가 드리워져 있었다. 물을 찾아
산속을 헤매느라 기력을 잃었기 때문인지도 몰랐다. 물부터 먹
이고 이야기를 나누고 싶었다. 능주는 주위를 둘러보았다. '맹감
나무'라고 불리는 청미래덩굴이 눈에 들어왔다. 능주는 청미래
덩굴 옆으로 바투 다가가 넓고 단단한 이파리 두 개를 따서 저고
리 주머니에 넣었다. 그리고는 떡배 옆으로 다가와 떡배에게 따
라오라고 하고선 앞장서 걸었다. 떡배가 말없이 따라갔다.

"나 맹키로 납작 엎드려서 기어야 해. 먼저 들어갈 텐께, 불르
면 들어오소."

18

능주가 떡배를 굴바위 밑에 위치한 석굴로 인도하여 시범을 보이면서 안으로 기어들어갔다. 먼저 등잔불을 확인했다. 석굴에 익숙한 사람이라면 불을 켜지 않아도 능숙하게 들어올 수 있지만 처음이라면 바위에 머리를 부딪칠 수도 있고, 바위 틈 사이에 손을 헛짚어 부상당할 수도 있기 때문이었다. 등잔불은 그대로 켜져 있었다. 떡배는 능주가 보였던 시범을 곧잘 따라해, 등봇짐을 풀어 석굴 안으로 밀어 넣고 바닥을 기는 자세로 석굴 안으로 들어왔다.

"이렇게 넓은 공간이 있었읍니꺼? 여기서 살아도 되겠는데예?"

떡배가 눈을 휘둥그레 뜨고 말했다.

"식량이 없다 해도 물이 있는께 메칠은 버틸 수 있제. 동상, 목마르다 했제?"

능주는 주머니에서 청미래덩굴 이파리를 꺼냈다. 이파리를 원뿔 모양으로 만들어 움푹 들어간 바위에 고인 물을 정성스럽게 떠서 떡배에게 내밀었다. 떡배는 냉큼 받아 단숨에 물을 들이켰다. 떡배가 물을 마시는 동안, 능주는 다른 이파리에 물을 떠서 또 떡배에게 건넸다. 떡배가 연거푸 물을 마시고 나서 입을 열었다.

"이렇게 높은 바위틈에서 물이 나오다니. 정말 희한하네예? 형은 이 석굴을 어떻게 알았습니꺼?"

떡배가 입에서 턱 밑으로 흐르는 물을 소매로 훔치며 물었다.

"아마 내가 아홉 살 때였제? 하루는 아부지가 나보고 함꾼에 갈 디가 있다고 하등면. 그라고는 앞장서서 산에 올르셨제. 지게도 없이 산에 오른께 일하러 간 것은 아닌 줄 알었제. 그란디 아부지가 자주 뒤를 돌아봄서 누가 지켜보는 건 아닌지 조심하드랑께. 아부지가 그렇게 하신께 솔찬히 겁나등면. 행여나 나를 산에다 땡게불고 가지는 않을까 하고 말이여. …… 그건 아니었고, 이 석굴을 갈케줌시로 난이 일어나면 역서 피하라고 하등면. 그람시로 엎드려서 들어가야 한다고 시범까지 보였당께."

능주는 오래전에 돌아가신 아버지를 떠올렸다. 아버지가 이럴 때를 대비하여 알려주었단 말인가. 왜군이 쳐들어와 나라가 절체절명의 위기에 빠졌고, 간신히 전라도만 침략을 당하지 않고 있지만 언제 왜군을 맞닥뜨릴지 몰랐다. 그런 날이 오지 않기를 바라지만 만약 그런 날이 온다면 이 석굴로 몸을 피할 요량이었다.

"영감쟁이는 첨에 어떻게 알았는지 말해주던교?"

떡배는 이슬에 휘주근하게 젖은 저고리를 벗어, 두 손으로 비틀어 짜며 능주를 보았다.

"아부지가 석청이 어디 있는지 알아보러 댕기다가, 이 석굴에서 사람이 나오는 걸 우연히 봤다고 하대. 백발이 성성한 노인인디, 눈이 어찌나 깊고 맑은지 도인이라는 생각이 젤 먼첨 들었다등면. 왜 걱서 나요냐고 물은께, 산짐승을 피해 숨었다가 나오는 중이라고 했다등면. 그람시로 혹시 짐승한테 쫓기면 들어가서 피하라고 알려주었다등면. 마실 물도 있담시로."

떡배는 고개를 끄덕이며 들었다. 능주는 속으로 자신을 나무랐다. 떡배 부모님의 안부를 무엇보다 먼저 챙겨야 했다는 생각이 그제야 떠올랐다. 능주는 더 이상 석굴 이야기를 하고 싶지 않았다. 떡배에게 말한 거 외에 아는 것도 없었다. 능주가 떡배 부모님의 안부를 물으려는데 떡배가 먼저 입을 열었다.

"행님요? 여기 말고, 물을 마실 수 있는 다른 석굴도 있습니꺼?"

"이 정도면 충분한 거 아녀?"

"이번에는 사향 두 개를 가져가야 합니더. 두 마리를 잡으려면 바위틈에서 얼마나 묵을지 모르지 않겠습니꺼? 사향노루가 급경사 암벽지대에서만 산다는 거, 행님도 잘 안다 아입니꺼? 고놈들을 잡으려면 암벽지대에서 몸을 숨기고 적어도 두어 달은 기다려야 할 거 아입니꺼? 사향노루가 계곡으로 내려가 물을 마시지 않을 테니, 물이 나오는 곳을 알아두면 도움이 되지 않겠습니꺼? 지도 동물인데 목이 마를 때가 있지 않겠습니꺼? 오늘 보닌까니 사향노루만 물이 필요한 게 아이고, 내가 더 필요하겠데예."

떡배 말투와 표정에서 반드시 사향노루를 잡아야 한다는 결기가 느껴졌다. 저 정도 결기라면 사향노루 두 마리를 잡을 때까지 산에서 내려오지 않을 것 같았다. 그렇다면 물이 필수일 것이다. 능주는 물이 있는 곳을 손가락으로 가리키며 알려주었다. 떡배가 추월산 지형을 잘 몰라, 같은 말을 두세 번 반복해야 했다. 그래도 떡배가 다시 묻자 능주는 답답했다.

"오메, 징상스럽게도 말귀를 못 알어 묵네이? 하긴 낯선 지형인디 어련하겠는가? 내가 언제 데꼬댕길랑께 걱정 말게나."

산중이라도 물은 쉽게 구할 수 있지만 다른 먹거리가 걱정이었다. 산에 먹을거리가 지천이라 해도, 풀만 먹고 살 수야 없지 않은가. 짐승도 아닌데. 능주는 떡배 봇짐을 보았다. 하얀 보자기가 한껏 부풀어 있었다. 안에 무엇이 얼마나 들어있는지 알 수 없지만 사향노루를 잡을 때까지 묵새기기에는 아무래도 무리 같았다. 말이 두어 달이지, 암벽지대에서 보내야 할 시간이 훨씬 오래 갈지도 몰랐다. 능주는 떡배에게 봇짐을 풀어보라고 했다.

떡배가 눈을 크게 뜨고 왜냐고 반문했다. 부족한 게 무엇인지 알아야 가져다 줄 게 아닌가, 라고 하자 떡배가 지싯지싯 봇짐을 풀었다. 봇짐에서 나온 먹거리는 단출했다. 광목 주머니에는 두 되 정도의 보리가 들어 있었다. 떡배는 광목으로 꽁꽁 싸맨 작은 항아리 두 개의 뚜껑을 열고 비스듬히 세워 안을 보여 주었다. 하나에는 된장이, 하나에는 콩자반이 가득 들어 있었다. 그게 전부였다. 김치나, 깍두기는 보이지 않았다.

"사향을 갖고 가면 부모님이 풀려난다고 했잖애?"

능주는 의아한 시선으로 떡배를 보았다. 떡배는 임진년 4월 15일, 동래성에서 부모님과 함께 왜적에 맞서 싸웠다. 사력을 다했지만 허무하게 성이 함락되었다. 떡배 식구들은, 왜군의 총탄에 아군이 전멸하다시피 한 와중에도 살아남은 걸 다행이라고 생각했다. 하지만 채 숨을 고를 겨를도 없이 고행이 시작되었다. 성에 잔류한 왜군들의 노비로 전락했다. 허기진 배를 부여잡고 군수물자를 수송하고, 땔감을 해야 했고, 부상병의 대소변까지 받아냈다. 어찌나 고되고 힘든 일상인지 매일 매일 사람들이 죽어나갔다. 일부는 결박당한 채 일본으로 끌려가기도 했다. 노예로 살아갈 터였다. 이러다 식구들이 다 죽겠다 싶어 떡배는 방법을 찾았다. 대마도를 오가며 장사를 한 탓에 일본말을 할 수 있었는데, 그런 일본어 실력을 발휘했다. 전쟁이 나면 돈을 벌 수 있는 절호의 기회라고 여긴 장사치들이 군대를 따라다니며 장사하는 무리가 있다는 것을 알고 있었다. 떡배는 왜군을 따라 들어온 일본 상인 중 우두머리로 보이는 자를 찾아가 무릎을 꿇었다. 시키는 일은 뭐든지 할 수 있으니 제발 부모님을 풀어달라고 간청했다. 그때 우두머리가 조건을 내세웠다. 사향을 가져오면 부모님이 풀려날 수 있게 해 주겠다고.

"그랬지예. 그칸데 너무 늦게 가져왔다고 안 된다 캅디더."

떡배 목소리에 허탈함이 묻어났다.

"그랬어? 그라면 추월산으로 올 게 아니라, 근동에서 구할 걸 그랬나 벼."

능주는 안타까운 시선으로 떡배를 보았다.

"추월산으로 오고 싶어서 왔습니꺼? 그쪽은 죄다 전쟁터라, 언제 총에 맞을지도 모르는데 어떻게 산을 헤집고 다니겠습니꺼?"

능주는 고개를 주억거렸다.

"사향노루 서식지가 따로 있잖습니꺼? 지난번에 추월산에서 생향을 주웠다는 말도 참고했습니더! 봄이면 사향이 저절로 떨어진다카데예. 그래서 때를 맞춰 왔습니더!"

"그건 그라고. 사향 두 개를 가져가면 부모님은 풀려날 수 있 겠는가?"

"그건……."

떡배가 대답을 얼버무렸다. 능주는 한 번 속았는데, 그를 또 믿을 수 없다는 것으로 읽혀졌다. 어쨌든 떡배 부모가 살아있는 것 같아 다행이라고 생각했다. 떡배가 하루라도 빨리 사향 두 개 를 가져가 부모를 구할 수 있기를 바랐다.

"그란디, 그 상인은 사향을 어디에 쓸라고 그란다든가?"

떡배가 잠깐 대답을 망설이다 입을 열었다.

"왜나라 제5군 부대장 휘하에 주색을 밝힌 장수가 하나 있는 데, 사향이라면 사족을 못쓴답니더. 사향이 취음제라 카데예? 사 향 냄새를 맡으면 색기가 발동한답니더. 그래서 사향을 그 장수 에게 선물로 주고, 부모님을 풀어달라고 부탁할 거라 했습니더!"

"취음제로 쓴다고?"

자기도 모르게 능주의 말꼬리가 높아졌다. 난생처음 듣는 말 이었다. 사향이 막힌 기를 뚫어주는데 매우 효과적이라는 말은 들었다. 골수까지 약효가 파고들어가는, 신령스러운 영약이라고 했다. 효과는 좋지만 구하기 힘들어 꽤 비싼 값에 거래되는 것으 로 알고 있었다. 사향노루는 밤에만 먹이 활동을 하고, 암벽지대에서 서식하기에 잡기가 쉽지 않고, 3년 이상 자란 수컷에서만 생기므로 희소성이 있다고 했다. 약효가 넘치면 저절로 떨어지는데 그게 생향이었다. 그런 귀한 사향을 취음제로 사용한다는 말에 능주는 씁쓸하게 웃었다.

"그렇답니더."

떡배가 확신에 찬 표정을 지었다.

능주는 더 이상 말문을 열지 않았다. 사향노루 이야기에 기분만 잡쳤다. 능주는 떡배를 찬찬히 바라보았다. 까무잡한 얼굴에 근심이 잔뜩 묻어있었다. 아직 서른도 안 된 떡배가 마흔 줄은 훌쩍 넘어 보였다. 부모님이 포로로 붙잡혀 있어 마음고생이 컸거나, 여기까지 오느라 피로가 누적되어 늙어 보일 수도 있었다. 부모님 안부를 챙기면 떡배가 더 가슴아파할까 봐, 묻고 싶지만 입이 열리지 않았다. 능주는 떡배가 보고 들었거나 직접 겪은 왜란 이야기가 궁금했다.

"떡배 동상. 혹시 김덕령 장군께서 어떻코롬 지내고 계시는지 아는 것 좀 있는가?"

기실, 그게 가장 궁금한 정보였다. 장군 소식을 듣고는 있지만, 능주 귀에 들려오는 건 한참 전의 상황이었다. 진해와 고성을 방어하라는 임금의 명령을 받고 함양으로 입성했다는 소식은 장군의 함양 입성 엿새 후에 들었다. 진주에 둔전을 설치했다는 말은 보름 만에 들었다. 임금님에게 호피립과 이엄을 하사받았다는 소식은 닷새 만에 들었다. 좌의정 윤두수가 장군의 용력을 시험하려고 장군에게 거제도에 진을 치고 있는 왜군의 소탕령을 내렸는데, 장군은 윤두수의 계략이라고 판단하여 퇴각하고 말았다. 이에 윤두수의 미움을 받고 있다는 소식은 열흘 만에 들었다. 이처럼 소식을 듣는 것은 거리와 상관없었다. 소식이 발걸음을 따라오느냐, 말 등을 타고 오느냐에 따라 달랐고, 좋은 일이냐, 아니냐에 따라서도 차이가 났다. 뒤늦은 소식일지라도 궁금한 건 어쩔 수 없었다.

"여기까지 온 지 열이틀 걸렸으니, 보름 전이나 될 꺼구만요. 곽재우 장군님과 작전을 펴가, 왜적을 거의 섬멸했다 캅디더."

떡배가 자랑스레 말했다.

"그게 정말인가?"

능주가 들뜬 어조로 물었다.

"그렇다 아입니꺼? 그래서 김덕령 이름 석 자만 들어도 왜군들이 쩔쩔 맨다캅디더."

능주는 만세를 부르며 환호하고 싶었다. 장군님이 무사하다는 소식만으로도 기쁘기 그지없는데, 대단한 활약상까지 들으니 가슴이 벅차올랐다.

"그런 좋은 소식은 마님께 빨리 전해드려야 하지 않겠습니꺼? 인사도 드릴 겸 빨리 가입시더!"

떡배가 서둘러 석굴을 빠져나가려 했다. 능주는 왜 그 생각을 못했는지, 자신을 타박했다. 나이를 헛먹은 것 같았다.

"오매, 아씨가 오매불망 기다리는 소식일 텐디, 얼른 가서 전해드리세."

능주는 등잔불을 끄고 앞장서 석굴을 빠져나왔다. 단 일 초라도 빨리 알리고 싶었다. 능주를 따라 떡배도 석굴에서 나왔다.

세상이 하얗게 밝아오고 있었다. 추월산 식구들이 부산하게 아침을 맞았다. 산비둘기가 울어대고, 산새들이 흥겹게 장단을 맞추었다. 잔치라도 벌어진 것처럼 추월산이 왁자했다. 저 아래 구복마을에서는 연기가 모락모락 피어오르며 허공을 갈랐다. 아침을 여는 신호라도 되는 듯 연기가 집집마다 피어올랐다. 더없이 평온해 보였다. 지금 조선에 전쟁이 일어났는지 의심스러울 정도로 한가하고 여유로워 보였다. 이 시간이면 민경이도 자리에서 일어나 정화수를 떠놓고 넉령이의 무사함을 빌고 있을 것이다. 심한 고뿔에 걸려도, 집안에 대소사가 있어도, 하루도 정화수를 빼먹은 적 없는 민경이었다. 그런 민경이에게 기쁜 소식을 전해준다는 부푼 마음으로 능주는 가뿐하게 산을 내려갔다.

능주 뒤를 떡배가 헉헉거리며 따랐다.

⊙−1584년 3월

1584년 3월

보름달이 뜨면 민경이는 뒷문에 기대어 인경 오라버니와 오라버니 친구가 대련하는 소리에 귀를 기울이곤 했다. 그날도 어김없이 하늘에 보름달이 휘영청 떠올랐다.

"얍! 얍! 받아랏! 얍!"

귀를 기울이지 않아도 둘의 대련 소리가 창호를 뚫고 들어 왔다. 창호가 없으면 벽을 뚫고라도 들어올 것이었다. 한참 성장기 사내들의 함성은 호랑이의 포효 같았다. 둘의 대련은 해시에 시작해, 해시가 끝날 때까지 이어졌다. 밤이 깊을수록 대련 소리는 선명했다. 민경이는 오라버니 친구의 우렁차고, 박력 있는 목소리에 가슴이 울렁거렸다. 세상을 호령할만한 호쾌한 소리였다.

사람들은 오라버니를 지략을 겸비한 대장부라고들 했다. 하지만 오라버니의 목소리가 선비 같다면 친구 목소리는 장군 같았다. 아버지와 오라버니와는 결이 달랐다. 호방하고, 우렁찬 목소리였다.

대련을 끝내고 한참이 지나도, 민경이는 마음이 싱숭생숭해 좀처럼 잠들지 못했다. 만물이 소생하는 봄이, 만물만 소생한 게 아니고 민경이 마음에도 묘한 감정에 불을 지폈다. 자려고 눈을 감아도 오라버니 친구의 목소리가 귓가에 맴돌았다. 이런 감정은 처음이었다. 초경 때문일지도 몰랐다. 민경이는 어제부터 초경을 시작했다. 묘한 감정이 치솟고, 찜찜한 복통이 이어졌다. 이러다 죽겠다는 생각까지는 들지 않았지만 시들먹해진 건 사실이었다. 어머니는 열세 살 민경이에게 너도 이제 어른이 되어간다고 했다. 하지만 어른이 되어가는 느낌과 오라버니 친구의 목소리를 듣고 난 후의 느낌은 전혀 딴판이었다. 그의 목소리가 민경이 마음을 깊은 곳까지 헤집어 놓았다.

오라버니는 왜 친구 모습을 한 번도 보여주지 않을까. 왜 낮에는 부르지 않고 밤에만 친구를 부를까. 스쳐 지나가면서 자연스럽게 그를 볼 수 있는 기회마저 주지 않는 오라버니가 살짝 원망스러웠다. 올해 들어 세 번째 대련을 했지만 몇 년이 훌쩍 흘

러버린 것만 같았다. 대련 도중 서로의 이름을 불렀기에 오라버
니 친구 이름이 덕령이라는 것은 알고 있었다. 민경이는 덕령이
의 목소리를 듣는 그 순간부터, 시간이 조급하게 흐른다고 생각
했다. 어떨 때는 너무 더디게 가는 것도 같았다.

"오라버니, 덕령이란 친구 분은 누구셔요?"

덕령이 다녀간 지 3일 후, 주위에 가족이 없는 틈을 타서, 오
라버니 방에 들어가 살며시 물었다. 어떻게 그런 용기가 났는지,
참 당돌하다고 민경이는 스스로를 평가했다.

"백문이 불여일견이라 하지 않더냐? 조만간 한 번 데리고 올
까?"

오라버니 말에 민경이 얼굴이 연분홍빛으로 물들었다. 순간,
당돌함이 사라지고 입이 열리지 않았다.

"혹시 덕령이를 마음에 품고 있는 게냐?"

오라버니가 기분 나쁘지 않게 물었다. 친구를 데려온다는 것
도 고마운데, 얼굴이 상기되었다고 놀리지 않은 것도 고마웠다.
민경이는 자기 얼굴이 벌겋게 물들었음을 느끼고 있었다.

"에이, 오라버님도……."

민경이는 말끝을 흐리고 오라버니 방에서 나왔다. 뜨락에 개
나리가 화사하게 피어 있었다. 개나리를 보고는 있지만 꽃이 눈

에 들어오지 않았다. 오라버니가 말한 조만간이라는 말에서 헤어 나오지 못했다. 조만간이란 며칠 후를 말하는 걸까. 다음 보름달이 뜰 때를 말하는 걸까. 그 전을 말하는 걸까. 조만간이라 했으니 적어도 보름달이 뜨기 전에 그를 볼 수 있을 것 같았다. 심장이 싱그럽게 뛰었다.

저녁을 마치고 자리에 누웠다. 덕령이는 어떻게 생겼을까. 아무리 상상해도 모습이 그려지지 않았다. 그의 목소리만 귓전에 맴돌 뿐이었다. 글공부는 기본이고, 또래를 뛰어넘는 장사에, 말타기도 잘하고, 활도 잘 쏜다고 했다. 그에 대한 소문은 익히 들었지만 얼굴을 본 적은 없었다. 그의 목소리를 듣기 전에는 소문 따위에 그다지 귀를 기울이지 않았다. 하지만 직접 목소리를 듣고 난 후부터, 민경이는 심한 가슴앓이를 했다. 민경이는 당장 오라버니 방으로 들어가 내일이라도 덕령이를 데려오라고 말하고 싶었다. 하지만 행동으로 옮기지 못하고 끙끙 앓았다.

덕령이 만을 생각하며 나흘을 보냈다. 그 사이 바느질이며 뜨개질을 할 수 없었다. 그런데도 신열이 생길 것만 같았다.

"꿀 차 좀 내오지 않으련?"

오라버니가 민경이 방 앞에서 말했다. 하녀가 집에 있으니 하녀에게 시키면 될 일을 굳이 나에게 내오라 하시다니. 문득, 덕령이와 함께 왔을지도 모른다는 생각이 들었다. 민경이는 동경을 보며 옷매무새를 가다듬었다. 옷매무새를 가다듬는 손이 떨렸다. 간단히 얼굴을 단장하고 냉큼 문을 열고 나갔다. 오라버니 옆에 오라버니 또래의 남자가 서 있었다. 그동안 들었던 목소리와는 어울리지 않은 보통을 조금 넘는 체구였다. 민경이는 우렁우렁한 목소리의 덕령이가 거인일 거라고 짐작했다. 예상을 크게 벗어났다. 그럼에도 그가 덕령이라는 느낌이 확, 와 닿았다. 당당한 체구. 떡 벌어진 어깨는 결코 헛소문이 아니었음이 느껴졌다. 민경이 얼굴이 이내 상기되었다. 심장이 격하게 두방망이질을 했다. 덕령이가 상기된 민경이를 보고 빙그레 웃었다. 그 미소에 온몸이 녹아내린 듯했다. 서 있기조차 힘들 정도였다. 덕령이도 미소를 잃지 않고 민경이를 지그시 바라보았다.

열세 살 민경이. 능수버들을 연상케 하는 야리야리한 몸매에 보통 이상의 키. 희고 갸름한 얼굴에 잡티 하나 보이지 않았다. 반달 같은 눈썹은 숱처럼 진하고, 맑은 눈동자 때문인지 눈이 한없이 깊어 보였다. 오뚝한 콧날, 순백의 가지런한 치아, 적당히 도톰한 입술과 뚜렷한 이목구비는 근방에서 볼 수 없는 대단한 미모였다. 근동에서 제일가는 아이라고 침이 마르도록 인경이가 자랑했던 게 덕령이는 수긍이 갔다. 붉어진 얼굴을 보니, 감정을 숨기지 않은 천진함이 느껴졌다. 고개를 돌리지 않고 빤히 시선을 마주하는 민경이가 너무도 순수해 보였다. 백치미가 느껴질 정도였다.

민경이는 흥분된 마음으로 꿀차를 준비했다. 돌솥에 찻물을 끓이고, 숟가락으로 단지에서 꿀을 듬뿍 퍼서 찻잔에 넣었다. 꿀차를 처음 타는 거라서 얼마가 정량인지 알지 못했다. 그건 중요치 않았다. 그저 듬뿍 넣고 싶었다. 양이 많아야 맛있을 것 같았다. 다식도 접시에 가득 담았다. 분홍 오미자, 검정 흑임자, 하얀 녹말, 파란 청태, 노란 송화의 오색 다식을 색상이나 모양에 구애받지 않고 그저 수북하게 준비했다. 준비한 차를 오라버니 방에 넣어주고, 민경이는 자기 방으로 들어가 둘의 대화에 귀를 기울였다.

"지금까지 마셔본 차 중에 으뜸이로세."

덕령이가 호방하게 말했다.

"꿀차가 처음이라 그런 거 아닐까?"

"이 친구가. 나를 뭘로 보고. 정말 깊고 그윽한 맛이라니까! ……보통 꿀차가 아니지?"

"옳게 봤구먼. 석청이라 그런 맛이 났을 거야."

"석청이라고?"

"그렇다네."

"자주 마시고 싶은데 올 때마다 꿀차를 좀 줄 수 있겠나?"

민경이는 심장이 두근거렸다. 석청을 마시러 자주 올 것 같아서였고, 오라버니가 어떤 대답을 내놓을지 몰라서였다. 마음 같아서는 당장 오라버니 방으로 달려가 날마다 드릴 수 있다고 말하고 싶었다.

"생각나면 언제든지 달려오게나."

왜 이렇게 오라버니가 멋있게 느껴지는지 모르겠다.

"정말이지?"

"그렇다니까!"

민경이는 속으로 외쳤다. 오라버니 너무 멋지세요!

둘은 화제를 돌렸다. 덕령이는 이웃 마을에 소문난 장사와 씨름해서 이겼다고 했다. 자랑이라기보다 시간을 벌려는 것처럼 들렸다. 덕령이 속셈을 간파한 듯 오라버니는 무용담을 더 듣고 싶다면서, 민경이를 불러 꿀차를 더 내오라고 했다. 민경이는 둘의 대화에 푹 빠져 있다가, 오라버니가 부르는 소리에 자리에서 벌떡, 일어났다. 다기를 챙기러 오라버니 방으로 사뿐사뿐 들어갔다.

"민경아, 이 친구가 꿀차 맛이 으뜸이라는데, 꼭 꿀 맛 때문이 아닌 거 같거든? 꿀차를 마시러 자주 오겠다는데 올 때마다 좀 타 줄 수 있을까?"

민경이는 대답을 못하고 얼굴을 붉혔다.

"이 친구가 쓸데없이……."

덕령이가 오라버니에게 퉁을 놓았다.

"민경이를 보는 시선이 심상치 않던데, 내가 잘 못 봤는가?"

오라버니가 능청을 떨었다.

"동생 앞에서 지금 뭔 소리를 하는 겐가?"

"민경아, 이 친구 목소리 떨리는 거 너도 느꼈지? 이런 목소리 처음이다. 민경이 니가 싫지 않은 모양인데?

"내 목소리가 떨렸다고? 자네 귀에 이상이 있는 거 아냐?"

덕령이가 정색했다. 덕령이의 목소리는 이전보다 더 떨렸고, 당당한 체구와 우렁우렁한 목소리에 걸맞지 않게 얼굴에 수줍음도 묻어났다. 민경이는 그런 덕령이를 무한정 지켜보고 싶었다. 오라버니와 덕령이가 몇날 며칠이고 이야기를 나누었으면 좋겠다는 생각을 했다. 덕령이를 바라보는 것만으로도 가슴이 부풀었다. 덕령이에게 붙박은 시선을 거두기 싫지만 민경이는 차를 내와야 했다.

민경이는 다기를 챙겨 들고 뒷걸음으로 방을 빠져 나왔다. 나오면서 덕령이를 보니, 덕령이가 자기의 움직임 하나하나까지 지켜보고 있었다. 덕령이는 오라버니의 시선 따위는 의식하지 않았다. 오라버니도 별 다른 제지를 하지 않았다.

덕령이는 사흘이 멀다 하고 오라버니를 찾아왔다. 덕령이가 들어서면 오라버니는 책을 읽다 말고 마당으로 나가 덥석, 안으며 반겼다. 덕령이는 인사나 안부를 챙기고는 꿀차부터 찾았다. 꿀차의 유혹에 이끌려 발걸음이 저절로 이리로 향했다고 너스레를 떨었다. 덕령이가 다녀간 후로 민경이는 석청이 얼마나 있는지 살폈다. 한 뼘 높이의 백자 단지 두 개에 석청이 들어 있었다. 한 병은 가득 들어 있었고, 한 병은 절반가량 남아 있었다. 어쩌다 꿀차를 타기에 그 정도 양이면 집에서 족히 1년은 쓸 수 있었다. 그럼에도 턱없이 부족해 보였다. 석청을 듬뿍 떠서 차를 타면 몇 번 만에 동이 날 것만 같았다. 그걸 느끼면서도 민경이는 덕령이가 올 때마다 듬뿍듬뿍 석청을 퍼냈다.

석청은 아버지가 무엇보다 소중하게 여겼다. 아버지가 그렇게 여긴 탓에 누구 하나 함부로 꿀단지에 손을 대지 못했다. 가족 중 누가 고뿔이라도 걸려야 약으로 석청을 조금 내주었다. 정말로 귀한 손님이 오시면 말차 대신 꿀차를 대접했다. 석청에 마늘을 1년 이상 재워놓은 꿀차였다. 역한 마늘향이 스멀거려 민경이는 그때만큼은 아버지 근처에도 가지 않았다. 다른 식구도 그랬다. 그러니까 마늘을 재운 석청차를 드신 건 아주 귀한 손님이나 아버지뿐이었다. 그 차를 마시면 피로가 풀리고 정신이 맑아진다고 했다. 해서 집에는 순수한 석청 외에 마늘을 재운 석청이 따로 있었다. 석청은 말차 대신 음용한 차로 끝나지 않았다. 상비약이기도 했다.

인경 오라버니가 열두 살 때였다. 이글거리는 숯불로 막 교체한 화롯불 앞에서 인경 오라버니가 쭈그려 앉아 두 손을 쬐고 있었다. 아우 원경이가 깡충깡충 뛰며 놀다, 그만 중심을 잃고 인경이 등을 살짝 짚었다. 몸이 앞으로 쏠리자 인경이는 엉겁결에 화롯불에 손을 짚었다. 반사적으로 벌떡 일어선 인경이는 뜨겁다고 방방 뛰며 울부짖었다. 우는 소리에 방으로 황급히 뛰어 들어온 어머니가 인경을 손부터 보았다. 부드러운 인경이 손바닥 전체에 물집이 잡혀 있었다. 진물이 흐르기 직전이었다. 어머니는 인경이처럼 이성을 잃지 않고 침착하게 대응했다. 마늘 재운 식청을 손바닥 전체에 두툼하게 발랐다. 민간요법이었다. 그렇게 응급조치를 하고 의원을 불렀다. 의원은 화상의 열기를 빼려면 찬 성질의 오이가 필요하지만 겨울이라 오이가 없으니 뾰족

한 수가 없다고 했다. 눈이나 얼음으로 화기를 빼라고 했다. 의원 말처럼 간간히 얼음이나 눈으로 화기를 뺐지만, 어린 아이에게 그 차가운 것을 계속 잡고 있으라고 강제할 수는 없었다. 꿀로 꾸준히 치료하는 방법밖에 없었다. 꿀 때문인지, 마늘 때문인지, 아니면 자연치유가 되었는지 모르지만 인경 오라버니는 열흘 만에 화상에서 벗어났다. 미미한 흉터가 남았으나 신경 써서 보지 않으면 모를 정도였다. 그 후로 석청은 화상이나 크고 작은 부상을 대비한 상비약이 되기도 했다. 애들이 언제 또 부상을 당할지 모르기 때문에.

아버지는 고산지대에서 따온 석청을 으뜸으로 쳤다. 때죽 꽃이 피는 계절이 되면 아버지는 으레 하인을 산으로 올려 보냈다. 하인은 능주 아버지, 석만이였다. 고산지대까지는 거리가 있어 하루에 다녀올 수 없었다. 한번 오르면 이삼 일이 보통이었다. 식사대용으로 석만은 주먹밥이나, 감자, 생마 등 계절에 따라 나오는 먹거리를 챙겨 산에 올랐다. 아버지는 그럴 때마다 석만이에게 밀랍초를 건넸다. 밀랍초는 워낙 귀해서 제사 때만 켰다. 그 귀한 밀랍초를 선뜻 내주며, 석굴에서 잘 때 켜놓고 자라고 했다. 그래야 짐승들이 들어오지 못할 거랬다. 석만은 잠들기 전에는 모닥불을 피워 석굴의 온도를 높이고 짐승의 침입도 막았다. 밀랍초를 아끼고 아끼다 잠들기 전에야 불을 밝혔다. 그렇게 따온 석청에 마늘을 재웠다. 밀랍초를 선뜻 내 줄 정도로 아버지는 마늘 재운 석청을 좋아했다. 석청이 충분치 않으면 자기도 모르게 불안한 기색을 드러냈다.

덕령이가 집에 드나든 지 한 달쯤 지났을 것이다. 덕령이는 오라버니 방에서 오라버니와 오순도순 이야기를 나누고 있었다. 아버지가 덕령이 혼자만을 안방으로 불러들여 마늘을 재운 석청차를 내밀었다. 아버지는 기 흐름을 원활하게 하고, 피로 회복에 좋고, 정신도 맑아진다며 마시기를 권했다. 민경이는 냄새가 어떤지를 알기에 덕령이가 싫어할 것으로 생각했다.

"이 차가 그렇게 좋습니까? 그럼, 염치 불구하고 한번 맛을 보겠습니다."

냄새를 맡지 못한 것일까, 아버지 앞이라서 그런 것일까. 민경이는 덕령이의 반응이 의아했다.

"순수한 꿀차보다 훨씬 좋습니다. 제 입맛에 딱, 입니다. 딱!"

덕령이의 감탄 어린 목소리에 민경이는 다행이라고 생각했다. 아버지 앞이라서 하는 겉치레 말로 들리지 않았다.

"남들은 마늘 향 때문에 십중팔구는 인상을 찌푸리던데, 정말

괜찮은 건가?”

아버지가 점잖게 물었다.

“정말입니다. 기운이 불끈불끈 솟는 것 같습니다.”

민경이는 덕령이가 양팔을 올려 근육이 치솟는 움직임을 아버지께 보여주는 상상을 했다.

“자네 나이가 몇 인가?”

아버지가 지그시 물었다.

“인경이하고 같은 열여덟입니다.”

“그렇겠구먼.”

“……”

“작년에 향시에도 합격했으니, 이제 혼인도 해야겠지?”

“그래야지요.”

“인경이 말을 듣자 하니, 아직 정해진 배필은 없는 모양이더군.”

“꼭 그런 건 아닙니다만……”

“그런데?”

“정혼하고 싶은 규슈가 있습니다만, 제 혼자만의 생각일지 몰라 아직 말을 못 꺼내고 있습니다.”

덕령이가 조심스럽게 말했다.

"그랬구먼……. 자네한테 그런 소심한 면이 있었는지는 몰랐네. 매파라도 보내보지 그랬는가?"

"고민해보겠습니다. 아무튼 조만간 뜻을 내비칠 작정입니다."

몇 마디 더 나누고 덕령이가 안방에서 나왔다. 민경이는 가슴이 콩닥거렸다. 덕령이도 자기를 좋아하고 있었다는 사실에 주체할 수 없는 감정이 치솟았다. 가슴이 터질 것만 같았다. 덩실덩실 춤이라도 추고 싶었다.

하지만 덕령이가 마음에 둔 여인이 반드시 민경이라는 보장은 없었다. 향시에 합격한 이후, 매파들이 수도 없이 다녀갔고, 혼인 이야기가 오갔을 것이다. 덕령이가 마음에 두었다는 규수는 그 많은 대상자 중 어느 한 여인일지도 몰랐다. 더군다나 덕령이는 소문이 자자한 총각 아닌가. 힘 좋고, 말도 잘 타고, 활도 잘 쏘고, 효자에, 향시까지 합격했으니 혼인할 나이의 딸을 가진 부모라면 누구라도 탐낼만했다. 그런 생각이 들자 민경이는 갑자기 불안해졌다.

민경이는 방에서 문을 빼꼼히 열어 고개를 살짝 내밀고 덕령이가 집에서 나가는 것을 보았다. 평소의 당당한 모습은 느껴지지 않았다. 어깨도 처진 듯했다. 대문을 나서기 전에 살짝 뒤돌아보곤 했는데, 뒤도 돌아보지 않고 성큼성큼 걸었다. 다만 오라버니에게는 밝게 웃으며 손인사를 나누고 헤어졌다. 민경이는 덕령이의 뒷모습이 시야에서 완전히 사라질 때까지 문을 닫지 않고 지켜보았다.

덕령이는 그날 후 한동안 집에 발을 들여놓지 않았다. 꿀차를 마시고 싶다며 수시로 찾았는데, 나흘이 지나도록 그림자조차 보이지 않았다. 민경이는 덕령이가 올 때 내놓으려고 아버지가 애지중지 하는, 마늘 재운 석청까지 작은 단지에 몰래 담아 장롱 깊숙이 보관하고 있었다. 아버지가 이를 알고 불호령을 내릴지 몰라도 두렵다는 생각이 들지 않았다. 그보다 더 두렵고 불안한 건 덕령이가 발길을 뚝, 끊었다는 점이었다.

민경이는 수를 놓거나 바느질하며 바깥 소리에 귀를 기울였다. 정신이 팔려서인지 한 번도 찔리지 않았는데 바늘 끝에 손가락을 찔렸다. 민경이는 손가락을 천으로 감싸 지혈하면서, 장롱을 열어 단지가 무사히 잘 있는지 확인했다. 단지는 그 자리에 그대로 있었다.

보름달은 어김없이 산 능성이를 넘었다. 민경이는 문을 살짝 열어놓고 보름달을 바라보며 뒤뜰에 귀를 기울였다. 오라버니가 자기 방에서 나갔으니 덕령이와 함께 뒤뜰에 나타날지도 몰랐다. 아니, 오라버니가 덕령이를 데려오기를 바랐다. 보름달이 점점 중천에 가까워졌다. 밤이 깊어가는 이 시간이면 이미 오라버니가 와야 했다. 뒤뜰에서 얍, 얍, 소리를 지르며 대련해야 했다. 하지만 뒤뜰에서는 그 어떤 소리도 들려오지 않았다. 풀벌레 소리만 처량하게 들려올 뿐이었다. 이 시간까지 둘이 나타나지 않은 걸 보니, 덕령이가 마음에 둔 여인은 다른 사람은 듯했다. 뼈마디가 산산이 부서지는 느낌이었다. 눈물이 쏟아질 것 같았다. 간신히 참았다.

달빛이 교교히 집으로 흘러들었다. 덕령이를 그리워하는 여심을 달빛이 더욱 자극했다. 저절로 가슴에 두 손이 모아졌다. 다소곳하게 합장하고 보름달을 보았다. 덕령이 오라버니의 마음이 나에게 오도록 간절히 빌었다. 보름달 안에서 덕령이가 웃고 있었다. 덕령이 옆에서 인경 오라버니도 빙그레 웃고 있었다. 오라버니가 야속했다. 오라버니, 내 마음을 아시잖아요. 둘이 둘도 없는 단짝이라면서요? 어찌 단짝의 마음도 돌리지 못하시나요? 민경이는 오라버니에게만 하소연을 늘어놓았다. 덕령이에게는 그 어떤 하소연도, 덕령이가 아파할 그 어떤 말도, 하고 싶지 않았다. 민경이의 표정에 간절함이 점점 짙어졌다.

속절없이 시간만 흘렀다. 덧없이 흘러가는 시간을 야속해하면서도 은밀한 꿈은 포기하지 않았다. 덕령이와 함께하는.

민경이는 혼자 김칫국을 마시고 있는지도 모른다고 생각했다. 오라버니가 둘이 가시버시가 되기를 바라는 마음으로 덕령이를 집으로 데려왔을 것으로 짐작했다. 아버지가 덕령이에게 마늘 재운 석청차를 내주고, 그 차가 민경이 때문에 절반 이상 줄어들었다는 것을 알았을 텐데도 나무라지 않은 걸 보고 아버지도 내심 허락하고 있다고 판단했다. 그 정도는 말해주지 않아도 눈치 챌 수 있었다.

덕령이가 발길을 끊자, 아버지가 오라버니의 뜻을 거절했을지도 모른다고 생각했다. 오라버니는 아버지에게 오래전부터 덕령이와 민경이를 혼인시키면 어떻겠냐고 했다. 아버지는 바로 결정을 내리지 않았다. 가난은 둘째 치고라도, 기백이 너무 넘치고, 독선적이고 다혈질인 성격이 걸린다고 했다. 그런 덕령이에게 보내면, 민경이가 항용 기죽어 살지 모른다고 했다. 덕령이가 모난 성격이라 더 강한 자에게 돌이킬 수 없는 화를 당할지도 모른다는 걱정까지 했다. 굽힐 줄 모르는 강직함이 결코 나쁜 건 아니지만, 때에 따라서는 전략적으로 고개도 숙일 줄 알아야 하는데, 덕령이는 그렇게 하지 못하는 성격이라 우려된다는 것이 랬다. 하지만 오라버니가 민경이가 덕령이를 너무 좋아하고 있다고 하자 아버지는 입을 닫았다.

아버지는 민경이라면 껌뻑했다. 아버지는 말이나, 가마 같은 탈것을 관장하는 사복시의 첨정이었다. 아버지는 퇴청해서 사모 관복을 입은 채, 민경이를 가슴에 안고, 우리 공주님 잘 있었는가, 하고 민경이부터 챙겼다. 글공부까지 시켰으니, 아들을 선호하는 풍조와 대조적이었다. 아버지는 아무리 몸이 아파도 등청을 거르는 날이 없었다. 민경이가 고뿔에 걸리자, 자기가 아프다는 핑계로 등청을 하지 않고, 물수건으로 민경이의 이마를 훔치며 간호했다. 그렇게 애지중지 했던 민경이가 좋아한다는 단 한마디에 아버지는 그 어떤 말도 하지 않았다. 민경이는 아버지가 덕령이와 혼인하는 것을 반대하지 않고 있다고 느꼈다. 하지만 요즈막에 덕령이가 보이지 않자, 민경이는 아버지가 끝내 반대해서 그런 줄 알고 안절부절못했다.

아버지가 덕령이의 성격을 트집 잡았지만, 집안 때문에 반대했을지도 몰랐다. 아버지는 영감에 해당하는 종4품의 첨정이고, 덕령이 아버지는 가장 말단인 종9품의 참봉이었다. 품계에서만 열 단계나 차이가 났다. 대감 칭호를 듣는 아버지가 더 좋은 집안에 민경이를 출가시키고 싶었는지도 몰랐다. 그런 마음을 덕령이에게 전했는지도 몰랐다. 민경이는 애간장이 새까맣게 타들어갔다. 정말 아버지가 반대하셨을까. 날이 밝으면 아버지에게 그랬냐고 따져 물어야겠다고 생각했다. 그럼에도 불안감이 가시지 않았다. 자리에 앉을 수가 없었다. 방에서 오래도록 서성이며 바깥 소리에 귀를 기울였다.

대문 여는 소리에, 민경은 재빨리 문을 열어 밖을 보았다. 오라버니가 멀쩡한 걸음으로 들어오고 있었다. 늦은 시간까지 돌아오지 않기에 오라버니가 주막에나 들른 줄 알았다. 민경이의 마음을 너무나 잘 아는데, 덕령이가 외면하고 있기에 오라버니가 너무 속상해서 처음으로 주막에 갔으리라 짐작했다. 지금까지 오라버니는 주막이나 기방에 드나들지 않았다. 드나들었는지 몰라도 밤이 이슥해서야 집에 돌아오거나 비틀거리는 걸음으로 돌아온 적은 단 한 번도 없었다. 이번에도 역시 멀쩡한 걸음을 보니, 주막에 들른 것 같지는 않았다. 밀어를 나눌 여인이라도 생겼는지 몰랐다.

"왜 이제 오세요?"

민경이는 앵돌아진 표정으로 물었다.

"어? 안 자고 있었네. 들어가도 돼?"

방 앞에서 오라버니가 시치미를 뚝 떼고 말했다.

"제 마음을 잘 아시면서. 너무하세요."

덕령이 앞에서는 수줍음을 타지만, 오라버니 앞에서는 가식 없는 민경이었다. 오라버니가 방으로 들어와 자리를 잡고 앉았다. 민경이도 따라 앉았다. 오라버니가 이 시간에 민경이 방으로 들어온 건 처음이었다. 할 말이 없다면 굳이 들어오지 않았을 것이다. 민경이는 호기심과 기대감이 섞인 표정으로 오라버니를 뚫어지게 바라보았다.

"오다 보니, 누가 어귀에서 기다리던데, 네가 불렀냐?"

오라버니가 천연덕스럽게 물었다.

"그런 적 없는데, 누가 기다린다는 말이에요?"

민경이 마음은 이미 부풀어가고 있었다.

"그랬구나."

"누군데 그래요?

민경이는 오라버니를 재촉했다.

"밭뙈기 한 뼘도 없는 빈털터리에, 홀어머니까지 모셔야 하고, 하인이 한 명도 없는 그야말로 허우대만 멀쩡한 놈이더구나. 그래도 한 번 만나볼래? 그래서 요 며칠 말도 못하고 끙끙 앓았다더라."

오라버니가 말한 그가 누구인지 민경이는 바로 감이 왔다. 덕령이 아버지는 벼슬은 하고 있지만, 워낙 가난했다. 풍수가 명당으로 점찍은 자리를 사고 싶어도 돈이 없어 사지를 못해, 덕령이 아버지가 조상을 그 자리에 몰래 묻었다고 했다. 그랬던 덕령이 아버지가 덕령이 열네 살 때 돌아가셨으니 덕령이가 홀어머니와 살고 있는 건 당연했다. 민경이는 덕령이가 가난하다거나, 홀어머니를 모셔야 한다는 것은 귓등에도 들어오지 않았다. 하인이 없으면 자기가 밥 짓고, 하인처럼 일할 거라고 이미 작심하고 있었다. 덕령이와 함께라면 그보다 더한 일도 얼마든지 할 수 있다고 마음을 다잡고 있었다.

덕령이가 어귀에서 기다리고 있다는 말에 그동안 마음 졸였던 생각이 봇물처럼 터져, 인경은 오라버니 품에 안겨 엉엉 울고 말았다. 덕령이를 만나러 당장 뛰쳐나가고 싶은데, 그래야 하는데, 어인 일인지 울음이 먼저 터진 것이다. 북받치는 감정을 주체할 수 없어 민경이는 오라버니 품에서 그저 하염없이 눈물을 흘렸다.

◉-1593년 8월

◉

1593년 8월

　가을 문턱을 넘어서 저녁 공기가 쌀쌀했다. 추월산에는 산국화가 만발하여 눈을 돌리면 노란 산국이 활짝 웃으며 능주를 반겼다. 능주는 석청을 따려고 암벽지대를 향해 가고 있었다. 때죽꽃이 지고 나면 석청을 따지 않는데, 석청이 바닥났다고 민경이가 울상을 짓기에 어쩔 수 없이 집을 나섰다. 능주 아버지에게는 대감이 값비싼 밀랍초를 내주었으나, 민경이는 대감처럼 여유가 없었기에 능주는 밀랍초가 아닌 등잔불을 들고 산에 올랐다. 석청이 있다면 조금만 덜어갈 요량이었다. 능주가 덜어간 만큼을 벌이 산국화에서 보충하기 바라는 마음으로 갔지만, 점찍어 둔 자리에 벌도, 석청도 없었다. 누군가가 깡그리 훑어간 것이었다.

　실망과 허탈함에 능주는 편편한 바위에 퍼질러 앉아 심란한 마음을 달래고 있었다. 그때 떡배가 나타났다. 봇짐을 지고 산에 오른 떡배 표정이 너무 어두워 능주는 걱정 어린 어조로, 무슨 일로 추월산에 왔는지 물었다. 떡배는 사향노루를 잡으러 왔다고 했다. 사향을 가져가 포로로 잡힌 부모님을 구하려 한다고 했다. 사향이 워낙 귀한 약재로 알고 있던 터라 그럴 수 있겠다 싶었다. 다만 두 사람의 목숨과 바꿀 수 있을 정도로 귀한 것인지는 의문이었다. 아니면 왜군들이 포로의 몸값을 그 정도로 하찮게 보는 것인지도 몰랐다.

　영남지방 말투라 자연스럽게 어디서 왔는지 물었다. 부산에서 왔다고 했다. 사향노루가 귀하긴 해도 추월산에서만 서식하는 것도 아니고, 그 멀리서 왔다는 것이 의아했다. 능주가 의심에 찬 눈으로 바라보니 떡배가 간단하게 이유를 댔다. 하루라도 빨리 부모님을 구할 생각에 가까운 산으로 갈 생각이었는데 주요 길목 곳곳에서 전투가 벌어지고 있어 전장을 피하다보니 추월산까지 오게 되었다고 했다. 산꼭대기에서 봤는데 관군보다 의병이 많았다고 했다. 의병들은 매복해 있다가 왜군에게 기습 공격을 가했고, 공격은 낮보다 밤에 더 가열찼다고 했다. 왜군의 조총 소리를 난생처음 들었는데 심장이 멎을 것 같았다고 했다. 소리만으로도 공포심이 극에 달해 멀리 피할 수밖에 없었다는 것이다. 사향노루도 조총 소리에 놀라 멀리 달아났을 것 같다고 했다. 그렇게 전장을 피해, 사향노루가 서식할 만한 고산지대 암벽을 뒤지다보니 추월산까지 왔다고 했다. 사향노루를 잡을 때까지 산에서 잘 거라고 했다.

가을의 문턱을 넘어선 후라 밤 추위가 걱정이었다. 능주가 춥지 않겠냐고 묻자 떡배는 웃옷을 홀라당 벗어 양팔을 들어 올리고 아직은 한참 때라서 추위는 걱정 없다고 했다. 떡배가 추위를 걱정했다면 능주는 석굴을 알려줄 생각이었다. 산중에서의 밤은 모기나 각다귀 같은 벌레, 멧돼지나 곰 같은 야생동물보다 추위가 더 두려웠다. 여름까지는 석굴에서 자곤 했던 능주도 가을이면 어지간해서는 석굴에서 밤을 보내지 않았다. 그런데도 떡배가 산에서 밤을 보내려 한 것은 하루라도 빨리 사향노루를 잡기 위함이랬다. 사향을 가져가야 부모님이 풀려날 거라며 고된 산속 생활을 개의치 않게 여겼다.

떡배에게 감동한 능주는 나이를 밝히며 형 아우로 지내면 좋겠다고 했다. 떡배도 나이를 밝혔다. 능주보다 15살 적은 스물여섯이었다. 떡배가 산에서 사향노루를 잡겠다고 죽치고 있는

동안, 능주는 가끔 김치와 깍두기를 가져다주었다. 떡배는 사향
노루를 보기는 보았다고 했다. 올무를 만들어 암벽의 길목에 설
치해놓았지만 좀처럼 걸리지 않는다고 투덜거렸다. 못 쏘는 활
이 생각난다고 했다. 의병군으로 몰려, 왜군에게 공격을 받을까
봐 가져오지 않았는데, 후회된다고 했다. 능주는 활은 있으나마
나라고 위로했다. 사향노루가 민첩하고, 소리에 민감해서 화살
을 들고 사정거리까지 가기도 힘들 뿐만 아니라, 설령 화살로 맞
추었다고 해도 사향노루가 달아나는 곳이 사람들의 접근이 어려
운 절벽이라 찾기 어려울 거라며 어깨를 토닥였다. 떡배가 낙담
하는 표정을 짓자, 능주가 말을 이었다.

"함꾼에 어디 좀 댕게오까?"

"어딘데예?"

떡배가 어리둥절한 표정으로 물었다.

"시묘살이하는 초막이여."

"시묘살이 하는 데를 가자꼬예?"

떡배가 눈을 크게 떴다.

"내키지 않으면 가지 않아도 돼. 갔다 오는디만도 한 나절
이상 걸릴 텐께."

"왜 가는지 이유라도 알아야 가든지 말든지 할 거 아입니

꺼?"

능주는 속내를 말하고 싶었지만 꾹, 참았다. 기대가 크면 실망도 클 텐데, 자신의 예상이 맞아떨어질지 확신이 서지 않았다.

"헛걸음할 수도 있응께, 그냥 쉴란가?"

"그럴 거면 말이나 꺼내지 말던가요? 괜히 궁금하게 해놓고, 가지 말라고예?"

"동상 부모님 때문에 문득 떠오른 생각이긴 한디, 장담은 못 하겠구먼."

"혹시, 나에게 시묘살이 하는 방법을 알려 줄라고 그런깁니꺼?"

"떼끼, 이 사람아! 우리 같은 팔자에 시묘살이나 할 수 있겠는가? 그런 건 아닌께 알아서 하소."

능주는 떡배에게 선택권을 주었다.

"우리 부모님 때문이라는데 죽이 되든 밥이 되든 가야하지 않겠습니꺼?"

결국 떡배가 능주를 따라 나섰다. 능주는 무거운 표정으로 앞에서 걸었다. 괜한 짓거리를 하고 있는지 갈등이 일었다. 지금이라도 떡배를 되돌려 보내야 하는 건 아닌지. 여러 번 생각이 엉켰다. 하지만 기왕지사 내디딘 발걸음을 돌리고 싶지 않았다.

어쩌면 덕령이에 대한 믿음 때문인지도 몰랐다.

능주는 덕령이 어머니인 남평반 씨의 묘 앞에서 걸음을 멈추었다. 묘 옆에 두 개의 초막이 있었다. 아래 초막에는 남평반 씨의 차남인 김덕령이가 상주가 되어 시묘살이를 하고 있었고, 위의 작은 초막은 덕령이의 시중을 들기 위해 능주가 머물고 있었다.

능주는 아버지 때부터 이대록 대감의 집에서 일을 거든 사노였다. 사복시첨정을 지낸 대감은 부인 고성채 씨와의 사이에 2남 1녀를 두었는데 인경, 민경, 원경 순이었다. 세 자식 중 대감은 민경이를 유독 어여삐 여겼다. 그런 딸이 가난한 덕령이와 혼인하게 되자, 능주를 딸려 보냈다. 능주에게 민경이를 잘 돌보라고, 논 열 마지기를 선뜻 내주었다. 이례적이었다. 사노는 솔거노비와 외거노비로 갈렸다. 솔거노비는 주인집에서 기거하고, 외거노비는 따로 기거했다. 외거노비는 사유재산도 보유할 수 있었다. 능주는 솔거노비였다. 사유재산을 보유할 수 없다는 말이다. 그런데도 첨정께서 사유지를 보유할 수 있게 베푼 것이었다. 능주는 민경이에게 열과 성을 다할 수밖에 없었다.

민경이를 어려서부터 모시면서 아씨, 라고 불렀던 것이 습관으로 굳어버려 민경이가 혼인을 했음에도 좀처럼 마님이라는 말이 나오지 않았다. 민경이도 그냥, 아씨라고 마음 편히 부르라고 했다. 민경이는, 본인보다 남편인 덕령이의 안위에 더 신경 썼다. 어머니 묘에서 시묘살이를 하기로 하자, 여막 하나를 더 지어 능주에게 그곳에 머물면서 덕령이를 도우라고 했다. 여막은 아궁이에 불을 지펴 방을 따뜻하게 할 수 있지만, 밥을 지을 수는 없었다. 능주는 때가 되면 덕령이 집을 드나들며 민경이가 끓인 죽이나 민경이가 손수 지은 옷가지 등을 날랐다.

능주가 떡배와 함께 여막을 찾았을 때, 덕령이는 매형인 김응회와 여막 안에서 이야기 중이었다. 둘의 이야기는 능주 귀에 고스란히 들려왔다. 주로 김응회가 말하고 덕령이는 듣는 편이었다. 지금 변란으로 나라가 위급한데 처남도 나서야 하지 않겠는가? 김응회 말을 덕령이가 받았다. 마음이야 당장 달려가고 싶지만 보시다시피 저는 시묘살이 중이지 않습니까? 나라가 백척간두의 위기에 봉착했는데, 시묘살이가 중한가? 처남이 출전한다면 우리 빙모님께서도 말리지 않으실 거네. 병환 중에도 자네와 큰 처남의 봉기를 흔쾌히 허락하지 않으셨는가? 형님의 복수도 해야 하지 않겠는가? 김응회의 설득에 덕령이는 고민하겠다고 했다. 한참 설득하고서 김응회는 다음에 또 오겠다며 여막에서 나왔다. 사모관대 차림의 김응회가 목화를 신고 여막을 나서자 능주가 덕령이 여막 앞에서 말했다.

"나리, 잠시 드릴 말씀이 있사옵니다."

덕령이가 문을 열어 밖을 내다보았다. 능주보다 함께 온 떡배에게 눈길을 던지고 입을 열었다.

"옆에는 뉘신가?"

"이번 란으로 부모님이 왜군의 포로로 잡혀있는 떡배라는 자구먼요. 부산에서 여기까지 왔답니다요."

"부모님이 포로로 잡혔다고? 거기 그렇게 서 있지만 말고, 얼른 들어와서 자세하게 얘기 좀 해보게."

덕령이는 곧 방에서 나올 기세였다. 부모님이 포로로 잡혀있다는 말이 그의 효심을 자극했는지도 몰랐다. 능주는 떡배를 데리고 방으로 들어갔다. 그는 신분의 차이를 잊은 듯 떡배를 함부로 대하지 않았다. 가을이라 밖에 서 있을 때는 제법 따가운 날씨였지만 방에 들어서니 서늘한 기운이 느껴졌다. 덕령이는 상복 차림으로 방에 앉아 있었다. 덕령이가 궁금한 표정으로 떡배를 바라보자, 사향을 구하러 추월산까지 오게 된 이유까지 포함해서 능주가 떡배 사연을 요약해서 전했다. 덕령이는 혀를 끌끌거리며 듣다가 따뜻한 위로의 눈길을 건넸다.

"나리께서도 잘 아시다시피 사향노루를 잡는다는 게 여간 어려운 게 아니잖습니까요? 그래서 드리는 말씀인데요? 나리께서 사향을 좀 구해주시면 어떨까 해서요."

능주는 말을 마치고 고개를 푹 숙였다. 덕령이는 자주 사냥을 나갔기에 사향노루를 잡기 어렵다는 것을 누구보다 잘 알고 있을 터였다. 덕령이가 사향을 갖고 있지 않다는 것도 능주는 알고 있었다. 그래도 말을 꺼낸 건 덕령의 인품 때문이었다. 대인관계도 넓었고, 수완도 좋았다. 덕령이라면 어렵지 않게 사향을 구할 수 있을 것 같아 못 먹는 감 찔러나 본다는 심산으로 말을 꺼냈다. 그렇다고 생각 없이 꺼낸 말은 아니었다. 아무리 노비라지만 불혹이 넘었는데 기본적인 사리분별도 못하는 능주가 아니었다. 가난한 덕령이가 아픈 어머니의 병구완을 위해 한겨울 추위를 무릅쓰고 잡히지도 않는 고기를 낚으려고 포기하지 않고 날마다 물가에 서서 낚싯대를 드리운 것이나, 3년 시묘살이를 하려는 것 때문에 그 효심이 얼마나 대단한지 어렵지 않게 짐작이 갔다. 그 정도 효심에다, 남을 위해 발 벗고 나서는 호방한 성격이라 떡배 사연을 듣고 어떻게든 도움을 줄 것으로 보았다.

"가만있어라. 지난번에 누가 생향을 구했다는 말을 얼핏 들었는데, 기억이 나지 않구먼. 내가 알아볼 테니 그건 너무 걱정 말게."

능주는 속으로 그럼 그렇지, 하고 안도의 한숨을 내쉬었다. 잇속을 따지지 않고 발 벗고 나서려는 덕령이에게 경의를 표하려고 머리를 깊게 조아렸다. 어려운 일을 당하는 사람을 외면하지 않은 성격 때문일까, 아니면 생향의 가치를 몰라서일까. 생향이라고 뚜렷하게 말하는 걸 보니 덕령이가 생향의 가치를 모르고 말한 것 같지는 않았다.

사향은 3년 이상 자란 수컷의 음경 앞에 달린 주머니다. 사향노루는 사람이 함부로 접근할 수 없는 암벽지대에서 신선의 정기를 받으며 산다는 말이 있을 정도로 귀한 동물이다. 구하기 매우 어려워 어떤 이는 사향을 백 년 묵은 산삼이나 수십 년 묵은 백사보다 귀물로 여겼다. 사향은 생향, 제향, 심결향 세 종류인데, 겨울에 약효가 넘쳐나 봄에 저절로 떨어진 게 생향, 산채로 잡힌 사향노루에서 떼 낸 것이 제향, 저절로 죽은 사향노루에서 떼 낸 것이 심결향이다. 약효는 당연히 생향이 으뜸이라 생향을 가장 귀하게 여겼다.

석청을 따러 무등산에 오른 적이 있었다. 석청을 찾아 암벽지대를 탐색하는데 독특한 향이 콧속을 훅, 파고들었다. 신묘했다. 향이 어디에서 시작되는지 향을 따라 암벽을 기어 올라갔다. 기암괴석의 편편한 지점에서 탱자만한 작은 덩어리가 눈에 띄었다. 주워서 자세히 살피니 불투명한 막에 전체적으로 하얗고 노란 털이 나 있었다. 기다랗고 하얀 털도 몇 가닥 보였다. 처음 보는 물건이었다. 향이 고급스럽게 느껴져 심상치 않은 물건이라고 생각해 주인 나리인 첨정 대감에게 갖다 드렸다. 생향이랬다. 이렇게 귀한 생향을. 대감은 감격에 겨운 표정을 한참이나 지었다. 대감은 생향을 신줏단지나 되는 듯 소중히 다루며 향을 맡았다. 그리고는 다음날 임금에게 진상하겠다고 했다. 생향이 그렇게 귀한 것인 줄 그때 처음 알았다.

"말씀만이라도 감사합니다."

떡배도 덕령이에게 머리를 조아렸다.

해가 뉘엿뉘엿 저물어갈 무렵, 사모관대 차림의 두 명이 여막을 또 찾았다. 담양 부사 이경린과 장성 현감 이귀였다. 능주는 두 사람을 여막에서 몇 번 보았다. 올 때마다 덕령이에게 의병에 가담할 것을 권유했지만 확답을 듣지 못했다. 그런 탓에 그날도 어두운 표정으로 여막을 찾았다. 발길을 들이기는 했지만 그렇게 기대감이 어린 표정은 아니었다. 능주와 떡배는 여막 밖에서 기다렸다. 둘이 나가면 덕령이 본가로 가서 덕령이에게 드릴 저녁을 나를 참이었다. 둘이 여막 안으로 들어가자, 여느 때와 다르게 덕령이가 먼저 말문을 열었다.

"이야기하다가 잊어먹을지 모르니, 긴한 부탁을 먼저 드려야겠습니다."

점잖은 어조였다. 능주는 방 쪽으로 귀를 기울였다.

"무슨 부탁이시길래, 자리에 앉기도 전에 꺼내시온지요."

담양 부사의 목소리였다.

"들어오시면서 떡배를 보셨지요?"

"떡배라니요? 능주 옆에 있는 노를 말하는 겝니까?"

"그렇습니다. 부산에서 왔는데 이번 란으로 부모님이 왜군에 포로로 붙잡혀 있다합니다."

"오오 저런. 그런데요?"

담양 부사가 되물었다.

"사향을 구해오면 부모님을 풀어준다는 약조를 받았답니다. 그래서 드리는 말씀인데, 부사님께서 지난번에 사향을 구했다고 하지 않으셨습니까?"

"그랬습지요."

"지금도 소지하고 계시온지요?"

"워낙 귀한 약재라 요긴할 때 쓰려고 아직 손도 대지 않고 있습니다 그려."

"그걸 떡배에게 좀 내주실 수 없겠습니까?"

능주는 마른침을 삼키며 대답을 기다렸다. 고개를 살짝 돌려 떡배를 보니, 긴장하는 표정으로 서 있었다. 능주는 부사께서 사향을 내놓을지 반신반의했다. 아니, 오히려 내놓지 않을 거라는 마음이 컸다. 사향을 대감에게 드린 후에 사향의 약효에 대해 자세히 알게 되었다. 사향이 중풍 때문에 생긴 사지마비에 효과가 크다고 했다. 종기 같은 피부질환의 고름을 빨아내는 데도 쓰이고, 여자들의 유산이나 난산, 아이들의 경기에도 효과가 탁월하다고 했다. 중풍이나 아이들의 경기는 주위에서 흔히 일어나기에 상비약으로 보관할 거라고 생각해 떡배 모르게 고개를 가로저었다.

"생향이 얼마나 신령스러운 약재인지 모르고 하신 말씀은 아니지요?"

담양 부사의 말꼬리가 높아졌다.

"그걸 왜 모르겠사옵니까? 아무리 귀하고 신령스러운 약재라도 사람 목숨보다야 더하겠습니까?"

덕령이의 말꼬리도 높아졌다. 평소의 괄괄한 성격이 목소리에 그대로 묻어났다.

"어허, 이렇게 서서 그러지 마시고 앉아서 이야기하시지요."

장성 현감이 나섰다. 한동안 말이 들려오지 않았다. 아마도 자리를 잡고 앉느라 그러는 듯했다.

"병고가 생기지 않을 수 있고, 언제 병고가 생길지도 모르지 않습니까? 사향은 또 구하면 되지 않습니까? 하지만 떡배가 사향을 구하지 못하면 당장 부모님 목숨이 위태롭지 않겠습니까? 죽고 나면 돌이킬 방법이 없지 않겠습니까?"

덕령이의 높은 억양이 다시 흘러나왔다.

"맘처럼 그렇게 쉽게 구할 수 있다면 얼마나 좋겠습니까? 하지만 그렇게 쉽게 구할 수 있는 생향이 아니란 걸 모르지 않잖습니까?"

"그래서 제가 긴히 부탁드린다고 하지 않았습니까?"

덕령이의 언성이 이전보다 커졌다. 떡배는 숨죽이고 방에서 들려오는 목소리에 온 신경을 끌어 모으고 있었다.

능주는 생향을 대감에게 준 것이 후회스러웠다. 대감이 요긴할 때 썼다면 후회하지 않았겠지만 진상해버리지 않는가. 자기가 가지고 있었다면 떡배에게 흔쾌히 내주었을 거 아닌가. 그랬다면 덕령이와 담양 부사가 얼굴을 붉히고 언쟁할 일도 없지 않겠는가. 임금님께 진상한 생향이 못내 아쉬웠다. 임금님은 생향을 몇 개나 가지고 있을 것 같았다. 가지고 있지 않더라도 필요하면 얼마든지 구할 수 있을 것이었다. 생향을 구해오라는 명을 내리면, 어명을 받은 누군가가 바로 구해서 진상할 것이라고 생각했다. 궁궐에는 어의도 있고, 조선의 내로라하는 명의들이 득시글할 테니 위급한 상황이 벌어져도 바로 대처할 것이다. 그래서일까. 생향을 진상했음에도 대감의 품계에는 변함이 없었다. 생향을 진상하기 전에도 종4품인 사복시첨정이었고, 진상 후에도 변함없이 사복시첨정이었다. 대감이 진상하면서 승직을 요구하지 않았는지도 몰랐다.

"분명히 부탁이라고 하셨지요?"

담양 부사의 강단 있는 목소리가 들려왔다.

"분명히 그리 말하였습니다."

"그렇다면 조건이 하나 있습니다. 그 조건을 수락하신다면 내 기꺼이 생향을 내드리겠습니다."

"조건이라니요?"

능주는 귀에 신경을 끌어 모았다.

"떡배 부모님이 위태롭다고 하셨지요? 죽고 나면 돌이킬 방법이 없다 하셨지요? 지금 우리 조선이 그런 지경입니다. 바람 앞의 촛불처럼 위험천만한 형국입니다. 왜적에게 빼앗기면 되찾을 방법이 요원합니다. 죽은 사람 살리지 못하는 것처럼 영영 조선을 되찾지 못할 수도 있습니다. 해서 또 말씀드립니다. 나라를 지키는 일에 앞장서 주십시오. 그렇게만 하신다면 내일 당장이라도 생향을 들고 다시 찾아뵙겠습니다. 어떻게 하시겠습니까? 떡배 부모님도 구하고 나라도 구하실 의향이 있으십니까?"

능주는 조마조마한 마음으로 덕령이의 대답을 기다렸다. 하지만 속내는 여전히 기대감이 낮았다. 담양 부사가 내건 조건 때문이었다. 의병에 가담할 거면 진즉 했을 것이다. 고경명 장군을 따라 형과 함께 가담했으나, 돌아가서 어머니를 봉양하라는 장군과 형의 충고를 따라 귀향한 덕령이었다. 덕령은 형의 전사 소식을 들었음에도 복수하러 가지 않고, 홀어머니를 모셨다. 형의 몫까지 해야 한다며 시묘살이에 지극정성이었다. 그동안 숱하게 많은 이들이 여막으로 찾아와 출병을 요청했지만 시묘살이를 이유로 번번이 거절했기에 이번에도 거절할 것으로 보았다.

"부사님!"

덕령이가 다음 말을 잇지 않았다.

"수락하시겠습니까?"

"저도 조건이 하나 있습니다."

"조건이요?"

담양 부사 말에 능주는 떡배를 힐끗 보았다. 떡배는 안절부절못하는 표정이었다. 능주는 덕령이의 조건이 무엇일지 궁금했다. 담양 부사가 받아들일 수 없는 조건을 제시할 것만 같았다.

"아직 초장(100일장)도 치르지 못했습니다. 초장이나 마치고 기병하는 건 어떻겠습니까? 그래야 마음 편히 왜적과 싸울 수 있지 않겠습니까?"

덕령이가 조심스럽게 제안했다.

"공께서 출병하신다면야, 두어 달은 기꺼이 감수해야지요. 공의 결정에 천군만마를 얻은 듯하오이다. 내일 생향을 들고 다시 찾아뵙겠습니다."

담양 부사와 장성 현감은 그 후로 정세를 간단히 이야기하고 밖으로 나왔다. 담양 부사는 바자울을 나서기 전에 떡배 어깨를 토닥여 주었다. 능주와 떡배는 바자울 밖으로 나가 두 사람을 배웅했다. 두 사람은 환한 표정으로 이야기를 나누었다. 장성 현감이 담양 부사에게 생향을 안 내줄 줄 알았다고 했다. 담양 부사는 껄껄 웃으며 말했다. 처음부터 내 줄 생각이었다고 했다. 하지만 상주가 너무도 간절히 원하는 눈빛을 보고 조건을 생각했다고 했다. 상주가 출병한다면 그보다 귀한 것인들 어찌 아끼겠냐고 했다. 장성 현감은 고개를 크게 끄덕였다. 그리고는 떡배 어깨를 토닥여주었다. 떡배는 허리가 땅에 닿도록 두 사람에게 인사했다. 두 사람이 시야에서 완전히 사라질 때까지 자리를 떠나지 않고 서 있었다.

두 사람이 시야에서 완전히 사라지자, 능주는 의기양양한 표정으로 떡배를 보았다. 떡배는 감격스러운 표정을 짓고 있었고, 눈시울이 불그스름했다. 내가 모신 분들이 이런 정도야. 능주는 표정으로 떡배에게 자랑했다. 떡배는 마치 능주 때문에 부모님이 살 수 있게 되었다는 듯 능주에게 연신 허리를 굽혔다. 능주는 별다른 말을 하지 않고 미소만 머금었다. 여막에서 나눈 대화를 떡배도 들었기에 굳이 말하지 않아도 덕령이나 담양 부사, 장성 현감의 인품을 오롯이 느꼈을 거라고 보았다. 능주는 잠깐이나마 담양 부사를 잘못 판단한 것이 면구스러웠다. 다음에 얼굴을 마주치면 어떻게 해야 하나, 잠깐 걱정이 스치기도 했다.

"그칸데, 그 많은 분들이 왜 나리께서 기병하기를 바란답니꺼?"

능주의 여막에서 촛불을 끄고 잠자리에 누운 떡배가 귓속말처럼 나지막하게 물었다. 덕령이가 들을 걸 염려한 것이리라. 능주도 말이 문 밖에 새어나가지 않을 정도로 나지막하게 대답했다.

"향시에도 합격했지만, 힘도 장사고, 말도 잘 타고 활도 잘 쏜다네. 근방에서 모른 사람이 없당께. 광주 동쪽 장사로 날렸당께."

"그 정돕니꺼?"

"두 말하면 잔소리제. 어디 씨름대회에 나리께서 나가신다면 다들 미리 기권한당께. 적수가 없어, 적수가."

"그래서 그렇게 권유를 했나 보네예?"

"암만. 동상도 오늘 보았지만, 다른 날도 여막에 손님이 끊이질 않았당께."

"그건 그렇고예? 형님은 와 그렇게 석청을 따러 다니는교?"

떡배가 화재를 돌렸다.

"아씨가 간절히 원해서 그라제."

"아씨가요? 아씨는 왜 그칸데예?"

능주는 고개를 돌려 떡배를 보았다. 어둠 속에서도 떡배가 눈을 휘둥그레 뜨고 있는 게 보였다. 능주는 바깥소리에 잠깐 귀를 기울였다. 덕령이가 자지 않고 뒤척이는 낌새가 있는지 알아보기 위함이었다. 대장부의 기개가 느껴질 정도로 코고는 소리가 커다랗게 들려왔다. 깊은 잠에 빠진 모양이었다. 촛불을 끄기 전에 능주는 아래 여막을 확인해야 했다. 상주보다 먼저 잠을 잘 수 없기에 여막에서 촛불이 꺼질 때까지 지켜보며 지시를 기다렸다. 촛불이 꺼지고 코고는 소리가 울리면 그제야 잠자리에 들었다. 자리에 누워서도 한동안 아래 여막에 귀를 기울였다. 도중에 덕령이가 부를지도 모르기 때문이었다. 코를 곤 이후에는 지금까지 한 번도 능주를 찾지 않았다. 틀림없이 오늘도 그럴 것이다. 하지만 능주는 행여 덕령이가 잠에서 깰까 봐 속삭이듯, 그동안 자기 혼자 생각해오던 연유를 들려주었다.

덕령이가 24살 때였다. 광주 서쪽에 상주보다 열일곱 살 많은 김세근 장사가 있었다. 서창 세하동 동하마을에서 살고 있던 세근 장사가 동쪽 장사로 알려진 덕령이를 초대했다. 덕령이는 손위 처남인 이인경, 손아래 처남 이원경과 매형인 김응회를 비롯하여 힘 꽤나 쓰는 청년 몇 명과 세근 장사를 찾아갔다. 일행에는 민경이와 아들 광옥이도 있었다. 세근 장사는 백가산에다 수련장을 만들어 장정들에게 무술을 지도하고 있었다. 수련장에서 세근 장사의 부인이 환한 얼굴로 마중 나와 민경이와 광옥이를 반갑게 맞았다.

이윽고 두 장사가 힘겨루기를 했다. 양쪽 진영의 뜨거운 응원과 함성이 진동했다. 용호상박의 대결이었다. 활쏘기, 말 달리기, 창검 대련, 들독 나르기 등을 두 장사가 종일토록 겨루었지만 승패가 갈리지 않았다. 겨루기가 끝나자 잔치가 이어졌다. 덕령이는 동이 째 들고 술을 마셨다. 한 동이를 다 비웠으니 취하지 않을 수 없었다. 비틀거리며 돌아왔다.

"날이면 날마다, 무술 연마에, 글공부에, 술 마시느라 잠자리 생각이 나시겠는가? 둘째를 원하시는 아씨께서 석청이라도……."

능주는 말끝을 흐렸다. 마늘을 꿀에 재워 먹으면 양기에 좋다고 들었다. 민경이가 그 때문에 석청을 간절히 원하는 것이라 생각했다. 둘째를 잉태하고 싶어서.

"나리께서 몇 년째 아이가 없으신데예?"

떡배가 물었다.

"열여덟에 혼인해서 이듬해 아들을 낳으셨는디, 칠 년째 후손이 없당께. 그 칠 년 동안 청상과부나 진배 아니겠어? 남편이 번연히 있는디 말이여. 그러니 아씨가 속 타지 않겠어?"

"그라겠네예."

떡배가 천천히 고개를 끄덕였다.

"오늘은 그만 자고, 내일 조반을 가지러 갈 때 함꾼에 가세. 도련님도 뵙고 아씨도 뵐 수 있을 것이네."

둘은 더 이상 대화를 하지 않았다. 눈을 감았지만 쉬이 잠이 오지 않아 능주는 엎치락뒤치락했다. 생각할수록 덕령이가 위대해 보였다. 그런 훌륭한 덕령이의 후손이 많았으면 좋겠다고 생각했다. 덕령이의 피를 이어받으면 틀림없이 훌륭한 장사가 탄생할 것이다. 그런 장사가 많으면 지금처럼 나라가 위험에 빠질 때 큰 역할을 할 수 있을 것이다. 한참 병란 중인데 덕령이 아들 광옥이가 아직 어리다는 게 아쉬웠다. 광옥이의 동생이 없다는 것은 더욱 안타까웠다. 민경이도 아들이 더 있었으면 하는 눈치였다. 시숙인 김덕홍이 금산성 전투에서 전사한 후로, 아들이 한 명뿐이라는 강박관념이 있는 듯했다. 아들 하나 만으로는 불안하다는 기색을 종종 보였다.

덕령이의 후손들이 전장에서 활약하는 모습이 눈에 어른거렸다. 덕령이가 무등산 중턱, 주검동에서 만든 무기를 높이 들고 맨 앞에 서서 군사를 호령하는 모습이 떠올랐다. 광옥이가 오십 근짜리 철병도를 휘저으며 적군을 무참히 도륙하고, 동생은 이백 근짜리 쌍철추를 휘두르며 적군 사이를 종횡무진했다. 동생이 말에서 활을 쏘는 족족 적군이 픽픽 쓰러졌다. 아군의 기세가 하늘을 찌르고 함성은 천지를 뒤흔들었다. 놀란 적군이 급히 퇴각하지만 아군들의 거침없는 추격에 추풍낙엽처럼 적군들이 바닥에 나뒹굴었다. 능주는 자기도 모르게 주먹을 불끈 쥐었다.

78

지금까지 석청을 따러 다녔고, 게으름을 피우지 않았지만 썩 많은 양을 따지 못했다. 1년에 한 번이 고작이었다. 두 돼 들이 단지 하나를 채우기 힘들었다. 벌이 고지대 암벽에 꿀을 모으기 때문에 발견하기도 쉽지 않고, 발견한다 해도 따기 어려웠다. 너무 위험한 곳에 있는 곳은 아예 시도조차 하지 않았다. 추월산에 석청이 있음을 알고도 따지 못했다. 따려는 시도조차 하지 않았다. 하지만 이제는 누구를 대동하고서라도, 기필코 따다 드리고 싶은 마음이 불끈 치솟았다. 능주는 그 위치를 머리에 떠올렸다. 위험하기 그지없는 암벽 중간지대였다. 그곳을 오르는 상상을 하며 잠을 청했다. 풀벌레 우는 소리, 올빼미 우는 소리가 청아하게 들렸다. 밤늦게까지 뒤척여도 피곤이 느껴지지 않았다.

아침을 알리는 산새 울음이 낭자했다. 산새들 소리 사이사이에서 산비둘기가 구구, 거리는 소리도 들렸다. 자정이 지나서야 잠자리에 든 능주는 눈을 번쩍 떴다. 떡배도 늦게까지 뒤척이다 잠들었는지 모로 누워 세상모르게 자고 있었다. 능주가 떡배 어깨를 살짝 흔들자, 떡배가 벌떡 일어났다. 늦게 일어나서 면목 없다는 표정이었다. 능주는 늦은 게 아니라고 떡배를 안심시켰다. 아래 여막에 귀를 기울여보니, 인기척이 느껴지지 않았다.

능주와 떡배는 부산스럽지 않게 울짱 밖으로 빠져 나갔다. 상주 집으로 가서 조반인 죽을 가져올 참이었다.

울짱에서 3리쯤 지나가다 말을 타고 오는 담양 부사와 마주쳤다. 담양 부사는 어제와 다르게 작은 보따리를 들고서 걸어오고 있었다. 이른 시간에 웬일이지 하는 표정으로 능주는 얼른 길 한쪽으로 비켜서서 고개를 숙였다. 담양 부사가 혼자 오는 것도 처음이고, 식전 댓바람에 오는 것도 처음이었다. 지금까지 담양 부사는 미시가 넘어야 장성 현감이나 다른 나리와 여막을 찾곤 했다. 떡배도 능주를 따라 길 한쪽으로 비켜서서 고개를 숙였다. 담양 부사는 능주에게 나리가 기침하셨는지 물었다. 아직이라고, 하자 담양 부사는 가볍게 고개를 끄덕이고 말을 몰았다.

담양 부사가 옆을 지나가는데, 기묘한 향훈이 콧속을 파고들었다. 예전에 맡았던 그 생향 냄새였다. 냄새만으로도 기분이 좋아지고, 몸속 병이 씻은 듯 사라진 느낌이었다. 담양 부사는 어제 약속대로 생향을 보자기에 쌓아 가지고 오는 중이리라. 어제 말대로라면 떡배에게 건네질 생향이었다. 떡배는 황홀한 표정을 지었다. 생향의 향훈 때문인지, 부모님이 포로에서 풀려난다는 기대감 때문인지, 한없이 밝은 표정이었다. 부모님이 풀려났다는 소식을 들었을 때나 나올 듯한 표정이었다. 떡배는 부사에게 더욱 깊이 허리를 숙였다.

능주는 다시 여막으로 방향을 틀 수밖에 없었다. 나리가 기침하셨는지 묻지 않아도, 어제 생향을 내놓겠다는 말을 듣지 않았더라도, 담양 부사가 여막으로 갈 것이라는 것을 알 수 있었다. 이 길의 끝은 여막이었다. 물론 산으로 이어지는 길이 있지만, 담양 부사의 단정한 옷차림을 보니 사냥에 나서는 길이 아님은 삼척동자라도 알 것이다. 소지한 보자기를 봐도 화살이나 창검이 들어있는 것 같지 않았다. 사냥을 간다면 맹수 때문에 혼자 가지 않을 것이다. 담양 부사는 항용 동행하던 관노도 없이 홀로 오는 중이었다. 능주는 뛰다시피 여막으로 돌아가, 덕령이에게 담양 부사가 오고 있음을 알렸다.

"이렇게 일찍 어인 일이십니까?"

능주 말에 서둘러 소세를 하고, 의복을 갈아입은 덕령이가 마당으로 나와 황송한 태도로 담양 부사를 맞았다.

"이게 어제 말씀드린 생향입니다. 설마 어제 약조를 잊지 않으셨겠지요?"

담양 부사가 덕령이에게 보자기를 흔들어 보였다. 말은 그렇게 했지만 덕령이를 믿지 못하겠다는 표정은 아니었다.

"남아 일언은 중천금인데 어찌 한 입으로 두 말을 하겠습니까? 제가 미덥지 않아서 이렇게 서둘러 오신 겝니까?"

덕령이가 약간 뾰루퉁한 표정으로 담양 부사를 보았다. 그런 일로 오셨다면 불쾌하다는 기색이 담겨 있었다.

"나리를 못 믿어서 식전부터 서두른 게 아닙다."

"그러믄요?"

"떡배 부모님이 한 시라도 빨리 풀려나야 하지 않겠습니까? 어젯밤에라도 생향을 갖고 오고 싶었으나, 때마침 손님이 찾아온 바람에 날이 밝아서야 집을 나섰습니다. 어서 떡배에게 전해 주시고, 즉시 달려가서 부모님을 구하라고 하십시오."

담양 부사가 노란 비단으로 묶은 보자기를 덕령이에게 건넸다. 덕령이는 경외감 어린 시선으로 보따리를 잠시 바라보더니, 코 가까이 가져가 숨을 천천히 들이켰다. 그리고는 고개를 주억거리며, 과연 신령스러운 물건임에 틀림없다고 했다. 덕령이는 천천히 보자기를 풀었다. 달걀만 한 생향을 들고 향훈을 맡고, 빙 돌려가며 살폈다. 그러는 동안 연신 고개를 주억거렸다. 담양 부사가 가져온 생향은 능주가 이대록 대감에게 건넸던 것보다 조금 커 보였다. 능주가 주웠던 생향은 탱자 크기였으니까.

덕령이는 생향을 다시 비단 보자기로 쌓았다. 담양 부사에게 양해를 구하고 여막 안으로 들어갔다. 그리고는 먹을 갈아 글을 썼다.

"이 서찰을 자네에게 전하거라."

덕령이가 말한 자네는 부인이었다. 나리들이 부인을 자네라고 높여 부르는 걸 자주 들었다. 능주가 서찰을 받아들자, 덕령이는 보자기를 떡배에게 건넸다. 부모님이 한 시라도 빨리 풀려날 수 있게 지체 없이 달려가라고 타일렀다. 생향을 분실할 수 있으니, 사람 많은 길은 피하고, 여각에서 자는 것도 피하고, 옷 속 허리춤에다 꼭 매라고 했다. 떡배는 덕령이가 시킨 대로 저고리를 벗어, 보자기를 야무지게 허리춤에 맸다. 떡배가 허리를 굽혀 감읍해 하자, 빨리 가라고 떡배 등을 떠밀었다. 떡배는 몇 번이나 허리를 굽혀 절하고서 여막을 나왔다.

능주는 말없이 앞장서서 산자락 길을 따라 바삐 내려갔다. 떡배에게 하고 싶은 말이 입속에서 맴돌았으나 선뜻 나오지 않았다. 아니, 일부러 하지 않았다. 떡배와 대화를 하다가는 지금 이 북받치는 감정에 금이 갈 것만 같았다. 능주는 담양 부사의 언행에 깊이 경탄하고 있었다. 범부라면 흉내조차 내기 어려운 일을 마치 아침에 일어나 기지개를 켜는 것처럼 간단하게 생각하는 배포에 감탄했다. 떡배 부모님을 생각해 눈을 뜨자마자 혼자 여막을 찾은 담양 부사의 인간애에 마음이 울컥, 했다. 모처럼 고

귀한 감정에 취해 있는데 떡배와 이야기하느라 깨고 싶지 않은 것이다. 떡배를 보니, 눈시울이 축축해 보였다. 풀잎을 적신 아침이슬 같은 게 얼핏 얼핏 보였다.

"기분이 어짠가?"

한참 이어진 침묵을 능주가 깼다.

"가슴이 미어터질 것 같습니다. 행님."

"나도 치솟는 감정을 주체하기 힘든디, 동상은 오죽하겠는가?"

"어제 두 분이 약조를 했어도, 저는 반신반의했습니더. 사실 생향을 내주지 않을 거라고 짐작했습니더. 그 귀한 생향을 생판 모르는 사람을 위해 내준다는 게 말이 그렇지, 어디 그게 쉬운 일입니꺼. 기대를 말자 하면서도, 잠이 오지 않데예. 얼마나 기대가 컸는지 꿈에서도 나오는 거라예. 내가 그렇게 생각해서인지 꿈에서는 주려는 시도조차 하지 않았다 아인교? 그칸데 이렇게 얻었으니 얼마나 벅차겠습니꺼? 마, 가슴이 터질 지경입니더."

떡배 목소리에 물기가 촉촉하게 묻어 있었다. 차오르는 감정을 묵새기는 것처럼 보였다. 능주는 순간, 뜨끔했다. 떡배와 여막으로 오면서 덕령이를 믿지 못하고 갈팡질팡했던 자신이 떠오른 탓이었다.

"동상 사정이 하도 딱해서 나리님께 부탁할라고 여막으로 데꼬가긴 했는디, 감시로 내내 갈팡질팡 했당께. 효심이 지극해서 동상이 처한 곤경을 나 몰라라 할 것 같지는 않은데, 워낙 귀한 사향이라 누구라도 선뜻 내놓지 않을 거라고 생각했제."

"나도 그랬다 아입니꺼? 사나이들의 약조라 해도 지키기 힘들 거라고 생각했습니더. 생향이 어디 그렇게 구하기 쉬운 약재입니꺼? 의병으로 간다는 기 그렇게 간단히 결정할 사안입니꺼? 조총으로 무장한 왜군을 창검이나 죽창으로 대적해야 하는데 어디 그기 쉬운 일입니꺼? 참전이 곧 죽은 거나 마찬가지 아입니꺼? 당장의 기백에 약조를 했지만, 아침이 되면 마, 없던 일로 하자고 하실 줄 알았습니더."

떡배 얼굴에는 여전히 경탄이 가시지 않았음이 역력했다.

"어떻게 나리의 은혜에 보답을 해야 쓰겄는지 모르겠당께."

능주는 나지막하게 한숨을 쉬었다.

"뭐든 돕고 싶은데, 내가 할 만한 것이 있능교?"

떡배가 고개를 돌려 의지에 찬 눈으로 능주를 보았다.

"그라제. 도움을 받았으면 갚는 게 인지상정이긴 하제. 가만 있자. ……도와줄 게 있기는 한디…….."

능주가 말끝을 흐렸다.

"제가 도울 게 있다고예? 마, 뭐든 말 하이소. 뭔들 못 하겠습니꺼?"

떡배가 소리를 높였다. 도움을 받았으니 어떻게든 갚겠다는 생각이 담긴 듯했다.

"위험한 일이라 말을 꺼내기가 영판……."

능주가 또 말끝을 흐렸다.

"얼마나 위험한 일인데 그렇습니꺼? 형한테는 위험할지 몰라도 나에게는 아닐지도 모른다 아입니꺼? 형보다 훨 젊다 아입니꺼? 일단 말씀이나 해 보이소!"

떡배가 말과 표정으로 재우쳤다.

"아녀, 아녀. 그냥 다른 사람을 알아볼 거여. 동상이 부산까지 갔다 올라먼 시간도 걸릴 테고."

"일단 들어나 보입시더. 무엇이든 도와드려야 내도 마음이 편할 거 아입니꺼? 평생 은혜를 갚지 않은 배은망덕한 놈으로 살아야 되겠습니꺼?"

떡배는 힘 있는 목소리로 말하고 능주를 채근했다. 능주는 무거운 표정으로 산자락 길을 따라 내려갔다. 떡배의 마음을 모르는 바 아니었다. 자기도 그런 은혜를 입었다면 어떻게든 갚으려고 머리악을 쓸 것이다. 능주가 누군가의 도움을 받고자 하는 일은 꼭 떡배가 아니라도 할 수 있는 일이었다. 하지만 워낙 위험한 일이라 누가 선뜻 나서 줄지 의문이었다. 그래서 지금까지 능주는 그 누구에게도 부탁하지 않았다. 자칫 목숨까지도 잃을 수 있다는 사실을 잘 알고 있으니 부탁할 수가 없었다. 떡배가 귀한 생향에 몸 둘 바 몰라 하는 걸 보고, 얼핏 스친 생각이지만 참으로 꺼내기 어려웠다. 그런데 떡배가 이렇게 강하게 나오는 통에 말이나 해보고 싶은 충동도 일었다.

"나리님의 많은 후손을 위해 석청을 따러 다닌다고 했잖여?"

"그랬지예. 근데예?"

"추월산 암벽에 석청이 있는디, 워낙 위험한 곳에 있당께. 밧줄도 긴 것이 필요하고, 칡넝쿨을 새끼처럼 꼬아서 위에 묶어놓고 타고 내려가야 딸 수 있단 말이시. 너무 위험한디라 같이 따자고 누구한테도 말을 못 했당께."

"애오라지 그것 때문입니꺼? 그런 거라면 마, 걱정 꽉 붙들어 매이소. 산 타고 바위 타는 건 제 전문 아입니꺼? 제가 예? 부모님만 빼내고 바로 올 테니, 그때 함께 가입시더!"

떡배가 호기롭게 말했다. 생향을 얻은 탓에 나온 입찬말 같지는 않았다. 능주는 떡배의 호언장담에 말을 꺼내길 잘했다는 생각이 들었다. 떡배가 부산에서 언제 올지 모르고, 설령 오지 않을지라도 말하고 나니 한결 마음이 가벼웠다. 머지않아 질 좋은 석청을 딸 수 있을 것 같았다. 능주는 가벼운 걸음으로 집으로 향했다. 콧노래가 저절로 나왔다. 능주는 자기도 알 수 없는 노래를 흥얼거리며 길을 걸었다. 온 세상이 황금물결이었다. 길섶의 풀들이 능주의 노래에 맞춰 춤을 추는 듯했다. 아니면, 생향의 향기에 매혹되어 활짝 웃고 있는지도 몰랐다.

민경이는 바자울 밖으로 고개를 내밀어 고샅을 살폈다. 아침이면 닭이 홰치는 것만큼이나 시간을 잘 맞추는 능주가 늦은 것이다. 올 시간이 지났는데, 능주가 오지 않아, 무슨 일이라도 생겼지 싶었다. 시묘살이 중에는 죽도 감지덕지라며, 오직 죽으로만 끼니를 때운 덕령이었다. 기력이 쇠잔하여 쓰러지셨을지도 모른다는 불안감이 엄습했다. 민경이는 안되겠다 싶어 대문을 열고 어귀로 나갔다.

능주가 낯선 남자랑 걸어오고 있었다. 저 남자 때문에 늦은 건가. 민경이는 남자를 자세히 뜯어보고 싶었지만, 외간 남정네에게 그럴 수 없어 스치듯 바라보았다. 넙데데한 얼굴, 쌍꺼풀진 눈, 날카로운 콧날과 가느다란 입술에 허우대는 건장했다. 얇실한 입술 때문일까. 남자에게 호감이 가지 않았다. 나리께서 제

때에 드실 수 없게, 능주를 늦게 도착하게 했다는 생각 때문에 남자가 미웠다. 남자와 어떤 관계인지는 몰라도 아침을 늦게 가져다 드리면 안 되는 거잖아. 이미 식을 대로 식었을 텐데 말이다. 민경이는 손잡이가 달린 사각 대나무 쟁반에서 식어가고 있을 죽이 떠올랐다. 덕령이에게 보낼 생각에 정성껏 끓여 큰 사발에 가득 담아 놓고, 모락모락 피어오르는 김을 흐뭇한 표정으로 잠깐 보다가, 행여나 식을까 봐 즉시 보자를 덮어 놓고, 능주가 오기만을 기다리고 있었다. 헌데 낯선 남자랑 여유롭게 오고 있다니.

민경이는 뾰로통한 표정으로 능주와 남자를 갈마보았다. 그리고는 왜 이제야 오는지 능주에게 물었다. 능주는 먼저 남자를 민경에게 소개했다. 떡배라고 했다. 민경이는 허수룩한 떡배 차림새를 보고 하인이리라 짐작했다. 떡배가 민경이에게 허리를 깊이 숙여 인사했다. 능주는 담양 부사가 찾아와 나리와 이야기를 나누고, 나리가 서찰을 쓰는 시간만큼 늦었다며 민경에게 서찰을 건넸다.

민경이는 선 채로 서찰을 읽었다. 서찰을 읽다 말고 떡배에게 시선을 돌리기도 했다. 민경이는 가끔 고개를 끄덕였다. 어떤 사연인지, 능주가 궁금하다는 표정으로 민경이를 보았다. 글을 읽

을 줄 알았다 해도 서찰을 펼쳐보지 않았겠지만, 글을 모르니 서
찰을 펼쳐 보았다 해도 무슨 내용인지 모를 것이다. 덕령이가 말
해주지 않았을 테니, 민경이 마저 알려주지 않는다면 무슨 내용
인지 깜깜할 것이다. 민경이는 서찰을 접고 궁금해 하는 능주가
아닌 떡배에게 입을 열었다.

"부모님께서 왜군에게 잡혀있다고요? 얼마나 상심이 크십니
까?"

민경이는 떡배에게 존댓말을 썼다. 여태 능주에게도 하대를
하지 않았다. 유년시절부터 하대하시라고 몇 번이나 요청했지만
나이 차이가 많은데 어찌 그럴 수 있냐고 하대를 하지 않았다.
떡배 나이도 민경이보다 더 들어보였다. 나이나, 미안한 마음의
유·무를 떠나, 신분의 차이를 알아도 처음 본 사람에게 하대하
고 싶지 않았다.

"나리께서 드실 조반을 손님께 드리라 하셨네요. 먼 길 가셔
야 한다고 밑반찬도 좀 챙겨 달라 하셨습니다."

민경이는 덕령에게 보낼 쟁반을 떡배에게 건넸다. 그리고는
데워서 드리겠다며, 다시 달라고 했다. 떡배는 황송한 표정으로
어찌할 줄 몰라 했다. 데우지 않아도 되고, 주지 않아도 괜찮다
며, 나리에게 드리라며, 그저 허리만 연신 굽실거릴 뿐이었다.

민경이는 죽을 데워서 들고 나와 나리 뜻이니 괘념치 마시고 안에 들어가서 드시라고 했다. 능주에게는 다시 죽을 쑤는 동안 기다리라고 했다. 민경이는 서둘러 광에서 쌀과 녹두를 꺼내 다시 죽을 쑤었다.

능주도 떡배에게 더 식기 전에 먹으라고 재우쳤다. 떡배는 황송해하다 민경이의 거듭된 권유에 행랑채 마루에 걸터앉아 죽을 먹기 시작했다. 부드러운 죽을 먹으면서도 생 녹두를 씹은 것처럼 불편한 기색이 역력했다. 마치 덕령이와 겸상을 하고 있는 듯한 불편함이었다. 덕령이가 먹을 죽이었으니 어찌 보면 겸상인 것도 같았다. 그렇게 생각하자 능주도 어색함이 밀려왔다. 아직 능주는 덕령이와 겸상은커녕 같은 방에서 밥을 먹어본 적이 없었다. 민경이를 따라온 지 어언 7년이 지났지만 말이다. 덕령이와 민경이가 식사를 마친 후에야 따로 밥을 먹곤 했다.

"이제 그만 가보겠습니다."

아침을 마친 떡배가 민경이를 향해 허리를 굽혔다. 민경이는 떡배에게 작은 보따리를 건넸다. 떡배가 부산까지 가는 동안 밥을 지어 먹을 쌀이 들었을 것이다. 민경이는 떡배에게 보자기 안에 은전 몇 닢도 넣었으니 긴요할 때 쓰라고 일렀다. 아끼고 아껐을 텐데, 떡배를 위해 선뜻 내준 걸 보고 참으로 도량이 넓은 분이라고 생각했다. 덕령이가 서찰로 지시를 했는지 모르지만 아무튼 민경이를 우러러보았다. 떡배는 더욱 황송한 표정으로 허리를 굽실거렸다. 부모님이 풀려나는 즉시 찾아와 은혜를 갚겠다고 맹세와 같은 다짐을 하고 집을 나섰다.

⊙–1587년 4월

⊙

1587년 4월

　민경이가 시집간 지 3년째 되는 봄이었다. 민경이는 친정 부모님을 뵌다는 생각에 들뜬 마음으로 길을 나섰다. 민경이는 아장아장 걷는 두 살의 광옥이를 품에 안고 걸었다. 민경이가 모처럼 친정에 간다는 생각에 능주도 덩달아 기뻤다. 왜 3년 가까이 되어야 친정에 갈 수 있는지 능주는 이해할 수 없었다. 광옥이를 출산했을 때, 백일이나 돌 때, 민경이가 친정에 가고 싶은 마음이 하늘에 닿았을 것으로 생각했다. 만약 3년이란 관례가 없었다면 친정아버지가 먼저 불렀을지도 몰랐다. 딸을 애지중지했었으니까. 능주는 떡, 나물, 저육, 전 등의 '이바지'음식이 담긴 석작을 등에 지고 민경이를 따라나섰다. 성혼 문하에서 수학 중인 덕령이도 함께였다.

길섶에 파릇한 싹들이 고개를 삐죽 내밀고 있었다. 머지않아 나물을 캐러 다녀야 할 것이었다. 능주는 어디에 어떤 나물이 있는지 알아보려고 주위를 두리번거리며 걸었다. 민경이가 광옥이를 품에서 내려 편편한 바위에 올려놓았다. 얼핏 보아도 꽤 큰 돌이었다. 아니, 바위에 가까웠다. 길이가 족히 여섯 자는 넘어 보였다. 폭도 네 자가 넘고, 두께도 한 자가 넘었다. 능주는 민경이가 쉬었다 가려고 광옥이를 내려놓은 것으로 생각했다. 아니었다. 광옥이가 돌을 보고, 내려달라고 발을 차며 보채는 통에 하는 수 없이 내렸다고 했다.

광옥이는 바위 위에서 함박미소를 머금고 얏, 얏, 기합을 넣으며 검을 휘두르는 시늉을 했다. 절도 있는 동작에 기합에도 힘이 있었다. 제법이었다. 두 살 아이라고는 믿기지 않을 정도였다. 핏줄은 속일 수 없다더니. 능주는 어린 광옥이가 무술 흉내를 내는 장면을 보고 그런 생각을 했다. 덕령은 흐뭇한 표정으로 광옥이를 지켜보았다. 쉬지 않고 양팔을 들어 죽검을 휘두르는 흉내를 내는 광옥이가 새끼 백호처럼 늠름해 보였다.

돌 위에서 광옥이가 내려올 생각을 않자 민경이가 강제로 품에 안았다. 광옥이가 내려달라고 몸부림치며 떼를 썼다. 민경이가 길을 재촉하려 하자 광옥이가 더욱 크게 울며 몸부림쳤다. 어찌나 완강하게 몸부림치는지 그대로 간다면 경기를 일으킬 것만 같았다. 민경이는 걸음을 떼지 못하고 광옥이를 어르고 달랬다. 하지만 광옥이는 몸부림을 멈추지 않았다. 손가락으로 돌을 가리키며, 내려달라고 떼를 썼다. 민경이는 어쩔 수 없이 광옥이를 돌 위에 내려놓았다. 광옥이는 언제 울었냐는 듯 활짝 웃으며 죽검을 휘두르는 흉내를 내며 기합을 넣었다.

"광옥아, 이제 그만 가야지?"

민경이가 광옥이를 안으려 했다. 광옥이가 민경이 품에서 발길질을 하며 보챘다. 민경이는 광옥이를 돌에 내려놓았다.

"외할아버지가 많이 기다리실 거야. 얼른 가자."

이십여 분이 지나자 민경이가 광옥이를 또 안아 올렸다. 광옥이는 돌을 가리키며 울고불고 난리였다. 어찌나 거칠게 몸부림치는지 민경이는 힘에 겨워 광옥이를 다시 돌에 내려놓았다. 광옥이는 돌에 내린 순간 울음을 그치고 좋다고 방방 뛰었다.

"이러다가 해 넘어가겠다. 돌아오는 길에 충분히 놀게 할 테니, 어서 가자꾸나."

민경이가 광옥이를 안으려고 다가가자 광옥이는 돌에서 훌쩍 뛰어내려 저만치 달아났다. 돌에서 떠나기 싫은 표정이 역력했다. 민경이는 난처한 표정으로 광옥이를 한참이나 설득하려 했다. 하지만 광옥이가 곁으로 오지 않자 능주에게 고개를 돌렸다.

"아저씨, 저하고 친정에 좀 다녀오실까요?"

민경이가 능주에게 말했다. 덕령이에게는 친정에 다녀올 동안 광옥이와 있으라고 했다. 덕령이가 왜 그래야 하는지 물었다. 광옥이가 바위에서 떠날 생각이 없으니 돌을 가져가고 싶다고 했다. 친정으로 가서 돌을 싣고 갈 달구지를 가져오기 위함이랬다. 친정에서 보름간 머물 예정인데, 그동안 광옥이가 돌 위에서 놀 수 있게 한다는 것이다. 덕령이는 무겁게 고개를 끄덕이며 얼른 다녀오라고 했다.

친정 대문 앞에 도착했다. 대감이 우리 공주님께서 왜 이제야 오시느냐며 대문 밖에서 양팔을 활짝 벌리고 민경이를 반갑게 맞아주었다. 어찌나 공손한지 진짜 공주가 방문한 것 같았다. 대감 체면에 어울리지 않은 마중이었다. 녀식이 보고 싶어도, 뒷짐을 지고 헛기침을 하며 가끔 문을 열어보거나, 통시를 핑계로 들락날락하며 대문 밖을 힐끗거리는 게 대감에게 어울리는 행동이었다. 다른 대감들이 흔히들 그렇게 하니까. 민경이는 워낙 익숙한 탓에 놀랍지도 않았다.

마당으로 들어서자 음식 냄새로 가득했다. 마치 명절이나 된 것처럼 하인들이 분주히 움직이며 음식을 장만했다. 모처럼의 방문이라고 명절 때보다 더 푸짐한 진수성찬을 준비하고 있을 터였다. 대감은 이내 의아한 표정으로 바꾸고 광옥이와 덕령이를 찾았다. 민경이는 능주에게 이바지 음식을 대청마루에 내려놓게 하고 대감에게 자초지종을 말했다. 그리고는 돌을 싣고 올 거라며 달구지를 내어달라고 했다.

웬 돌을? 대감이 눈을 휘둥그레 떴다. 오는 길에 광옥이가 탐내는 돌이 있었는데 달구지로 싣고 올 거라고 민경이가 대답했다. 대감은 껄껄 웃으며 흔쾌히 달구지를 내주었다. 민경이는 돌이 크고 무거워서 능주 혼자 달구지에 싣기에 어림없다고 생각해 집안의 남자 하인 2명과 이웃집 하인 2명을 데리고 친정을 나섰다. 능주는 달구지를 끄는 소의 고삐를 잡고 걸었다. 달구지에는 돌을 실을 때 쓰려고 지렛대, 튼튼한 밧줄, 괭이, 삽, 곡괭이, 낫, 통나무 등이 실려 있었다.

돌 옆에 달구지를 세웠다. 광옥이는 돌 위에 누워 있었다. 민경이가 돌을 가져갈 거라고 하자 광옥이가 순순히 민경이 품에 안겼다. 장정 다섯 명이 달구지에 돌을 실으려 했다. 다섯 명이 들기에는 턱도 없었다. 흔들리는 이빨처럼 살짝살짝 움직이긴 해도 좀처럼 들리지 않았다. 덕령이가 달라붙어 도우려 했지만 능주가 말렸다. 혼례 후 처음으로 처가에 가는데 먼지나 흙 묻은 옷을 입고 갈 수는 없지 않은가. 덕령이는 미안한 표정으로 지켜보았다. 능주는 곡괭이와 괭이로 돌 주위를 팠다. 지렛대로 돌 아래 틈을 만들어 튼튼한 밧줄을 넣어 묶었다. 밧줄에 통나무를 묶고 나서 들어보려고 하나, 둘, 셋! 숫자를 세며 다섯 명이 동시에 힘을 썼지만 들 수 없었다. 근동 남자들을 더 데려오거나 다른 방법을 찾아야 했다. 민경이가 사람을 더 불러오겠다고 했다. 절대 포기하지 않겠다는 의지가 얼굴에 짙게 묻어났다. 농사 준비로 다들 바쁠 것이고, 다른 방법이 있다며 능주가 민경이를 말렸다.

능주는 일행에게 주위를 달구지 높이로 파서, 돌을 들지 말고 밀어서 싣자고 했다. 다들 고개를 끄덕이며 수긍했지만 반기는 표정은 아니었다. 발길에 굳게 다져진 땅을 파기란 쉽지 않았기 때문인지 몰랐다. 널리고 널린 게 돌인데, 집 근처에서도 얼마든지 구할 수 있는 돌인데, 굳이 먼 곳에서 가져가려는 것이 불만인지도 몰랐다. 어떤 이유인지는 몰라도 썩 내키지 않은 표정임에는 틀림없었다. 자기 주인의 지시라면 감히 드러낼 수 없는 태도였다. 신분의 차이가 없는 능주가 부탁했다면 쓸데없는 일에 헛심 쓴다고 비아냥대고 돌아갈지도 몰랐다. 의미를 부여하지 않으면 정말로 평범한 돌에 불과했다. 광옥이와 민경이에게만 특별했다.

하인들이 미적거리자 민경이가 정중하고 공손하게 부탁했다. 서둘러 마무리하자고. 먼저 능주가 곡괭이를 들고 돌 주위를 파기 시작했다. 다른 하인들도 마지못해 거들고 나섰다. 괭이로 파고, 지렛대로 깊이 박힌 작은 돌을 파냈다. 삽으로 흙을 옆으로 퍼낸 이도 있었다. 다들 비지땀을 흘리며 삼십 분 넘게 땅을 팠다. 민경이가 중간중간 감사의 말을 건넸다. 그래도 하인들은 하찮은 돌 때문에 고단할 때까지 땅을 파는 것을 못마땅히 여기는 표정이었다. 하기 싫은데 어쩔 수 없이 한다는 그런 표정이었다. 특별히 부탁하지 않았다면 도구를 집어 던지고 돌아가고 싶은 표정이었다.

드디어 달구지 높이와 돌 높이가 엇비슷했다. 달구지를 돌 앞에 세워놓고, 다섯이 기를 쓰고 밀어서 돌을 달구지에 실었다. 돌이 달구지에 실리자, 민경이가 보자기를 풀어 광목을 꺼내 돌을 덮었다. 덮지 않아도 누가 뭐라고 할 사람이 없을 텐데, 굳이 덮는 것을 보고 능주는 정말로 돌을 귀하게 여기는 것이라고 생각했다. 소가 달구지를 끌고, 하인들이 달구지를 밀었다. 달구지가 덜커덕덜커덕 움직였다. 무게 때문에 삐걱거리기도 했다. 작은 둔덕을 만나면 소가 힘에 겨워 걸음을 멈추었다. 하인들이, 하나, 둘, 셋, 숫자를 세며 달구지를 힘껏 밀었다. 능주는 코뚜레를 잡고 끌어당겼다. 달구지가 겨우 둔덕을 넘었다. 길에서 만난 한 노파가 눈을 휘둥그레 뜨고 달구지를 보았다. 광목 속에 시신이 있다고 생각한 모양이었다. 얼핏 보면 덩치 큰 시신을 덮는 모습 같기도 했다. 돌이라는 말을 듣고 노파는 고개를 갸웃거리며 지나갔다.

힘들게 친정에 도착했다. 사람들이 달구지에 실린 게 이바지 음식인 줄 알고 구경삼아 모여들었다. 기대감 어린 표정으로 달구지에 다가갔지만, 돌이 실린 걸 보고 적잖이 실망했다. 고개를 갸웃거리는 이도 있었다. 여자들이 더 관심이 많았지만 남자도 있었다. 그가 돌을 보고 말했다. 근행석이라고. 시집간 후 친정으로 나들이하는 걸 근행이라 하고, 근행할 때 가져왔으니 근행석이라 부른 것이었다.

민경이는 계획대로 친정에서 보름간 머물렀다. 덕령이는 이틀이 지나자 수학을 이유로 돌아갔다. 아침이면 광옥이가 눈을 비비며 대청마루로 나왔다. 광옥이는 머뭇거리지 않고 갖신을 신고 마당으로 나갔다. 곧장 근행석으로 올라가 기지개를 켰다.

광옥이는 마당 가장자리에 놓인 근행석 위에서 주야장천 시간을 보냈다. 무예 연마를 흉내 내고, 눈을 감고 앉아 명상을 하고, 근행석 위에 누워서 잠들기도 했다. 민경이가 돌아올 때는 광옥이가 잠든 틈을 이용했다. 친정으로 올 때처럼 광옥이가 돌에서 떨어지지 않을 것을 우려해서였다. 대감은 민경이 시댁으로 보낼 '이바지'음식에 부족함이 없게 넉넉히 하라고 하인들에게 신신당부했다. 친정어머니 같은 모습이었다.

달구지에 이바지 음식이 가득 실려 있었다. 한눈에 봐도 친정으로 올 때 가져온 음식보다 열 배는 넘을 듯했다. 민경이는 준비한 음식은 하인들에게 나눠 먹이고 떡이며, 저육, 나물 같은 간단한 음식만 가져갈 거라고 했다. 시댁에서 가져온 것만큼만 가져가야지, 너무 차이나면 시댁에서 의기소침해진다고 했다. 비교당하게 하고 싶지 않다고 했다. 다만, 마늘 재운 석청은 있는 대로 달라고 했다. 허허, 누구 명이시라고. 대감은 손수 석청 단지 2개를 내주었다. 민경이는 무엇보다 석청 단지를 아꼈다. 능주가 지고 온 석작에 가장 먼저 석청 단지를 담았다. 단지가 깨지지 않게 헝겊을 넉넉히 두르고, 여유 공간에 음식을 넣었다.

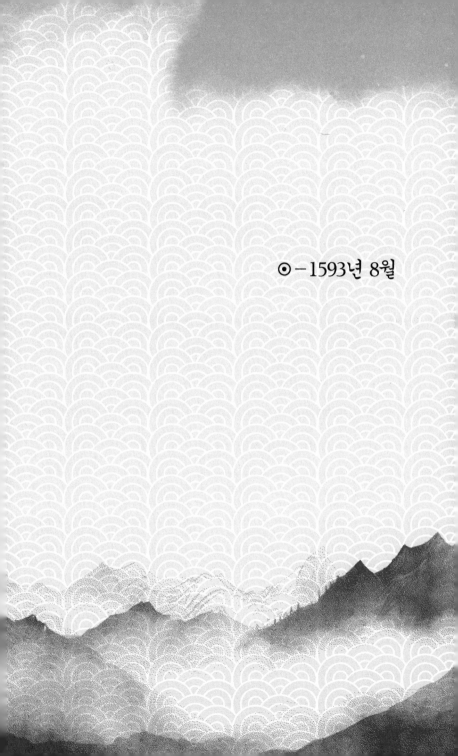

⊙-1593년 8월

◉

1593년 8월

　덕령이가 기병한다는 소식이 마을을 넘어 담양, 장성, 나주, 곡성 등 사방팔방으로 퍼졌다. 삽시간이었다. 초장이 끝나면 기병하려고 준비하고 있으니 함께 할 의병을 모집해 달라고 덕령이가 각 고을의 부사나, 현감에게 부탁한 탓이었다. 사람들은 드디어 덕령이가 기병한다고 기대감을 드러냈다. 덕령이가 사는 성촌마을 한 가운데에는 돌샘이 있는데, 극심한 가뭄에도 샘이 마르지 않았다. 돌샘은 사람들에게 1년 내내 물을 공급했고, 사랑방 역할도 했다. 아낙들이 샘가에 둘러 앉아 빨래하며 이러저런 이야기를 나누었다. 의병을 모집 중이었으니 화제의 중심은 당연히 덕령이었다. 덕령이가 얼마나 용력이 대단한지, 마치 옆

에서 지켜본 것처럼 생생하게 전했다. 환벽당에서 공부하던 유
년시절에 한 손으로 처마에 올라가 새를 잡았다고 했다. 무등산
정상에 있는 지왕봉에서 바위와 바위사이를 가볍게 뛰어다니며
무술을 연마했다고 소리를 높였다. 주검동에서 칼을 만든 후 실
험하려고 바위를 내려쳤는데 바위가 쩍 갈라져 두 동강이 났다
고 허풍까지 떨었다. 이구동성으로, 용력이 뛰어나 왜군을 무찌
르는데 큰 공을 세울 거라고들 했다. 다들 덕령이에게 기대를 걸
고 있었다. 하지만 한 사람, 단 한 사람만은, 걱정이 태산이었다.
민경이었다.

　덕령이가 초장을 끝내고 기병할 거라는 소식을 들은 순간, 민
경이는 얼굴이 새하얘졌다. 주체할 수 없는 불안감이 엄습했다.
집에서 바느질이나 뜨개질을 하며 보낼 수는 없었다. 덕령이가
언젠가는 기병할 것으로 예상했지만, 초장이 끝나면 바로 기병
할 거라는 예상은 아예 하지 못했다. 워낙 효성이 지극해서 3년
시묘살이가 끝나면 기병할 것으로 보고 있었다. 민경이는 그 전
에 전란이 끝나기를 마음속으로 빌고 또 빌었다. 전란이 끝나면
기병할 일이 없을 게 아닌가. 덕령이를 전장 터에 보내지 않을
가장 확실한 방법이라 그렇게 되기를 간절히 바랐다. 그런데 시
묘살이도 중단한 채 기병이라니. 민경이는 하늘이 무너지는 듯

했다. 또 기병이라니. 또. 민경이 가슴이 바싹바싹 타들어갔다.

⊙−1592년 6월

⊙

1592년 6월

　임진년 6월, 덕령이는 시숙과 함께 고경명 장군의 의병 소속
으로 출정했다. 당시 민경이 시어머니는 위병을 심하게 앓고 있
었다. 그런 시어머니께서 두 아들의 출정을 흔쾌히 허락한 것이
다. 나라가 왜적에게 무참히 짓밟히고 있었으니, 사내라면 마땅
히 나라를 구하러 나서야 한다는 생각에, 민경이는 아들 손을 잡
고 의연히 배웅했다. 하지만 덕령이가 집을 떠난 그날부터 민경
이는 틈만 나면 수리동산에 올라 북쪽을 바라보았다. 수리동산
은 시야가 탁 트인 마을 앞산의 봉우리였다. 시어머니께 아침상
을 봐 드리고 수리동산에 올라 먼 곳을 하염없이 바라보다 내려
오곤 했다. 수리동산에서 보는 것과 집에서 들녘을 보는 것이 별

반 차이가 없었다. 집은 동네에서 가장 높은 곳에 위치해 있어 마당에서 보아도 마을 앞에 드넓게 펼쳐진 '맞바우들'이 한눈에 들어왔다. 들에는 한양이나, 남원, 순창, 장성에 갈 때면 반드시 지나야 하는 길이 있었다. 덕령이가 돌아온다면 그 길로 돌아올 것이다. 집에서도 시원하게 내려다보이는 들녘이지만, 한 치라도 더 멀리 보려고 민경이는 수리동산에 오른 것이다.

여름이 무르익어, 신록의 나무들이 하나같이 푸르름을 뽐내고 있었다. 무등산에도, 추월산에도 녹음이 우거져 있었다. 어디를 둘러보아도 녹음 짙은 숲뿐이었다. 나무들이 뿌리를 내릴 수 없는 기암괴석만 녹색이 아닌 회색이나 옅은 검정색 같은 본연의 색을 띄었다. 구름 한 점 없는 하늘에서 뙤약볕이 내리쬐고 있었다. 며칠 째 지독한 무더위가 이어졌다. 너무 강렬한 볕을 못 이긴 길섶의 풀들은 몸을 웅크리고 서 있었다. 오랜 가뭄과 뙤약볕은 식물도, 짐승도, 사람까지도 지치게 했다.

민경이는 아침을 뜨고 집에서 나와 헐근거리며 수리동산으로 향했다. 온몸이 땀벌창이 되어 헉헉거리며 수리동산에 올랐다. 수리동산 가장자리에 아름드리 소나무 한 그루가 자태를 뽐내고 있었다. 민경이는 소나무를 향했다. 소나무 그늘에 들어가도 땀이 멈추지 않아 연신 손부채질을 했다. 바람이라도 불어주면 좀 나을 텐데, 불지 않아 속옷까지 젖어 꿉꿉했다. 시지근한 땀 냄새를 날릴 수 없어 그대로 맡아야 했다. 민경이는 손부채로 땀을 식히며 마을로 이어지는 길을, 마을 쪽에서부터 훑어나갔다. 무더위 때문인지 행인은 보이지 않았다. 시선을 점점 멀리 옮기려는데, 비탈진 산에 늘어선 소나무 우듬지에 시야가 가렸다. 민경이는 소나무 그늘에서 벗어나 길이 멀리까지 잘 보인 곳에 자리 잡고 서서 길을 훑었다.

점심때가 되어 집으로 돌아가 시어머니 밥상을 봐 드리고. 시어머니가 밥상을 물리자 상을 치우고 다시 수리동산으로 나와 북쪽을 보고 섰다. 덕령이를 기다린 것이었다. 일과였다. 연로한 시어머니도 두 아들의 생사가 걱정돼 민경이가 집을 나가 종일토록 기다리는 것을 나무람하지 않았다. 당신도 수리동산에 올라 아들을 기다릴 거라는 의지가 역력했다. 건강하다면 눈을 뜨기 무섭게 민경이를 재촉해 함께 수리동산에 올랐을지도 몰랐다. 아니면 동이 트기도 전에 혼자 집을 나설지도 몰랐다.

뜨개질을 하고, 수를 놓고, 바느질을 하려 해도 도무지 손에 잡히지 않았다. 조총과 강하고 예리한 칼로 무장한 왜군이 부산에 상륙해 20여일 만에 서울까지 입성할 정도로 강하다고 했다. 왜군하고 붙으면, 도망가지 않는 한 대부분 전사한다는 소문이

파다했다. 어찌나 왜군이 강한지 나랏님도 평양으로 도망쳤고, 조정을 분조까지 했다고 했다. 나랏님도 막지 못한 왜적을 물리치겠다고 집을 나섰으니 민경이는 일이 손에 잡힐 리 없었다. 민경이가 바라는 건 오직 하나, 덕령이가 살아 돌아오는 것이었다. 민경이는 덕령이가 살아오기만을 염원하며 수리동산에 오른 것이었다.

민경이가 수리동산에 오른 것은 아랫집 한수 때문이었다. 한수는 외아들인데도 의분에 넘쳐 노모를 홀로 남겨두고 의병군에 합류했다. 하지만 이동 중에 어머니가 눈에 밟혀 고경명 장군에게 사정을 말했다. 장군은 어머니를 봉양하라고 한수를 돌려보냈다. 그 소식을 들은 후 민경이는 한 가닥 희망을 가졌다. 덕령이도 병든 노모가 있지 않은가. 장군이 돌려보낼 것만 같았다. 시어머니께 한수 이야기를 전하니 시어머니도 화색이 밝아졌다. 시어머니는 두 아들이 기병한다고 할 때, 당신은 걱정 말고, 가서 나라를 구하라고 흔쾌히 허락했지만 내심 자식들의 안위가 걸린 모양이었다. 부모의 마음은 당연히 그럴 것이다. 민경이가 나갔다가 들어오면 두 아들의 소식부터 묻곤 했다.

"오늘도 소식이 없더냐?"

병석에 누워계신 시어머니가 힘겹게 몸을 일으키려 했다.

"어머님, 그냥 누워 계셔요."

민경이는 시어머니 옆에 무릎 꿇고 앉아 부채질을 해 드리며 말했다.

"두 자식을 사지로 보냈는데, 누워 있다는 게 말이 되겠느냐?"

시어머니가 다시 일어나려고 안간힘을 썼다.

"많이 편찮으시잖아요? 두 아들을 덥석, 안아주시려면 건강부터 챙기셔야죠."

민경이는 애써 일어나려는 시어머니를 다시 자리에 누이었다. 그렇지 않아도 위병으로 해쓱했는데, 두 자식의 기병 후로 눈이 오목하게 들어가고, 얼굴이 확연하게 검게 변했다. 몸도 집단처럼 가볍게 느껴졌다.

"아가야, 오늘이 며칠 째냐?"

시어머니 목소리가 쇠약했다. 두 아들이 집을 떠날 당시만 해도 이 정도까지는 아니었는데, 떠난 후로 부쩍 약해졌다.

"열하루에 출발했고, 오늘이 스무이렛 날이니 열 엿새째입니다."

"한수는 진즉 왔다면서야?"

"온지 열흘도 넘었습니다."

"둘에게 무슨 변고가 생긴 건 아닐까나?"

"말씀이라도 그리하지 마세요. 두 분 다 틀림없이 무사히 돌아오실 거예요."

시어머니는 초점이 희미한 눈으로 민경이를 보았다. 민경이는 무사히 돌아올 거라는 말 외에 희망적인 말을 해드릴 수 없었다. 안타까웠다.

"안 되겠다. 나랑 함꾼에 나가보자."

시어머니가 다시 몸을 일으키려 했다.

"날이 너무 더워요. 성한 사람도 버티기 힘든데, 그러다 큰일 나십니다."

"그늘에서 기다리면 되지 않겠냐?"

수리동산에 아름드리 소나무가 있어 그늘은 충분했다. 하지만 병든 몸으로 오르기에 경사가 심했고, 거리도 상당했다. 그렇다고 그 이유를 댈 수 없었다. 환자라고 무시한다는 느낌을 받을 수도 있을 테니까.

"바람이 불지 않으면 그늘도 무덥기는 매한가지예요. 야속하게도 오늘은 바람 한 점도 없네요. 바람이 조금이라도 부는 날 어머니를 뫼시고 가겠습니다."

"아무리 그래도 언덕인데, 집보다 더 덥겠냐?"

"흙벽이라 집이 더 시원해요. 광옥이가 부채질 안 해 드리던 가요?"

민경이는 집을 나서기 전에 광옥이에게 잊지 않고 당부했다. 할머니가 더위에 고생하지 않도록 부채질을 자주 해드리라고. 민경이가 집에 붙어 있지 않으니, 광옥이가 얼마만큼 부채질을 해 드리는지 알 수 없었다. 돌아와서 물으면 많이 해드렸다고는 하는데 사실인지 확인할 방법이 없었다.

"안 해 주긴 왜 안 해줘. 틈만 나면 해 주더라. 그 어린 것도 애비 걱정이 되는지, 요즘은 웃지도 않더라. 눈에 근심만 가득하고……."

시어머니가 천정에 시선을 박고 근심이 짙게 묻어나는 목소리로 말했다. 시어머니는 광옥이를 생각해 걱정을 함부로 토로하지 않은 듯했다. 걱정하는 마음마저 숨겨야 하는 시어머니가 안쓰럽기 그지없었다. 민경이는 시어머니 손을 살짝 쥐었다. 부드러운 살결은 하나도 느껴지지 않았다. 앙상한 뼈마디만 느껴질 뿐이었다.

"어머님, 내일 능주 아저씨가 산에서 내려오면 시숙님께 한 번 다녀오라고 하겠습니다. 그러니 마음 편히 잡숫고 그냥 누워 계셔요."

민경이가 나지막하게 말했다. 민경이는 그럴 마음으로 능주를 기다리고 있었다. 능주가 석청을 딴다고 산에 올라간 지 이틀이 지났다. 석청을 따던 못 따던 내일이면 내려올 것이다. 지금까지 능주가 삼 일 이상 산에서 오지 않은 적은 없었다.

사실 민경이는 능주가 산에 오르려고 준비하는 것을 보고, 산에 오르지 말고 덕령이에게 다녀오라고 말하고 싶었다. 덕령이가 떠난 이튿날부터 입에서 맴돌았다. 덕령이가 주둔한 곳이 어떻게 돌아가는지 알고 싶었다. 민경이가 말하면 능주는 바로 움직일 것이다. 지금까지 능주가 민경이 말에 토를 단 적도 없었다. 그래도 민경이는 능주에게 말하지 않았다. 덕령이 때문이었다. 덕령이가 떠나기 전에 시난고난 앓고 있는 어머니를 걱정해 능주에게 별도의 지시를 내렸다. 석청을 따서 꿀에 재웠다가 시어머니께 차를 끓여 드리라고. 식사를 제대로 하지 못하니 대용으로 꿀차를 생각한 것이었다. 근행 때 친정에서 가져온 마늘 재운 석청을 덕령이는 한 모금도 마시지 않고 죄다 시어머니께 드렸다.

능주가 가장 비중 있게 한 일 중 하나가 석청을 따는 것이었다. 때죽꽃이 피면 만사 제치고 산에 올랐다. 석청을 찾아 산을 헤맸지만 빈손으로 오는 경우가 부지기수였다. 산에 오를 때마다 석청을 딸 수 있다면 석청이 그렇게 귀한 대접을 받지 않았을 것이다. 지역마다 때죽꽃이 피는 시기가 달라, 남쪽의 영암 월출산부터 북쪽의 덕유산까지 꽃이 피는 시기에 맞춰 산에 오르곤 했다. 한 달 반 동안 대여섯 번 이상 산에 오르지만 석청을 따오는 경우는 고작 한두 번에 불과했다. 벌집을 거르고 나면 두 되가량 되는데, 팔 할 가량을 마늘 재우는데 사용했다. 1년 이상 재워야 효과가 좋다면서 1년간은 단단히 보관했다. 그렇게 마련한 꿀은 시어머니 전용이었다. 민경이가 덕령이에게 직접 꿀차를 끓여 주어도, 덕령이는 시어머니께 드리곤 했다. 누구보다 꿀차를 좋아했지만 항상 시어머니가 먼저였다.

"왜 이제사 그런 생각을 했냐? 진즉 보내지."

시어머니가 타박했다.

"그렇게 되었네요. 어머님, 수리동산으로 나갔다가 저녁에 올게요."

"내 걱정은 말어라. 광옥이도 기다리던 눈치던데 좀 데려갈래?"

"어머님 곁에 있어야 제 맘이 더 편해요."

민경이는 자리에서 일어나 방을 빠져나왔다. 밖으로 나와 보니 광옥이가 대문 앞에서 근심어린 표정으로 서 있었다. 강렬한

햇볕이 내리쬐고 있었고, 광옥이는 땀으로 흥건했다. 뙤약볕 아래서 왜 저렇게 있는지 민경이는 알고 있었다. 아침에 집을 나설 때, 광옥이가 자기도 가고 싶다고 했다. 민경이가 할머니 곁에 있으라고 하자, 배웅도 하지 않고 뾰로통한 얼굴로 자기 방으로 들어갔다. 점심때가 되어 민경이가 차려준 점심을 먹고, 민경이가 시어머니와 대화를 하던 중 대문앞에 서서 민경이가 나오기를 기다고 있었던 것이다. 민경이를 따라 나서고 싶어서.

"날도 덥고, 할머니 거동이 불편하시잖아? 심부름도 해 드리고, 부채질도 해드려야 하는데, 네가 없으면 누가 하겠어?"

"왜 맨날 내가 해야 해요?"

광옥이가 삐진 표정을 지었다.

"지금은 너밖에 없잖아? 능주 아저씨 오시면 같이 가자."

"쳇, 아저씨가 오시면 아버님께 가보라 하신다면서요?"

광옥이가 안방에서 나눈 민경이와 시어머니의 대화를 들은 모양이었다. 하긴, 나이가 어려도 자식인데 걱정이 되지 않을 리 없을 것이다. 덕령이가 기병하기 전까지만 해도 마당에서 무술을 연마하다 모두뜀을 뛰며 놀던 아이였다. 광옥이는 무예연습을 한답시고, 얏, 얏, 기합소리를 내며 작은 죽검을 휘둘렀다. 그렇게 천진하게 놀던 광옥이를 흐뭇하게 바라보곤 했는데, 광옥이의 얼굴에서 천진함을 찾아볼 수 없었다. 애석했다.

"그 전에 아버님이 오실지도 몰라. 할머니가 건강하셔야 아버님께서 흡족해하지 않겠어?"

민경이는 한사코 따라나서려는 광옥이를 애써 뿌리치고 수리 동산으로 향했다. 찜통 같은 더위가 더욱 기승을 부리고 있었다. 온 몸에 땀이 줄줄 흘렀다. 한 걸음 한 걸음 내디딜 때마다 사타구니 언저리가 씀벅거렸다. 며칠 전부터 생긴 땀띠에, 옷이 스치면 자기도 모르게 인상이 찌푸려졌다. 세상을 녹일 듯한 더위에다, 며칠 간 땀을 너무 흘린 탓에 민경이는 걷는 것조차 버겁다는 것을 느꼈다. 하지만 덕령이를 생각하니, 이것은 고생도 아니었다. 얼마든지 견딜 수 있었다.

이 더위에도 불구하고, 덕령이는 의병들과 전장을 향하고 있을 것이다. 이렇게 맨 몸으로 걷는 것도 힘든데, 무겁고 두툼한 갑옷 차림으로, 민경이는 들기도 힘든 창검을 들고, 매복해 있을지도 모르는 왜군을 경계하며 이동하느라 얼마나 힘들까. 언제 왜군이 공격할지 모르니 쉬는 것조차도 마음 편히 할 수 없을 것이다. 수천의 의병들이 무리지어 이동하는 모습이 눈에 선했다. 모두가 땀을 뻘뻘 흘리고 있었다. 말을 타고 가는 장수, 무기와 군량이 가득 실린 달구지를 끄는 소나 말, 수송병들, 군기를 든 기병들, 누구 하나 대열에서 이탈하지 않고 긴장하며 행진하는 모습이 마치 눈앞에서 벌어진 듯했다. 그 무리의 앞에서 늠름하게 걷고 있는 덕령이가 땀벌창에 젖은 옷을 입고 있었다. 옷이라도 넉넉히 보낼 것을. 여벌을 다섯 벌 챙겼지만 어쩐지 부족한 것 같았다.

민경이가 수리동산에 도착할 때는 비를 맞은 듯 옷이 흥건했다. 바람 한 점 없는 날이 이어지고 있었다. 민경이는 소나무 아래로 갔다. 그곳에 두 명의 아낙이 와 있었다. 낯선 여인이었다. 하녀 차림이었다. 민경이의 등장에 잠깐 고개 숙여 인사하고는 손부채를 하며 북쪽을 바라보았다. 그들의 남편이나 가족 중에 전주로 기병한 사람이 있는 모양이었다.

"누가 전장에 나가셨나요?"

동병상련이 느껴져 민경이는 더 어두워 보이는 아낙에게 물었다. 민경이보다 족히 서른은 넘어 보였다. 적어도 오십은 넘어 보였다.

"서방님이 나가셨구만유."

중년 아낙이 죽을상을 지었다.

"나이가 상당히 드셨을 텐데, 걱정되시겠습니다."

"나이 때문에 걱정은 안 해요."

"그럼요?"

"이태 전에 일사병으로 쓰러진 적이 있었거든유. 그늘에 있어도 이렇게 숨이 컥컥 막힌디, 괜찮을랑가 모르겄네유?"

아낙의 얼굴에 짙은 그림자가 드리워졌다. 민경이는 아낙이 조총 소식은 듣지 못한 것으로 판단했다. 조총의 위력을 들었다면 일사병 따위는 걱정거리도 아닐 것이다. 아낙에게 조총에 대해 들은 바를 전하고 싶지만, 괜한 걱정을 추가할 것 같아 입을 다물었다. 민경이는 전주 쪽으로 고개를 돌려 저 멀리에서 기척이 있는지 톺아보았다. 이마에서 흐른 땀이 얼굴을 타고 흘러 턱에서 툭 떨어졌다. 민경이는 땀을 닦을 생각도 하지 않고, 손부채도 하지 않고, 손으로 차양을 만들어 눈썹에 대고 먼 길을 살폈다.

덕령이가 기병한 지 스무날이 지났을 때였다. 그날도 민경이는 수리동산에 올라 북쪽으로 시선을 붙박아 놓고 있었다. 저 멀리서 한 사람이 아스라이 눈에 들어왔다. 그가 남자인지, 여자인지, 노인인지, 아이인지, 구별할 수 없었지만 가슴이 콩닥거렸다. 덕령이가 형과 기병을 했으니 오더라도 형과 함께일 것이다. 혼자 오는 것이 덕령이일 가능성이 낮다는 말이다. 그럼에도 민경이는 그가 덕령이라는 확신이 섰다. 무등산의 산길 말고는, 밖으로 나가는 유일한 길이었으니 그 길로 얼마나 많은 사람들이

오갔겠는가. 셀 수도 없이 많은 움직임을 보았다. 어느 누구에게
도 덕령이라는 확신이 서지 않았다. 걷는 속도 때문이었다. 덕령
이처럼 빠른 걸음은 보지 못했다. 아스라이 보이는 그의 속도는
호랑이만큼이나 빨라 보였다. 덕령이가 아니면 그런 속도를 낼
수 없을 것이다. 덕령이가 자기를 빨리 보려고 성큼성큼 다고 오
고 있다는 확신이 섰다. 곧장 산을 내려갔다. 가시에 찔리고, 혜
가 벗겨지는 줄도 모르고, 헐근거리면서도 멈추지 않고 뛰고 또
뛰었다.

덕령이었다.

병환 중인 어머니를 돌보라고, 고경명 장군과 형이 돌려보냈
다고 했다. 대로라는 생각도 잊고, 사람들의 이목에는 신경도 쓰
지 않고, 민경이는 덕령이의 품을 파고들고서 가슴을 치며 울었
다. 덕령이가 무사히 돌아왔다는 감격과 기쁨의 눈물이었다. 그
동안 가슴 졸였던 것들이 끝났다는 안도의 눈물이었다. 앞으로
는 행복한 삶이 이어질 거라는 희망의 눈물이었다. 민경이는 천
지신명께 감사하다는 말을 속으로 읊조렸다. 눈물로 범벅이 된
민경이 등을 덕령이가 가볍게 토닥였다.

덕령이가 돌아오니, 하루하루, 매 순간 순간이, 더없이 행복
했다. 덕령이의 무사귀환이 민경이의 나날을 들뜨게 했다. 무지

개를 타고 여행하는 듯했다. 잠자리에 들 때, 덕령이가 옆에 있다는 사실이 꿈만 같았다. 정말 덕령이가 맞는지, 꿈을 꾸고 있는 것은 아닌지 착각이 들 정도였다. 눈을 뜨자마자 고개를 돌려 덕령이를 보았다. 덕령이와 함께 밤을 지냈다는 사실이 그렇게 행복할 수 없었다. 민경이는 덕령이가 자는 모습을 뚫어지게 바라보곤 했다.

하지만 그런 기쁨은 그리 오래 가지 못했다. 시숙이 금산성 전투에서 전사했다는 비보를 전해들은 것이었다. 고경명 장군이 이끈 의병부대는 평양으로 진군하던 중이었다. 충청도 금산에 주둔한 왜군이 전라도를 공격하는 소식을 들었다. 전주에 위치한 전라감영사령부에서 사람을 보내 소식을 전한 것이었다. 의병부대는 방향을 틀어 금산으로 향했다. 금산성을 포위하여 전투를 벌였다. 이 전투에서 고경명 장군을 포함해 장군의 아들과 종사관 유팽로 등이 죽었고, 민경이 시숙도 죽었다. 전사자 대부분 시신도 수습하지 못했다고 했다. 시숙의 시신도 수습하지 못했다. 덕령이는 분통을 터뜨리며 울부짖었다. 내 당장 달려가 왜장의 목을 베어야겠다고 울분을 토했다. 민경이는 그런 모습에 또 눈물을 흘렸다. 어머니는 장남의 소식을 듣고, 충격을 받아 건강이 더욱 악화되었다. 시름시름 앓다가 끝내 숨을 거두었다.

⊙−1593년 8월

1593년 8월

덕령이는 기병하려고 무등산 중턱의 주검동에서 한참 무기를 제작하는 중이었다. 민경이는 애간장이 녹아내린 것 같았다. 시숙님의 시신도 수습하지 못했는데 다시 기병하다니. 시묘살이가 끝나지도 않았는데 또 기병이라니. 민경이는 무지개에서 날개도 없이 추락하는 기분이었다. 시숙을 잃은 슬픔에서 헤어나지도 못했는데, 기병하다니. 민경이는 덕령이가 시숙처럼 전사할지도 모른다는 생각에 커다란 바위에 짓눌려 있는 기분이었다. 더군 다나 용호상박을 이루었던 김세근이 전사했고, 그의 아내가 자결했다는 소식까지 들은 후라 상심이 더욱 깊었다.

김세근은 종6품의 벼슬아치였다. 왜군의 침략을 대비해 양병

설을 주장했지만 받아들여지지 않아 낙향했다. 낙향 후 백마산 수련골에서 장정들을 모아 훈련을 시켰다. 왜군의 침략에 대비한 것이었다. 김세근이 낙향한 5년 후인 임진년에 왜군이 침략했고, 김세근은 의병장이 되어 의병 500여 명을 이끌고 금산으로 달려가 왜군에 맞서 격렬히 싸우다 죽었다. 김세근 아내는 지아비는 충에 죽었으니, 지어미는 열에 죽어야 사람의 도리라는 유서를 남기고 자결했다.

김세근의 전사 소식에 민경은 크나큰 충격을 받았다. 눈을 떠도, 눈을 감아도 뒤숭숭했다. 불안의 늪에 빠져 허우적댔다. 덕령이도 없이 홀로 살아갈 생각을 하니 눈앞이 깜깜했다. 기병하지 말라고 애원해도 덕령이가 듣지 않을 것이었다. 기병을 막을 방법을 떠올렸다. 군량미나 무기를 공급하는 것도 중요한 일이니 그 일에 진력을 다하는 게 어떻겠느냐고 통사정을 해볼 참이었다. 만나야 말이라도 할 게 아닌가. 덕령이는 여막과 주검동을 오가면서도 집에 발길을 들이지 않았다. 시묘살이 중이니 집에 오고 싶어도 오지 못할 거라고, 민경이는 이해하고 있었다.

민경이가 덕령이의 기병 소식을 들은 시기는 한가위를 나흘 앞둔 아침이었다. 아낙들은 한가위 준비로 분주했다. 아이들은 명절이 코앞으로 다가왔다고 모두뜀을 뛰면서 즐거워했다. 하나

같이 기대에 찬 표정이었다. 전란 중이라 예전만 못해도, 왜군이 전라도로 넘어오지 않았으니, 한가위 분위기는 무르익을 대로 익어가고 있었다. 민경이도 차례상에 올릴 제수 음식을 준비하고 있었다. 민경이는 덕령이가 아무리 시묘살이 중이라도 한가위 날에는 집에 들를 것으로 생각했다. 어머니만 조상이 아니고, 아버지, 할아버지, 할머니, 증조부, 증조모, 고조부, 고조모 등도 조상이니까, 집에 들러 한가위를 맞아 예를 올릴 것으로 보았다. 덕령이를 본다는 생각에 부푼 마음으로 음식 재료를 사 날랐다. 찬장에 나물, 어육, 생선, 과일, 한과, 전감들로 가득했다.

하지만 덕령이의 기병 소식을 듣고 음식 재료를 더 준비했다. 몇 가지 이유 때문이었다. 덕령이가 기병하면 덕홍 시숙님처럼 다시 못 돌아올지도 몰랐다. 그러기를 바라는 아내가 어디 있겠는가 만은 덕령이도 그리 될지 모른다는 불안이 마음 한 구석에 자리하고 있었다. 그렇다면 마지막 명절 음식을 차려줄지도 몰랐다. 찬장에 가득 들어있는 것으로는 왠지 성에 차지 않았다. 또 다른 이유는 갖은 음식을 차려놓고 덕령이를 설득하기 위함이었다. 음식에 설득당할 위인이 아닌 줄 알지만 그렇게라도 하고 싶었다. 덧붙여 시묘살이 중에 죽으로만 연명했는데, 그런 몸으로 무기까지 제작하고 있다 하니 기력을 보충해 주고 싶어서였다.

　민경이는 장을 보러 다녀온 후에 주검동으로 향했다. 주검동이 보이는 땅재에서 주검동을 바라보기만 하던 여느날과 달리, 주검동까지 오를 작정이었다. 덕령이에게 한가위 날은 꼭 집에서 차례를 모셔야 한다는 말을, 직접 하고 싶었다. 차례를 핑계로 덕령이를 설득하기 위함이었다. 민경이는 서둘러 걷다 능주 아저씨와 마주쳤다.

　"아저씨가 이 시간에 웬일이세요?"

　민경이가 의문에 찬 어조로 물었다. 능주는 덕령이와 주검동에서 무기를 제작하고 있어야 했다. 그런데 땅재를 헐레벌떡 넘어오고 있었다.

　"꿀을 좀 가지러 왔구먼유."

　능주가 시무룩한 표정을 지었다.

　"지난번에 한 단지 보내드렸잖아요? 벌써 떨어졌어요?"

　능주가 어렵게 따온 석청에 마늘을 재우곤 했지만, 시어머니께서 편찮은 탓에 1년 이상 발효시킬 시간도 없이 식사대용으로 드려야 했다. 마늘 넣은 석청 두 단지를 만들어 시어머니께 한 단지를 드렸으니 꿀단지 하나가 남아 있었다. 그 단지를 여막으로 보내려 했지만, 덕령이는 여막에서 어찌 꿀차를 마시겠냐고 극구 거절했다. 달달한 차를 마시는 건 불효라고 했다. 불효할 수는 없다고 했다. 하지만 주검동에서 힘을 쓰다 보니 꿀차의 필요성을 느낀 모양이었다. 주검동으로 드나들기 시작한 다음날 능주에게 꿀을 가져오라고 기별했다. 그게 이레도 지나지 않았다.

"웬 걸요? 기력을 보충하신다고 수시로 드신 통에 진즉 떨어졌습니다요."

민경이는 고개를 푹 숙이고 한숨을 쉬었다. 집에 남아 있는 게 없기 때문이었다.

"나리 몸은 좀 어떠신가요? 꿀을 찾을 정도로 많이 수척해지셨나 보네요?"

"연일 밤늦게까지 쇠를 다루느라 이전보다 수척하긴 하지요."

수척해졌다는 말에 민경이는 심장이 터질 것 같았다. 시묘살이가 끝나면 보신이라도 해 드릴 텐데, 아직 초장도 지나지 않았다. 초장이 지나면 기병한다고 했으니, 몸을 보신할 시간도 없었다. 그저 믿는 건 꿀차뿐인데 마늘 재운 석청은커녕 일반 꿀도 없으니 가슴이 미어지는 듯했다.

"어쩌죠? 남아있는 게 없는데?"

"그럼 빌리거나, 얻어서라도 가져가야 합니다요."

능주가 굳은 표정으로 말했다. 민경은 그제야 사태의 심각성이 느껴졌다. 능주가 헐레벌떡 뛰어오는 것이며, 꿀을 반드시 가져가야 한다는 결연한 표정을 보니 심상치 않은 일이 벌어진 게 틀림없었다.

"나리께 무슨 일 있으시죠? 그렇지요?"

민경이가 화들짝 놀란 표정으로 물었다.

"그렇게 큰일은 아니구먼요."

능주가 몸 둘 바 몰라했다.

"큰일이 아니라니요? 무슨 일인데요?"

민경이가 다그쳤다.

"쌍철추를 맹그시다가, 달궈진 쇠붙이에 데이셨구먼요."

"데셨어요? 어디를요? 얼만큼이나요?"

민경이 말투는 조급했고, 얼굴에는 근심이 짙게 서렸다.

"왼팔을 데셨는디, 그리 많이 데인 건 아닌께 너무 상심하지 마셔요."

"나리께서 데이셨다는데 어찌 걱정이 안 되겠어요?"

오라버니가 화상을 입었을 때 발랐던 석청이 떠올랐다. 능주도 그 때의 기억 때문에 꿀을 가지러 왔을 터였다. 마땅한 치료약이 없으니 화상 부위에 꿀이라도 발라야 했다. 지체할 수 없었다. 민경이는 뒤돌아서서 친정으로 내달렸다. 능주를 친정으로 보내고, 자기는 주검동으로 올라가서 덕령이를 보면 될 텐데, 앞장 서 친정을 향한 것이었다. 행여나 친정에서 능주에게 석청을 내놓지 않을지도 모른다는 우려 때문이었다. 능주도 민경이를 따라 허겁지겁 달렸다.

턱밑까지 차오르는 숨을 헉헉거리며 들어오는 민경이와 능주를 어머니가 놀란 눈으로 맞았다. 민경이는 다짜고짜 석청을 달라고 했다. 덕령이가 화상을 입었다면서. 화상 치료에 꿀이 민간요법으로 널리 사용되고 있었다. 그다음으로 참기름이 사용되었고, 된장이나 소똥을 화상 부위에 바른 이도 있었다. 어머니가 삼 개월도 안 되었지만 이거라도 가져가라고 마늘 재운 석청 단지를 통째 내주었다. 민경이는 집안에 무슨 일이 있는지, 건강은 어떤지 등도 묻지 않았다. 오직 덕령이 걱정뿐이었다. 민경이는 단지를 품에 안고 주검동으로 쉬지 않고 뛰었다.

주검동에 올라보니, 덕령이는 대장간에서 벌겋게 달궈진 쇠를 모루에 올려놓고 땀을 흘려가며 망치질을 하고 있었다. 왼팔을 끈으로 묶은 채였다. 망치 소리가 주검동에 쩌렁쩌렁 울렸다. 여남은 명의 장졸들도 무기를 제작하느라 여념이 없었다. 화로에 숯불이 활활 타오르고 있었다. 숯불에 벌겋게 달구어진 덩이쇠 뭉치가 여러 개 있었다. 화로에 풀무질을 하는 장정, 다듬질

한 쇠를 물통에 넣어 식히는 장정, 숫돌에 창검을 가는 장정, 창검에 나무 손잡이를 끼우는 장정들이 부산하게 움직였다. 민경이는 냉큼 덕령이의 팔에 묶인 끈을 풀고 소매를 걷어 올렸다. 손목과 팔꿈치 중간 부위가 벌겋게 익어 있었다. 진물도 흘렀다. 민경이는 마치 심장을 도려낸 것처럼 가슴이 아렸다. 눈가가 축축해졌다. 민경이는 서둘러 덕령이의 팔에 석청을 듬뿍 발라, 천으로 감싸고 끈으로 질끈 묶었다.

"나리, 이런 몸으로 기병하실 수 있겠습니까?"

민경이는 안타까운 표정으로 덕령이를 보았다. 쓰리고 아플 텐데도, 덕령이는 꿋꿋한 표정이었다.

"이 정도쯤이야."

덕령이가 대수롭지 않다는 표정을 지었다.

"진물이 질질 흐르는데, 이 정도라뇨?"

"팔이 부러진 것도 아닌데 뭐. 설령 팔이 부러졌다 하더라도, 눈 하나 깜짝할 사람이 아니외다."

"나리."

민경이는 잠시 뜸을 들였다.

"무슨 말씀을 하시려고 그렇게 뜸을 들이는 게요?"

"군량미나, 무기를 조달해서 수송하는 것도 중요한 일 아니겠습니까? 군량미를 약탈하려고 도적 떼가 들끓는다는데 나리께서 보급을 담당해주시면 어떻겠습니까? 팔도 아프시잖아요?"

민경이는 진심으로 간청했다.

"그런 일도 중요하지만, 그럼 어떻게 형님의 복수를 하겠소? 적장의 심장을 꺼내 우둑우둑 씹어 삼켜도 분이 안 풀릴 텐데, 군량미나 운송하라구요?"

"그것도 팔이 온전해야 가능하지 않겠습니까? 게다가 시묘살이 중이잖아요? 시묘살이나 끝나면 출병하시던지요."

"이미 약조를 했소. 초장이 끝나면 기병하기로."

민경이는 덕령이의 성격을 잘 알고 있었다. 한 번 내뱉은 말은 어떤 일이 있어도 지킨다는 것을. 그래야 사내대장부라고 했다. 인경 오라버니도 그랬다. 오라버니에게 어려서부터 숱하게 들었던 말이라, 덕령이가 약조를 어길 거라는 생각은 들지 않았다. 초장이 끝나면 덕령이는 출병할 것이 분명했다.

민경이는 시숙의 비보가 또 뇌리에 떠올랐다. 심란했다. 나라를 위한 방법은 꼭 출병이 아니라도 얼마든지 있을 텐데. 기어이 보내드려야 한단 말인가. 기어이. 민경이는 가슴 깊은 곳에서 치고 올라오는 불길한 감정을 억누를 수가 없었다. 답답하고, 먹먹하고, 안타까웠다. 덕령이를 잡을 수 없음에 착잡하고, 구국의 일념으로 나서는 사내대장부의 앞길을 막지 않아야 한다는 것을 알기에 답답했다. 깊은 한숨만 터져 나왔다. 화로에서 벌겋게 달궈진 쇠보다 더 뜨거운 한숨이 주검동에 흩날렸다.

"나리."

"또 왜 그러신가?"

"어머님만 조상이 아니잖아요? 시묘살이 중이라도 아버님과 여러 조상님께 차례상은 올려야지요. 한가위 날 하루만이라도 집에 오셔서 차례를 지내시는 건 어떨는지요?"

민경이는 기대했다. 그렇게 하겠다는 대답을. 덕령이가 집에 오면 다시 한 번 진중하게 부탁할 요량이었다.

"안 그래도 요 며칠 그것 때문에 고민했소이다. 하지만 어머니께서 상 중인데 어디를 가려하느냐고 내게 벌을 주신 것 같구려. 이렇게 말이요."

덕령이는 불에 덴 왼팔을 보았다. 민경도 따라 보았다.

"잠깐이라도 안 될까요?"

민경이가 사정조로 말했다.

"광옥이도 있고, 덕호 아우도 있지 않소? 내 몫까지 대신해서 정성껏 차례를 지내라고 전해주시게나."

그렇게 말하고 덕령이는 다시 망치질을 했다. 그 어떤 말로도

140

덕령이 마음을 되돌릴 수 없다는 판단한 민경이는 털레털레 집으로 돌아올 수밖에 없었다.

차례도 끝나고, 밤이 깊어가고 있었다. 민경이는 뒤숭숭했다. 방에 틀어박혀 있기가 싫었다. 방에 틀어박혀 귀뚜라미, 여치, 쓰르라미 같은 벌레들이 우는 소리를 듣고 있노라면 어쩐지 처량한 생각이 들었다. 오라버니와 대련했던 뒤뜰이 아니라는 것을 알면서도, 덕령이가 없다는 것을 알면서도, 민경이는 뒤뜰에 귀를 기울였다. 보름날마다 하는 습관이 되살아난 것이다. 하지만 들려오는 건 풀벌레의 울음뿐이었다. 풀벌레 울음에 허전함을 느껴 문을 박차고 나갔다.

휘영청 밝은 달이 중천에 걸려 있었다. 은쟁반을 걸어 놓은 듯 맑고 깨끗해 보였다. 어찌나 맑은지 달빛에 한기가 묻어나는 듯했다. 민경이는 보름달을 뚫어지게 바라보았다. 달에 계수나무와 토끼가 있다고들 하는데 거짓말이 분명했다. 아무리 봐도 덕령이 밖에 없었다. 덕령이가 한가위인데도 집에 오지 못해 미안해하고 있었다. 얼굴은 헬쑥해 보였다. 시묘살이 중이라고 죽으로만 연명해오던 덕령이었다. 팔에 화상까지 당한 몸이었다. 지금 덕령이는 무등산 중턱에 있을 것이다. 능주와 몇몇 장정들과 함께 주검동에서 무기를 만들고 있을 것이다. 불편한 여막 생활로 피곤할 텐데도, 화상으로 고통이 상당할 텐데도, 시간이 촉박하다고 밤늦도록 주검동에서 무기를 제작한다고 했다.

"화상은 좀 어떠신데요?"

다음날 아침, 조반을 가지러 온 능주에게 물었다.

"나리께서는 신경도 쓰지 않습니다요. 그 팔로 오늘 오십 근짜리 철병도를 완성했다니까요!"

능주가 기별을 전했다.

"오십 근 짜리나요? 화상 입은 몸으로요? 그걸 어떻게 들어요?"

"나리잖아요? 숟가락 들듯 하신다니까요?"

민경이는 적이 안심이 되었다. 화상이 정말로 심각한 정도가 아닌지, 민경이가 걱정할까 봐 둘러댔는지 몰라도 마음이 놓였다. 죽으로 세 끼를 때운 탓에, 힘이라고는 조금도 남아있지 않을 거라 생각했는데, 아닌 것 같아 다행이었다.

"그나저나, 내일 일정은 어떻게 되시나요?"

"내일은 이백 근짜리 쌍철추를 만드실 거라 하셨습니다요."

"이백 근짜리를요?"

민경이는 자기도 모르게 말끝이 높아졌다. 쇠를 모으는 것도 쉽지 않고, 만들기도 쉽지 않겠지만, 화상 입은 팔로 그 무거운 무기를 어떻게 만들지 걱정이 앞섰다. 힘이 장사라는 건 알지만 무모한 것도 같았다. 그만큼 왜군을 무찌르고 싶은 열망이 넘쳐 나는 것으로 보았다. 형의 복수심이 불타오르고, 나라를 구하겠다는 충의 정신이 불타올라 부상을 가볍게 여기고 있는 듯했다. 그 무거운 것을 휘둘러야 하는데, 수척해졌다는 말이 가슴에 박혀, 저릿한 통증이 느껴졌다.

민경이는 무등산으로 시선을 돌렸다. 까무룩 잠에 빠진 세상을 지켜주려는 것처럼 무등산은 위용을 뽐내며 불침번을 서고 있었다. 귀를 쫑긋 세웠다. 벌겋게 단 쇠붙이를 모루에 올려놓고, 땅, 땅 내리치는 소리가 들려오는지 귀를 기울였지만 아무 소리도 들리지 않았다. 차라리 안심이었다. 깊이 잠들었을 테니까. 눈이라도 좀 붙인다면 무기를 만들 때 부상당할 가능성이 낮을 거라는 생각 때문이었다. 코고는 소리가 들려오는 듯했다. 무등산이 든든하게 덕령이를 지켜주기 바랐다. 가슴에 두 손을 합장하고 무등산 신령님께 빌었다. 신령님. 나리께서 편히 잠들 수 있게 잘 지켜 주시어요. 간절히 비옵나이다.

민경이는 공손히 빌고 나서 여막 쪽으로 고개를 돌렸다. 여막에서 허리라도 쭉 펴고 있을까. 너무 노곤해서 뒤척이는 건 아닐까. 내가 이렇게 보고파하는데, 알고나 있을까. 아니다, 나보다 더 나를 그리워하고 있을 것 같았다. 그리움에 뒤척이며 잠들지 못하고 있을 듯했다. 너무나 보고 싶어서 자리를 박차고 일어나 달려올 것만 같았다. 그래서 마당에 나와 이렇게 기다리는 게 아닌가. 잠시라도 다녀가기를 바라는 마음에, 이렇게 하염없이 기다리는 게 아닌가.

하지만 덕령이가 오지 않을 것이라는 것을 알고 있었다. 시묘살이 중에 여자를 품는다는 것은 있을 수 없는 일이었다. 비록 아내라도 말이다. 고기도 입에 대지 않고 죽으로만 연명하고 있는데 언감생심 아내를 품을 생각은 꿈에도 하지 않을 것이다. 그걸 잘 알면서도 덕령이를 애타게 기다리는 자신이 한심하기도 했다. 덕령이가 오지 않을 것을 알면서도 여막에서 시선을 거두지 못했다. 마당에서 여막은 보이지도 않았다. 여막으로 가볼까, 하는 생각도 했다. 어머, 내가 미쳤나 봐. 스스로를 타박하면서도, 시선을 거두지 못했다. 어느덧 보름달이 서산으로 기울고 있었다.

⊙ - 1593년 12월

⊙

1593년 12월

    덕령이는 담양 부사와 장성 현감에게 약조한 대로, 초장을 마치고 출정을 서둘렀다. 살을 에는 듯한 추위가 기승을 부리는 계절이었다. 덕령이에 대한 소문과 충정 어린 애국심으로 의병들이 장군의 깃발 아래 벌 떼처럼 모였다. 족히 오천은 넘어 보였다. 의병의 세력이 급속도로 커지자 담양 부사 이경린과 장성 현감 이귀의 추천으로 형조좌랑의 직함과 함께 충용장이란 군호를 하사받았다. 민경이는 설이라도 쇠고 가라고, 통사정 했다. 하지만 지금 설이 대수냐고 했다. 조상님께 차례는 올리고 가는 게 도리지 않겠냐고 하자, 또 광옥이랑 덕호 아우와 함께 정성껏 올리라고 했다. 덕령이는 민경이의 간절한 만류를 외면하고 의병을 이끌고 남원으로 향했다.

민경이는 8살 광옥이의 손을 잡고, 장군이 시야에서 완전히 사라질 때까지 꼼짝 않고 지켜보았다. 민경이는 의연했지만 광옥이의 눈시울은 붉게 충혈되었다. 덕령이가 떠나자 민경이는 장군의 안위에 목을 매달았다. 그도 그럴 것이 들려오는 소식이 죄다 부음이었다. 하루가 멀다 하고 근동에서 통곡이 울려 퍼졌다. 민경이는 마치 덕령이가 전사한 것처럼 안절부절못했다. 그렇다고 덕령이 소식을 제때 받아보지도 못했다.

⊙－1594년 2월

1594년 2월

"아직 시한이라 장군님께서 추우실 텐데, 이 단지하고 철릭하고 직령을 좀 전해주고 오시어요."

민경이가 보자기를 능주에게 건넸다.

덕령이가 떠난 지 두 달이 지났다. 덕령이의 서찰이 도착했고, 서찰을 읽은 즉시 민경이가 능주에게 보자기를 건네며 심부름을 시킨 것이었다. 덕령이가 남원의 최담년 대감 댁에서 머물고 있으니, 남원에 다녀오라고 했다. 덕령이에 대한 걱정을 줄이려고 틈만 나면 옷을 지었던 민경이었다. 혼인하기 전에도 바느질 솜씨가 뛰어나다고 입소문이 자자했다. 한 번은 빨랫줄에 널린 옷을 보고 능주는 혀를 내두르며 감탄했다. 마치 자로 재면서 바느질을 한 듯 촘촘한 땀의 간격이 너무도 일률적이었다. 감침질이나 새발뜨기, 휘갑치기의 간격도 마찬가지였다. 보자기에 싸인 철릭과 직령도 그럴 것이다. 단지에는 민경이가 암벽지대에서 땄던 석청에 재운 마늘이 들어 있을 것이다. 아직 1년이 넘지 않은 석청이. 주검동에서 화상을 입었을 때, 석청이 없음을 얼마나 안타까워했던가. 민경이는 그때의 기억 때문인지 석청을 보물처럼 소중히 여겼다.

민경이가 장군의 추위를 들먹였지만 능주는 민경이가 진정으로 걱정한 게 무언인지 잘 알고 있었다. 전장에 식구를 보낸 가족이라면 누구라도 목숨이 걱정일 것이다. 크고 작은 부상 또한 걱정일 것이다. 상처에 석청이라도 바르기를 바라는 마음이 앞섰음에도 추위를 핑계 삼았을 뿐이리라.

능주는 길을 나서야 했다. 민경이 부탁이 아니라도 덕령이 안위가 궁금하기도 했다. 떡배를 위해 시묘살이까지 포기하고 기병했기에 무사하기를 빌고 또 빌었으나 여태 소식을 모르고 있었다.

봄의 문턱을 넘어서지 않아, 아직 농한기였다. 아침 식전에 청소를 끝내고, 아침을 먹은 후 능주는 산에 올라 땔감을 해 오거나, 약초를 캐는 거 외에는 딱히 할 일이 없었다. 능주는 즉시 남원으로 가기로 했다. 민경이가 전해주라고 한 철릭과 직령은 수긍이 가지만, 꿀단지에 대한 생각은 달랐다. 한때는 꿀을 광옥이 동생이 태어나기를 바라며 따러 다녔지 않은가. 광옥이가 태어난 지 7년이 넘었으나 동생은 태어나지 않았다. 불임이 어떤 문제 때문인지 모르지만 마늘을 재운 꿀차를 마시고, 덕령이가 생판 모른 여인에게 헛심을 쓸지도 모른다는 생각이 스쳤다. 민경이가 안쓰러워 보였다.

능주는 주먹밥, 고구마와 아주까리기름이 담긴 사기병, 등잔, 석청 단지가 들어 있는 봇짐을 등에 지고 남원으로 향했다. 왜군이 어디에서 주둔하고 있는지 정확한 정보를 모르니, 능주는 땅거미가 질 무렵 집을 나섰다. 왜군에게 발각되지 않도록 밤길을 택한 것이다.

집에서 점점 멀어지자, 능주는 불안함을 느꼈다. 드센 북서풍이 휘몰아치는 복판에 서 있는 기분이었다. 왜군이 길목 어디에 매복해 있다가 조총을 쏠지 몰랐다. 들은 바에 의하면 조총은 호랑이보다 무서운 존재였다. 소리만으로도 기겁을 할 정도라고 했다. 조총 한 방에 사람 한 명이 쓰러진다고 했다. 언제 조총으로 무장한 왜군과 맞닥뜨릴지 몰랐다. 석청을 따러 전라도 지방의 산은 거지반 다녔기에 산길을 잘 알고 있었다. 길을 따라 걷지 않고, 능선이나 산길로 남원까지 갈 것이다.

산길로 남원까지 삼 일은 걸릴 텐데, 산에서 밤길을 걷는다는 것이 조총보다 두려웠다. 이파리가 아직 돋아나지 않아 낮에 산길을 걸으면 왜군 눈에 띄기 십상이라 밤길을 걸을 생각이기에 시간을 넉넉히 잡았다. 왜적이 없다면 능주 걸음으로 이틀이면 갈 거리였다. 밤길은 추위도 문제고 맹수도 걱정이었다. 능주는 생사를 운에 맡기기로 했다. 옷을 두툼하게 껴입고, 단검까지 준비했지만 마음이 놓이지 않아, 그렇게 밖에 생각할 수 없었다. 초승달도 없는 까만 밤이라 주의하며 산길을 걸었다. 그래도 발을 헛디뎌 넘어질 뻔한 적이 한두 번이 아니었다. 중심을 잃고 휘청할 때마다, 능주는 봇짐 속 석청 단지로 손을 향했다. 잘 깨지지 않도록 천으로 겹겹이 감았지만, 돌에 부딪치면 쉽게 박살날 테니, 저절로 손이 먼저 갔다.

민경이의 신신당부가 아니라도 능주는 단지에 신경 썼다. 만약 단지가 깨진다면, 장군이나 민경이가 크게 나무랄지도 모르겠지만 그다지 걱정하지 않았다. 두 분 인품이 그 정도는 아니었다. 다만, 단지가 깨지면 꿀이 흐를 것이고, 냄새를 맡고 맹수들이 다가올지 모르니, 그게 더 걱정이었다. 게다가 봇짐 안에는 등잔과 아주까리기름이 담긴 사기병이 있었다. 석굴에서 눈을 붙일 때 입구에다 불을 밝힐 요량이었다. 산짐승의 접근을 막으려고 말이다. 능주는 중심을 잃고 휘청일 때마다 단지와 사기병이 깨질까 봐 추운 날씨에도 등에 땀이 송골송골 맺혔다. 능주는 잡목 가지를 헤쳐가며 조심스럽게 산길을 걸었다.

남산 능선에 올라 호흡을 가다듬었다. 숨을 고르며 능주는 담양을 내려다보았다. 담양은 새까만 어둠 속에 잠들어 있었다. 등롱불의 움직임이 드문드문 눈에 들어왔다. 도깨비불 같다는 생각이 잠깐 들었다. 그래서일까. 남산에 도깨비가 우글거릴 것만 같았다. 귀를 기울여보니 산새며, 들짐승들이 우는 소리가 들리지 않았다. 적막강산이었다. 밤이 깊어 잠들었거나, 맹수의 등장에 입을 닫았는지도 몰랐다. 능주는 시간을 가늠할 수 없었다. 자정이 넘은 것 같기도 하고, 아닌 것 같기도 했다. 등롱불이 움직였으니 자정은 아직 넘지 않았으리라 짐작했다. 능주는 봇짐을 풀어 주먹밥으로 허기를 때우고 요동산으로 향했다. 요동산, 봉황산, 아미산, 거둥산, 덕산, 채기산 등을 거쳐 남원으로 갈 것이다.

요동산으로 가는 길은 쉬운 편이었다. 바위산이지만 산이 높지 않고 길이 익숙해 가벼운 마음으로 산길을 걸었다. 정상 언저리에 석굴이 있는데, 기거서 잠시 눈을 붙이고 갈 생각이었다.

올라갈수록 싸한 기분이 들었다. 이전에는 느끼지 못했던 음습한 기운도 느껴졌다. 온몸에 긴장감이 스쳤다. 다른 길로 돌아갈 생각을 했지만, 길이 하나뿐이었다. 잡목을 헤쳐가며, 바위틈을 지나더라도 돌아갈 생각이 아니면 갈 수밖에 없었다. 가끔 자던 곳이라 편안한 마음으로 오르는데 이런 기분이 왜 든단 말인가. 능주는 찜찜한 기분을 털어내려고 과거 기억을 더듬었다. 어인 일인지 아내가 떠올랐다. 지금껏 기억에서 지우려고 몸부림쳤는데, 하필이면 아내가 떠오른 것이다.

아내와 결혼한 해의 늦은 봄이었다. 만발하던 때죽꽃이 시들어가고 있었다. 때죽꽃이 질 무렵에 따는 석청이 최고라는 말이 회자되었다. 능주 나이 서른둘이고, 아내 끝순이는 열여덟이었다. 끝순이는 임신 3개월에 접어들었으나 임신인지 아닌지 확실히 구별할 수 없을 정도로 배가 약간 불룩할 뿐이었다. 석청을 따러 집을 나서는데, 아내가 함께 가자고 따라나섰다. 산에 오르면 하루나 이틀은 산에서 자고 오기 일쑤였다. 산까지 오가는 시간과 높은 산에 오르는 시간, 석청을 찾아다니는 시간을 감안하면 산에서 자는 게 유리했다. 산은 위험이 따르기 마련이었다. 어떤 위험을 만날지 몰라 능주는 아내를 말렸다. 하지만 아내가 주먹밥을 챙겨 기어이 따라나서고 말았다.

지리산으로 갈 생각이었으나 아내가 따라나서는 바람에 능주는 가까운 추월산으로 향했다. 꼭 꿀을 따기보다, 능주가 어떻게 산에서 밤을 지새우는지 확인시켜 주고 싶었다. 안전한 곳에서 잔다는 것을 알면 아내가 걱정을 덜 것 같아서였다. 능주는 연애하는 기분으로 산에 올랐다. 석청을 찾아 암벽을 뒤지는 일은 뒷전으로 미루고, 아내와 산새를 감상했다. 석청은 다음날 따도 충분했다. 추월산에 석청이 있는 장소는 두 곳이었다. 한 곳은 안전한 바위에 있고, 한 곳은 수직에 가까운 직벽 사이에 있었다. 직벽에 있는 것은 혼자서는 따기 어려웠다. 반면 다른 곳은 혼자 따기에 수월했지만, 집에서 가장 가까운 장소라 능주는 아끼고 아꼈다. 아주 긴요할 때 따기 위해서였다. 내일이면 능주는 그 안전한 곳에서 석청을 딸 생각이라 홀가분한 마음으로 산새를 감상하며 시간을 보냈다. 아내는 멋진 풍광에 손뼉을 치며 호들갑을 떨었다. 능주는 흐뭇한 표정으로 아내를 바라보았다.

　해가 넘어가자, 둥싯 떠오른 달을 보고 아내는 또 감탄했다. 높은 산에서 보니 다른 느낌이라고 했다. 이슥한 밤이 되자 능주가 석굴에 등잔불을 밝혀놓고 나와 아내를 안내했다. 석굴에 들어가기 전에는 인상을 찌푸리더니, 안으로 들어서자 아내는 놀라움을 금치 못했다. 높은 바위틈에 이렇게 넓은 공간이 있다는 것도 신이한데 물까지 나오다니. 아내는 꿈에도 생각지 못한 장소에 들어온 듯 감탄사를 연신 토했다. 둘은 늦게까지 오순도순 이야기꽃을 피웠다. 꿀처럼 달달한 시간이었다.

아내가 소피를 보고 싶다고 했다. 능주는 안에서 보라고 했다. 아내가 한사코 반대했다. 지린내가 석굴 안에 밸 것이라고 했지만, 그것보다는 부끄러워 그렇다는 걸 능주는 알고도 남았다. 위험하니 안에서 소피를 보라고 해도 아내가 기어이 석굴 밖으로 나갔다. 능주가 뒤따라가려는데, 아내가 동굴 밖에서 능주 머리를 밀며 절대 나오지 말라고 했다. 능주는 아내를 더 이상 부끄럽게 하지 않으려고, 석굴 입구에서 귀를 기울이며 기다렸다.

석굴에서 물 떨어지는 소리가 들려오고 아내가 점점 멀어지는 발소리가 들렸다. 능주는 어두우니 너무 멀리 가지 말라고 했다. 하지만 아내는 멈추지 않았다. 오줌 누는 소리가 능주에게 들릴지도 모른다고 생각한 모양이었다. 아내는 상당히 떨어진 곳에서 오줌을 누는지, 오줌 누는 소리가 들리지 않았다.

"오라버니!"

아내가 다급하게 소리쳤다. 으르렁 거리는 늑대 소리가 뒤따랐다. 온몸에 소름이 돋았다. 능주는 망치와 정, 단검을 들고 황급히 석굴을 빠져나갔다. 석굴 밖으로 막 빠져나온 순간 턱 하는

158

둔탁한 소리가 들렸다. 소리가 나는 곳은 낭떠러지 아래였다. 그리고는 어떤 소리도 들려오지 않았다. 늑대 소리도 사라졌다. 아내가 늑대의 움직임에 놀라 급히 피하려다 낭떠러지에 떨어진 것이었다. 지리를 잘 아는 능주도 당장 내려가기 힘든 곳이었다. 능주는 아내를 목놓아 부르며 낭떠러지로 향했다. 가면서 연신 망치로 정을 두드렸다. 짐승들이 피비린내를 맡고 몰려와 아내를 물어뜯을지도 몰랐다. 아니면 능주를 덮칠지도 몰랐다. 쇠붙이의 날카로운 소리를 내서 덮치지 못하게 하는 하려는 것이었다.

아내 근처로 가기도 전에 피비린내가 진동했다. 아내의 피비린내라는 생각에 속이 울렁거리거나 구토의 기미는 느껴지지 않았다. 비통함이 피비린내를 덮었다.

아내는 뾰족 뾰족 튀어나온 바위가 지천인 너덜겅 위로 떨어져 형체를 알아볼 수 없을 정도로 자잘하게 토막 나 있었다. 너덜너덜했다. 머리는 서너 동강이 났고, 뇌에서 흘러나온 골이 여기저기에 튀어 있었다. 육신은 산산이 부서져 바닥에 널브러져 있었다. 내장 뭉치가 빠져나와 바위 등걸에 걸려 있었고 창자는 아래로 축 늘어져 있었다. 늑대 무리가 낭떠러지 위에서 눈에 불을 밝히고 내려다보고 있었다. 소름 끼치도록 무서웠다. 하지만 도망칠 상황이 아니었다. 능주는 망치로 연신 정을 땅, 땅 때렸다. 천지에 진동하는 피비린내를 맡으며 능주는 아내의 살 한 점 한 점, 뼛조각 하나하나를 주워 모았다. 중간 중간 망치로 정을 두드려 날카로운 소리를 냈다. 막대기나 손이 들어가지 않은 좁은 바위틈에 낀 살점이나 뼈는 수습할 도리가 없었다.

능주는 난감했다. 임신이었으니, 아내와 아이의 육신이 다를 텐데, 구분할 수 없었다. 두 개의 관을 만들어 안치시키고 묻어 주어야 하거늘 마땅한 방법이 없었다. 너덜너덜한 시신일지라도 지고 가서 장례를 치러야 마땅하나 포기했다. 처참한 아내를 남에게 보여주기 싫었다. 착하고 곱상한 아내였는데, 사람들은 그렇게 기억하며 요절을 안타까워할 텐데, 처참한 모습을 보고 나면 기억이 달라질 것이다. 아내를 생각하면 착하고 곱상했다는 기억보다 참혹한 모습을 먼저 떠올리고 진저리를 칠 것이다. 사람들에게 아내가 참혹한 모습이 아니라, 착하고 곱상한 이미지로 남기를 바랐다.

아내 뱃속에 있던 태아가, 아들인지 딸인지 모르겠지만, 무덤은 만들어줘야 하지 않겠는가. 능주는 수습한 살점과 뼛조각을 분리했다. 한 줌의 살과 뼈를 아이라고 생각했다. 아내 시신 옆에 한 줌의 살과 뼈를 고이 놓고, 주변의 돌을 주워 시신을 겹겹이 덮었다. 어떤 짐승들도 파헤치지 못하게, 묵직한 돌로 덮고 또 덮었다. 돌무덤을 만드는 동안 차오르는 분노와 후회와 슬픔을 꾹꾹 눌러 삼켰다.

어둠이 엷어질 무렵 너덜겅 사이에 봉긋한 돌무덤 두 개가 생겼다. 양지바른 곳이 아니었다. 내생마저 음지에서 보내게 한다는 사실에 가슴이 미어터지는 듯했다. 능주는 돌무덤을 하염없이 바라보며 눈물을 흘렸다. 아내를 따라 저세상으로 훌쩍 건너가고 싶은 마음이 용솟음쳤다. 마음은 아내를 따라 가고 싶지만, 몸이 따라주지 않았다. 마음 한 구석에 살고 싶은 욕망이 남아있는지도 몰랐다. 능주는 마음뿐인 자신을 비겁한 놈이라고 책망했다.

정신을 차려야 했다. 돌무덤에 제를 올려야 했다. 성복제, 발인제, 노제, 사토제, 평토제는 못 지냈지만, 성분제만은 올리고 싶었다. 성분제가 후한이 없도록 신께서 지켜 주기를 비는 제사인데, 빠트릴 순 없었다. 제수음식이 필요했다. 편, 전, 과일, 생선, 저육, 한과 등의 격식을 갖춘 상은커녕, 제사상에 가장 기본으로 올라가는 삼색 나물도 없었다. 아득했다. 아내와 자식이 가는 마지막 길에 맹물이라도 올리고 싶었다. 물이 있는 석굴이 떠올랐다. 다행히도, 천만다행하게도, 주먹밥 두 덩어리가 망태기에 남아 있다는 것이 함께 생각났다. 아침에 아내와 먹을 요량으로 남겨둔 주먹밥이었다. 아내가 챙겨온 주먹밥이었다. 하마터면 무덤 앞에 물만 떠놓을 뻔했는데, 주먹밥이 있다는 사실에 그나마 위안을 받았다. 게다가 부싯깃도 망태기에 있었다.

능주는 석굴에서 망태기를 챙겨 와 주먹밥을 돌무덤 앞에 각각 놓았다. 무덤에 절을 올려야하는데, 절을 하는 동안 짐승이 덮칠지도 모른다는 생각이 떠나지 않았다. 망치로 정을 두드리며 절할 수는 없어 망설이고 있는데 보리암에서 타종 소리가 들려왔다. 능주는 망치와 정을 손에서 내려놓았다. 타종소리에 산짐승들이 함부로 움직이지 않을 것이었다. 마음 놓고 제사를 준비할 수 있음에 감사한 마음이었다. 부싯돌로 불꽃을 만들어 부싯깃에 붙였다. 부싯깃을 두 개의 돌무덤 가운데에 놓았다. 향을 대신한 것이었다. 그리고는 정중하게 절을 올렸다. 절을 두 번 하고 나서, 능주는 목이 잠길 때까지 목놓아 울었다. 그리고는 주먹밥 두 개를 입에 밀어 넣고 꾸역꾸역 씹었다. 산짐승이 밥 냄새나 피 냄새를 맡고 찾아와 돌무덤을 파헤칠지도 모른다는 생각에 밥이라도 씹어 삼켜 흔적을 없애려 했지만, 도무지 삼켜지지가 않았다. 목이 메어 삼킬 수가 없었다. 밥덩이를 씹으며 능주는 소리 없이 오열했다. 비탄의 울부짖음이지만 입 밖으로 나오지 않았다. 타종 소리는 아직도 이어지고 있었다.

그 사고 후로 능주는 추월산에 한동안 가지 못했다. 망태기에 단지를 넣고 집을 나섰지만, 산기슭에서 빙빙 돌며 시간을 때우다 돌아오곤 했다. 그러기를 2년째 하고 나니 집에 꿀이 한 방울도 남지 않았다. 귀한 손님이 오셨다고 대감이 석청을 찾았지만 없다고 하자 불호령이 떨어졌다. 능주는 어쩔 수 없이 곧장 추월산으로 달려가야 했다.

아내 생각에 능주는 자기도 모르게 눈시울이 촉촉이 젖어 있었다. 어느덧 석굴이 눈앞에 나타났다. 어디선가 짐승의 움직임이 느껴졌다. 여태 아내를 생각하면서 걸었던 터라, 바짝 긴장했다. 산이 낮으니 범은 아닐 것이다. 곰이 아닐 가능성도 컸다. 멧돼지나, 늑대, 삵, 여우일 가능성이 컸다. 하지만 범이나 곰이 아니라도 야생 짐승이 위험하기는 매한가지였다. 능주는 허리춤에서 단검을 꺼내 들고 소리에 바짝 신경 썼다. 전방의 험준한 바위 위에서 희끗한 움직임이 포착되었다. 자세히 보니 늑대 다섯 마리가 아래를 내려다보고 있었다. 귓바퀴를 쫑긋 세우고, 꼬리를 늘어뜨리고 있는 늑대 눈에서 뿜어 나오는 광채 때문에 온몸에 소름이 돋았다. 능주는 얼어붙은 듯 꼼짝하지 못했다. 늑대가 언제 덮칠지 몰랐다. 늑대가 덮치지 못하게 하려면 눈싸움에서 이겨야 한다고 아버지가 귀가 닳도록 일렀다. 아내를 죽게 한 늑대를, 눈을 부릅뜨고 바라보았다. 그래서일까. 늑대가 움직이지 않고 능주 눈만 보고 있었다. 이렇게 눈싸움만 하다가는 날이 꼴딱 샐지도 몰랐다.

능주는 석굴 안에서 쉬었다 가는 것을 포기했다. 안에 어떤 맹수가 들어있을지도 몰랐다. 그동안 한 번도 경험하지 못한 상황이지만 능주는 냉정을 잃지 않았다. 늑대 눈을 빤히 바라보며, 능주는 한 걸음 한 걸음 뒷걸음질로 산을 내려갔다. 단검을 쥐고 있는 손과 온몸이 땀으로 흥건했다. 얼마나 긴장했는지 오금이 저려왔다. 한발 한발 조심스럽게 바위를 디디며, 늑대의 움직임에 신경을 곤두세웠고, 봇짐 속 단지에도 신경 썼다. 덮치면 어떻게 하나. 여러 가지 상황을 가정해 대비책을 세웠다. 한 마리가 덮치든, 다섯 마리가 동시에 덮치든, 단검으로 대항하는 방법뿐이었다. 그 다음은 운에 맡기는 수밖에 없었다. 하지만 뒤로 내려가는 동안 늑대는 사납게 지켜보기만 할 뿐 덮치지 않았다. 늑대가 시야에서 완전히 사라지자 능주는 뒤로 돌아 잽싸게 걸었다.

'쉰널위'에서 걸음을 멈추었다. 쉰널위는 바위가 편편하고, 전망이 탁 트여 쉬어가기 좋은 바위라는 이름이었다. 바닥에 봇짐을 풀고 털썩 주저앉았다. 사방에서 불어오는 바람에 손부채를 하며 땀을 식혔다.

어떻게 할지 생각했다. 늑대는 야행성이라 날이 새면 사라질 것이다. 그때까지 기다렸다가 올라갈까. 그럼 너무 지체되는 거 아닐까. 뭐 그래 봤자 한두 시간 차이잖아. 어차피 석굴에서 쉬기로 한 거 아냐. 여기서 쉬나 석굴에서 쉬나 마찬가지 아냐. 능주는 자문자답했다. 오던 길을 돌아가 다른 길로 간다면 쉬었다 가는 것보다 시간이 더 걸릴 것이다. 그 길에 왜군이 매복해있을 지도 몰랐다. 정보를 모른다는 것이 얼마나 힘들다는 것을 능주는 다시금 느꼈다. 왜군이 어디에 진을 치고, 어디에 매복해 있는지를 안다면 굳이 돌아서 가거나 험준한 산에서 밤길을 걷지 않아도 될 게 아닌가. 능주는 깊은 한숨을 쉬었다. 차라리 석굴보다 쉰널위에서 쉬었다 가는 것이 안전할 것 같았다. 이윽고 능주는 두 팔을 베개 삼아 누웠다.

늑대 울음소리가 들려왔다. 마주쳤을 때는 울지 않더니, 왜 이제야 운단 말인가. 능주와 마주쳤을 때 늑대들도 긴장해서 울지 않고 예의주시했는지도 몰랐다. 늑대가 승리의 찬가를 부르고 있는 것만 같았다. 자기들 영역에 침입한 침입자를 몰아냈다고 자축하는 듯했다. 능주는 문득, 저기가 늑대들의 영역이었는지 의구심이 들었다. 석굴 안에는 짐승의 흔적이라고는 털끝 하나도 없었다. 그런 흔적이 있었다면 능주는 그들의 영역임을 인정해 그 안에서 밤을 새우지 않았을 것이다. 굶주린 짐승의 침입을 막으려고 등잔불을 켜놓긴 해도, 짐승이 자기들 영역이라고 언제 들어올지 모르지 않은가. 낮에는 그림자도 보이지 않던 늑대 무리가, 야밤에 어슬렁어슬렁 나타나 영역을 주장하는 것 같아 울화통이 터지기도 했다. 아내를 죽게 한 늑대라서 모두 잡아 때려죽이고 싶지만, 마음뿐이었다.

잠깐이라도 눈을 붙이고 싶은데, 오히려 정신이 말똥말똥했다. 하늘에 빼곡하게 박힌 별이 저절로 눈에 들어왔다. 저 많은 별 중에 아내별이 있을 것이다. 아내가 별이 되어 능주를 내려다보고 있을 것 같았다. 능주는 유난히 반짝이는 별을 보며 입속말을 했다. 지켜 줄 거지? 대답은커녕 메아리조차 들려오지 않았다. 별은 점점 희미해지고 있었다. 동틀 무렵이 가까워졌기 때문이었다. 늑대 울음소리도 들려오지 않았다.

능주는 봇짐을 풀어 주먹밥 한 덩이를 꺼내 날름 씹어 삼키고 발길을 재촉했다. 날이 새기 전에 최대한 멀리 가야 했다. 길을 걸으며 봇짐 속의 단지를 생각했다. 등잔불이야 없으면 관솔불로 대체하면 되지만, 꿀단지는 없앨 수 없었다. 단지만 없으면 한결 자유로울 텐데, 단지가 능주 몸을 일정 부분 옭아매고 있었다. 바위 사이를 지날 때도 행여나 단지가 깨지지 않을지 조심해서 지나갈 수밖에 없었다. 단지를 은밀하고 안전한 곳에 숨겨 두었다가, 나중을 기약하고 싶은 마음이 한두 번 드는 게 아니었다. 사실 덕령이에게 꿀이 있어도 그만, 없어도 그만일 것이다. 광옥이 동생을 바라는 마음에 준비한 꿀이지 않은가. 덕령이는 민경이와 떨어져 있지 않은가. 꿀을 먹고 욕망이 끓어 넘친들 민경이에게 쏟을 일은 없지 않겠는가. 능주는 덕령이에게 꿀이 없어도 되는 이유를 여러 가지 생각했다.

하지만 봇짐에서 꿀단지를 꺼내지 못했다. 덕령이가 생사를 걸고 전장에 나갔는데 불편하다는 이유로 단지를 숨겨놓고 갈 수는 없었다. 꿀을 먹고 힘을 내서 왜군을 모조리 무찌르기 바랐다. 나라가 위기에 처했는데도, 전장에 나가지 못했다는 사실에 한편으로는 마음이 무거웠다. 덕령이가 의병을 모집할 때 내심 함께 가자고 하기를 기대했다. 하지만 덕령이는 능주에게 그런 말을 한 마디도 꺼내지 않았다. 가족을 잘 돌보는 것도 충정의 하나고, 부인과 아들에 대한 걱정이 없어야 전장에서 마음 놓고 싸울 수 있다고 생각했는지도 몰랐다. 가족이 걱정되면 전장에서 주저할 것이 우려되었는지도 몰랐다.

어느덧 날이 밝았다. 눈앞에 원봉이 가까이 있었다. 요동산 정상에 다다른 것이다. 능주는 빠르게 원봉에 올라 산 아래를 바라보았다. 다음 목적지인 천태산까지 가는 길에 장막은 보이지 않았다. 왜군이 아직 여기까지는 오지 않은 모양이었다. 낮에 이동해도 안전할 것 같았다. 안전할 때 최대한 멀리 가고 싶었다. 능주는 호흡을 한 번 고르고 천태산으로 향했다. 부지런히 걸으면 천태산 거북바위에, 술시에는 도착할 것이다. 석굴에서 요기도 하고 잠시 눈을 붙일 것이다. 능주는 걸음을 재촉했다.

거북바위 석굴에서 눈을 붙이고 있던 능주가 벌떡, 일어나 앉았다. 잠결에 늑대 무리의 울음소리를 들은 탓이었다. 능주는 등잔불이 꺼졌는지부터 살폈다. 바람에 흔들리고 있지만 꺼지지 않았다. 쉬지 않고 걸은 통에 거북바위까지 헐근거리며 올랐다. 피로가 채 풀리지도 않았는데 늑대 소리에 눈을 뜬 능주는 자기도 모르게 몸이 떨렸다. 늑대가 마치 여기 먹잇감이 있다고 다른 무리를 부르는 듯했다. 등잔불이 있어 들어갈 수 없으니 지원을 바란다는 울음처럼 느껴졌다. 능주는 단검을 오른손에 쥐었다. 단검으로 한두 마리는 몰라도 늑대 무리 전체를 제압할 수 없다는 것을 알고 있었다. 그러니 다른 방법을 찾아야 했다.

능주는 왼손으로 막대를 집어 들었다. 어제 늑대를 만난 후 느낀 게 있어, 잠들기 전에 준비한 것이었다. 막대 끝에 천을 친친 감아 송진을 잔뜩 발랐다. 관솔이었다. 짐승의 수상한 움직임이 감지되면 관솔에 불을 붙여 석굴 입구에서 짐승의 난입을 막을 생각이었다. 불이 있으면 짐승이 접근하지 못한다는 점에 착안한 것이다. 미리 불을 밝혀놓으면 좋으련만, 관솔이 무한정 타지 않기에 미리 밝힐 수도 없는 노릇이었다. 능주는 늑대의 움직임이 감지되면 불을 붙이려고 등잔불 가까이 관솔 막대를 들고 바깥 소리에 귀를 기울였다. 늑대 무리의 울음소리가 그치지 않았다.

드디어 늑대 울음소리가 그쳤다. 동이 트기 시작해 늑대가 자취를 감춘 것 같았다. 그제야 긴장을 풀었다. 그동안 단검과 막대를 손에서 놓지 않아 근육이 굳어져 있었다. 단검과 막대를 바닥에 놓고 팔을 흔들어 근육을 풀었다. 긴장이 풀리자 오줌보가 터지기 직전이라는 게 느껴졌다. 석굴 밖으로 살짝 머리를 내밀고 바깥을 살폈다. 희끄무레한 어둠이 깔려 있었다. 조심스럽게 나가 바지춤을 내리고 오줌을 갈겼다. 아내가 소변을 보다 변을 당했으니, 능주도 주위를 두리번거리며 오줌을 쌌다. 오줌을 누는데 한참이나 걸렸다. 바지에 오줌을 저리지 않은 것이 신기할 정도였다.

　긴장한 탓에 피로가 급격히 몰려왔다. 쉬었다 가고 싶은 마음이 굴뚝같았다. 하지만 다시 짐을 챙겨 석굴을 빠져나갔다. 다리에 힘이 풀려 잠깐 휘청, 했다. 늑대는 온 데 간 데 없었다. 능주는 아내가 늑대로부터 자기를 지켜주었다고 생각했다. 아니 그렇게 믿고 싶었다. 하늘을 올려다보고 아내별을 찾았다. 아내별이 어느 것인지 모를 정도로 하나같이 빛을 잃어가고 있었다. 밤새 늑대로부터 자신을 지켰던 긴장을 아는지 모르는지 아침은 또 그렇게 어김없이 밝아오고 있었다.

　능주가 채기산 옥녀봉에 다다른 것은 해시가 다되어서였다. 드디어 고생이 끝난 것 같았다. 옥녀봉에서 남원까지는 내리막길이니, 힘든 여정은 없을 것이다. 마음 같아서는 바로 남원으로 내려가고 싶지만 몸이 천근만근이었다. 늑대 때문에 제대로 쉬지도 못해 축 늘어진 몸으로 걸어오느라 탈진하기 직전이었다. 먹을 거라도 넉넉했다면 원기가 남아있을 텐데, 첫날은 주먹밥으로, 그 후로는 고구마를 구워 시장기를 달랬다. 지금도 허기 때문에 서 있기조차 버거울 정도였다. 그게 아니라도 서둘러 내려가고 싶지 않았다. 지금 내려가면 모두 잠에 빠져 있어 장군이 머물고 있는 최담년의 집이 어디인지 물어볼 사람이 없을 것이다. 야밤에 대문을 두드리고 자는 사람을 깨워서 물어볼 수는 없지 않은가. 아무튼 고생이 끝났다는 생각에 마음은 편했다. 능주는 가벼운 마음으로 주위를 둘러보았다. 소나무에만 이파리가 달려있을 뿐, 나무마다 휑한 모습으로 서 있었다. 마치 조선의 현실을 보는 듯했다.

저녁에 머무를 장소를 찾아 옥녀봉 일대를 살폈다. 짙은 어둠에 덮인 기암괴석들이 죄다 거무틱하게 보였다. 정상인 고정봉도 검게 보였다. 석청을 찾아 채기산을 두 번 올랐기에 낯익은 모습이었다. 누울 만한 석굴의 위치도 알고 있었다. 석굴에 맹수가 들어있을지도 모르나, 두 번에 걸쳐 확인 한 건 맹수의 흔적은 보이지 않았다는 것이다. 범이나 호랑이 똥 같은 것이 눈에 띄지 않았다. 산이 높지 않고 험준한 지대라 맹수들이 안식처로 여기지 않았는지도 몰랐다. 늑대 울음도 들리지 않고, 오면서 관솔에 송진을 듬뿍 발라 놓았으니 적이 안심이 되었다.

석굴로 발길을 돌렸다. 여남은 발을 걸었을 때였다. 바위 등걸 뒤에서 사향노루가 갑자기 튀어나와 능주 앞을 날쌔게 지나갔다. 능주는 자기도 모르게 털썩 주저앉았다. 단지, 사기병, 등잔이 깨지는 날카로운 소리가 허공에 울려 퍼졌다. 낭패였다. 지금까지 얼마나 조심히 다루었던 단지였던가. 그런데 너무도 허망하게 깨져버리고 말았다. 다치지 않았다고 안도의 한숨을 쉴 수가 없었다. 놀란 가슴에 분노와 허탈감이 일렁거렸다. 사향노루가 저주스러웠다. 야 임마! 고산지대에 사는 놈이 왜 이렇게 낮은 데까지 내려왔어. 미쳤어? 발정 나서 미쳐버린 게야! 능주는 사향노루가 사라진 방향을 보고 고래고래 소리치고 싶었다. 하지만 그 어떤 말도 입 밖으로 나오지 않았다. 늑대 무리 때문이었다.

늑대 무리가 사향노루를 향해 득달같이 쫓아갔다. 얼핏 보아도 일곱 마리는 넘어 보였다. 늑대들이 눈에 불을 밝히고 사향노루를 쫓느라, 능주 옆을 순식간에 지나갔다. 능주는 놀라서 또다시 철퍼덕 주저앉았다. 놀란 가슴을 쓸어내리기도 전에 사향노루의 단말마가 귀에 들려왔다. 소름이 끼쳤다. 사향노루가 아니었다면 늑대 무리가 능주를 덮쳤을지도 몰랐다. 그랬다면 사향노루의 단말마가 아닌, 능주의 비명이 채기산에 울려퍼졌을 것이다. 어쩌면 비명도 지르지 못하고 죽었을지도 몰랐다. 능주는 오들오들 떨다가, 한참 후에야 몸을 일으켰다.

엉덩이에 찐득함이 느껴지고, 석청에 발효된 마늘 냄새가 콧속을 파고들었다. 석청 향은 감미로운데, 그 향기로움이 마늘 냄

172

새에 묻혀버렸다. 아주까리기름 냄새도 섞였다. 엉덩이도 축축하고, 냄새도 고약해 능주는 인상이 저절로 찌푸려졌다. 깨진 건 둘째 치고, 냄새와 끈적임도 문제지만 추위가 더 큰 문제였다.

시간이 흐르자 하체에 냉기가 엄습했다. 추위가 온몸으로 퍼졌다. 으스스 몸을 떨었다. 여벌이 있다면 갈아입을 텐데, 챙겨오지 않았다. 이런 상황을 예상하지 못한 자신이 원망스러웠다. 축축한 옷을 입고 잠들 수는 없었다. 그랬다가는 얼어 죽어 어떤 짐승의 먹이로 전락할지 몰랐다. 더넘스러운 철릭과 직령을 잠깐 입을까도 생각했지만 철릭과 직령 역시 아주까리기름이나 석청에 젖어 있을 게 뻔했다. 이 상황에서 할 수 있는 것 오직 하나, 움직이는 것뿐이었다. 스스로 몸에 열기를 일으켜야 했다. 어둠을 헤치고 산을 내려가야 했다. 산기슭 송대천에 도착해 옷을 빨까도 생각했다. 하지만 바지가 마르기까지 오들오들 떨고 있어야해, 포기했다.

하늘을 올려다보았다. 별 하나가 유난히 밝았다. 가장 밝아서 스스로가 점찍었던 아내별을 보고 속삭였다. 끝까지 지켜줄 거지. 별을 보고 희망을 새기려 했는데 오한이 밀려왔다. 별에서 시선을 거두고 서둘러 걸음을 재촉했다. 잔가지를 헤쳐 가며 산길을 내려갔다. 단지가 없으니 그나마 과감히 발을 내딛을 수 있게 되었다. 어느덧 아주까리기름과 마늘 냄새에 익숙해졌다.

마을에 당도했을 때, 온몸이 땀벌창이 되었다. 땀으로 바지가 축축한 것인지, 석청 때문에 축축한 것인지 구분하기 어려울 정도였다. 마을은 아직도 고요히 잠들어 있었다. 홰치는 소리도 들려오지 않고, 개 짖는 소리도 들려오지 않았다. 인기척이라도 있으면, 왜군으로 오해받는 한이 있더라도 대문을 밀고 들어가, 도움을 요청할 텐데 인기척도 없었다. 밤고양이만이 천적을 만난 듯 황급히 지나갈 뿐이었다. 지칠 대로 지친 능주는 마구간이라도 좋으니 추위를 피해 날이 밝을 때까지라도 쉬고 싶은 마음이 간절했다. 들어갈만한 곳이 있는지 사방을 두리번거렸다. 들어오라고 대문을 활짝 열어놓은 집이 없었다. 오히려 왜군 때문에 더욱 꽁꽁 잠근 듯했다. 담장을 넘지 않는 한 마구간에서 쉰다는 것도 불가능했다. 능주는 어쩔 수 없이 마을을 어슬렁어슬렁 배회했다.

"혹시, 최담년 대감 댁을 아시는지요?"

꼭두새벽에 대문 밖을 나온 젊은 남자를 붙잡고 정중하게 물었다. 차림으로 보아하니 그 남자도 노비 같았다.

"아니, 이게 뭔 냄새다냐? 똥 싼 거 아니요?"

남자는 손으로 코를 막고, 능주 뒤태를 보았다. 그리고는 가

174

타부타 말도 없이 냉큼 벗어나 버렸다. 정말로 똥을 쌌다고 생각한 모양이었다.

"긴히 전할 게 있어서 그란디, 최담년 대감 댁이 어디에 있담감요?"

비슷해 보이는 연배의 남자가 다가오자 얼른 앞을 가로 막고 물었다.

"식전 댓바람부터 웬 미친놈이."

남자가 황급히 멀어졌다.

"충용장군님이 최담년 대감 댁에서 머문다는데 거기가 어디랍니까?"

능주보다 서너 살 적어 보이는 여자가 지나가자 이때다 싶어또 앞을 가로막고 물었다.

"꼭두새벽부터 재수 없게시리."

여자가 치맛바람을 휘날리며 눈에서 멀어져 갔다. 능주는 지나는 사람마다 앞을 가로막고 물었으나 반응이 비슷했다. 하나같이 똥이나 싸고 다니는 미친놈을 대하는 태도였다.

·

·

·

"이건 최담년 대감 댁에서 머물고 계신 의병장님께 꼭 정해야 하는 철릭과 직령입니다요. 장군님께 드릴 약 단지도 가져왔는데 쇤네가 잘못해서 그만 깨뜨리고 말았습니다요. 바지에 묻은 건 절대 똥이 아닙니다요."

능주는 열세 번째 만난 남자 앞에서 허리를 굽히고 물었다. 도포 차림에 갓을 쓴 걸 보니, 양반이 분명했다. 신분 때문일까. 의병장이라는 말 때문일까. 아니면 능주의 진정성을 느꼈는지도 몰랐다. 양반이 고개를 점잖게 끄덕이고 말을 이었다.

"익호 장군을 말하는 겐가."

익호 장군이란 말에 능주는 어리둥절한 표정을 지었다. 처음 들어보는 호칭이었다. 양반이 다시 물었다.

"자네가 찾는 분이 혹시 김덕령 장군이신가?"

"예, 그렇습니다요."

능주는 허리를 더욱 숙였다. 김덕령이란 말을 듣는 것만으로도 그동안의 피로가 말끔히 가신 듯했다. 드디어 최담년 대감 댁을 찾을 있다는 생각 때문이었다.

"그럼 담양에서 오는 길이겠구먼."

"예, 그렇습니다요."

"그걸 익호 장군에게 전하려고 왔단 말이지."

"예, 그렇습니다요."

양반은 안타까운 표정으로 능주를 바라보며 혀를 끌끌거렸다. 능주는 무언가가 잘못되었음을 예감했다. 이미 전사했을지도 모른다는 생각이 스쳐, 순간 몸이 얼어붙었다. 양반 입에서 전사라는 말이 튀어나올 것이 두려워 장군에게 무슨 일이 일어났는지 바로 물을 수가 없었다.

"세자께서 의병장에게 익호장군이란 칭호를 하사하셨다네. 그런데 말이야, 임금님께서 진해와 고성을 방어하라는 어명을 내리셔서 익호장군께서 나흘 전에 함양으로 떠나셨는데, 이를 어쩌나?"

능주 입에서 낮은 탄식이 흘러나왔다. 사력을 다해 찾아온 것이 헛걸음이었다니. 날벼락을 맞은 듯했다. 다리에 힘이 풀렸다. 양반 앞이 아니라면 털썩 주저앉았을 텐데, 그러지도 못하고 멍한 표정으로 서 있을 뿐이었다. 전사했다는 소식이 아니기에 간신히 지탱하고 있는지도 몰랐다.

능주가 안쓰러웠는지, 아니면 덕령이를 호의적으로 본 탓인지, 양반이 장군의 소식을 요약해서 들려주었다. 덕령이가 관군에 편입되었다고 했다. 함양으로 떠나기 전에 집으로 서찰을 보냈을 텐데, 아직 서찰이 도착하지 않은 모양이라고 했다. 아마 지금쯤 서찰이 도착했을 것이라고 추측했고, 하루만 늦게 출발했어도 헛고생은 안 했을 거라며, 안타까워했다. 그리고는 자기 집으로 능주를 안내했다. 하인을 시켜 옷을 내주게 하고, 아침상도 봐달라고 했다. 빨래도 맡겼다. 이왕 일이 틀어졌으니 옷이 마를 때까지라도 푹 쉬었다가 가라고 했다.

양반을 따라, 양반 댁에 들어선 능주는 마당을 쓸다 양반을 맞이한 하인에게 왜군의 동태를 물었다. 돌아갈 때 참고하기 위해서였다. 아직 남원까지 왜군이 오지 않았다고 했다. 그 사실 하나만으로도 큰 도움이 되었다. 돌아갈 때는, 산길을 타지 않아도, 밤길을 걷지 않아도 될 테니까 말이다. 그 정보 하나가 이렇게 편한 길을 갈 수 있게 했다. 그건 그나마 다행이었다.

능주는 하인이 제공한 아침상을 뚝딱 해치웠다. 워낙 허기진 터라 눈치를 보시고 자시고 할 것 없이 게걸스럽게 먹어댔다. 그리고는 하인방에 들어가 왜적이 코나 귀를 베어가도 모를 정도로 깊은 잠에 빠져들었다. 능주 옷은 빨랫줄에 걸려 바람에 휘날렸다.

⊙ − 1595년 4월

1595년 4월

　능주가 떡배와 집으로 들어서자 민경이가 오랫동안 헤어져 있던 가족을 다시 만난 듯 밝은 표정으로 떡배를 맞았다. 능주는 떡배가 덕령이 소식을 가져왔다고 알렸다. 요 며칠 그 어떤 소식도 듣지 못하고 있던 터라 정보에 목말라했다. 민경이가 애를 태우고 있던 참이었다. 덕령이가 서찰을 보내오지 않아 마을에 은근히 소문이 떠돌기도 했다. 덕령이가 전사했을지도 모른다고 했다. 그렇지 않았으면 서찰 한 통은 보냈을 텐데, 함양으로 간 후로 소식이 없으니 그런 소문이 나돈 것이었다. 민경이는 떡배를 대청마루에 앉히고 덕령이 소식을 재촉했다. 떡배가 마루에 앉았음에도 아씨는 앉지 않았다.

떡배는 민경이를 찬찬히 뜯어보았다. 천한 주제에 귀한 우리 아씨를 어떻게 똑바로 바라본다는 말인가. 눈곱만큼도 버르장머리가 없는 짓거리였다. 흑심이라도 있는 거 아녀? 능주는 떡배가 민경이에게 허튼수작이라도 걸면 요절을 내고 말겠다는 각오로 지켜보았다. 민경이가 덕령이와 오랫동안 떨어져 있더라도, 감히 니 같은 게 우리 아씨를. 능주는 속으로 씩씩거렸다. 능주마음을 읽기라도 했을까. 이윽고 떡배가 눈을 내리깔았다.

수런거리는 소리를 들었는지 광옥이가 방에서 황급히 나왔다. 광옥이는 앉을 염도 없어 보였다. 민경이처럼 대청마루에 서서 귀를 기울였다. 어린 광옥이도 아버지를 무척 걱정하고 있는 모양이었다. 광옥이 눈시울이 촉촉했다. 핏줄이 뭐라고. 능주는 가슴이 찡했다. 아버지가 출병하는 것을 묵묵히 지켜보던 광옥이었다. 능주가 남원에서 가져온 소식을 듣고도 담담해하던 광옥이었다. 한번쯤 아버지 소식을 물을 수도 있었는데, 광옥이는 아버지라는 세 음절조차 입 밖으로 꺼내지 않았다. 능주는 속으로 광옥이를 불효자로 생각했다. 아무리 어리다지만 아버지 생사에 너무 무관심하다고 생각했다. 하지만 지금 이 순간 그 생각이 잘못되었음을 느꼈다. 어린 나이에 궁금증을 가슴에 묻어두고 있었다는 생각에 안쓰러워 보였다.

"장군님은 무탈하신가요?"

민경이가 조마조마한 표정으로 떡배에게 물었다.

"하면요. 장군님께서 이월에 고성에서 기습하여 왜군을 물리 쳤다 아입니꺼? 그뿐이 아닙니다. 삼월에는 곽재우 장군님과 연 합해가, 왜군을 섬멸해뿌렀습니더!"

떡배가 마치 자랑하는 것처럼 들뜬 어조로 말했다

"장군님께서 무탈하다 이거죠?"

"그렇다니까예? 왜군 사이에서는 장군님 이름만 들어도 오줌 을 지란다고 소문이 파다합니더."

"혹시 부상을 당하거나, 편찮으신 적은 없었나요?"

"장군님이 왜 부상을 당합니꺼? 한 번도 다친 적 없습니더. 그러니 걱정 하지 않아도 됩니더."

긴장하던 민경이의 얼굴에 안도감이 묻어났다. 광옥이 표정 도 밝아졌다. 민경이는 먼 길 오시느라 고생 많았을 거라며 떡배 를 위로했다. 그리고는 손수 아침상을 준비하겠다고 부엌으로 들어갔다. 지금까지 능주는 민경이가 손수 차려준 밥상을 받아 본 적이 없었다. 민경이가 부엌으로 사라지자 떡배는 광옥이에 게 고개를 돌렸다.

"와! 도련님도 엄청 늠름하네예? 튼튼하게 자라서 장군님처럼 훌륭한 분이 되셔야지예?"

광옥이는 떡배 말에 가타부타 대답 없이 방으로 들어갔다.

능주는 민경이가 준비한 밥상을 들고 떡배와 자기 방으로 들어갔다. 떡배는 밥을 뜨면서도 덕령이 이야기를 침 튀겨가며 했다. 떡배는 묘한 재주가 있었다. 떡배 말에 장면 하나하나가, 동작 하나하나가, 머리에 선명히 그려졌다. 떡배는 마치 자기 무용담을 늘어놓은 것처럼 덕령이의 무용담을 늘어놓았다. 산에서 듣고, 방금 전 민경이에게 전할 때 듣고, 지금이 세 번째지만 싫증나지 않았다. 능주가 계속 귀를 기울인 탓인지, 떡배는 덕령이의 무용담을 반복했다. 떡배 말에 과장이 섞였을지도 몰랐다. 하지만 왜군을 무찔렀다는 것만큼은 거짓이 아닐 것이다. 대단한 전과라고 생각했다. 조총으로 무장한 왜군을, 활이나 창검 같은 재래식 무기로 대적했을 게 아닌가. 그것마저 없어 죽창을 들고 싸우는 의병들의 활약상이 머리에 그려졌다.

덕령이의 무용담이 되풀이될수록 능주는 덕령이에게 빚을 지고 있다는 생각이 점점 커졌다. 말이 봄이지 해가 떨어지면 아직 추위가 한창이었다. 민경이가 정성스레 준비한 철릭과 직령도 전하지 못했고, 석청은 전할 수도 없게 박살나버렸다. 덕령이는 이 추위에도 생사를 걸고 왜군을 무찌르느라 여념이 없을 텐데,

자기는 무엇을 하고 있는지 자괴감이 들었다. 덕령이를 위해 할 수 있는 것이 있다면 뭐든지 하고 싶었다. 함양까지 가서 철릭과 직령을 전해주라고 해도 기꺼이 달려갈 것이다. 하지만 석청이 걸렸다. 민경이가 또 석청을 보내고 싶을 텐데, 집에 석청이 남아 있지 않았다. 석청을 구하는 가장 빠른 방법은 추월산 암벽에 있는 석청을 따는 것뿐이었다. 아내와 따려고 했던 곳은 다른 석청꾼이 발견해 온통 바위를 헤집은 바람에 벌이 다른 곳으로 이동해 버렸다. 능주는 벌이 이동하지 않게 최소한의 구멍만 내서 석청을 땄는데, 그런 노력이 물거품이 되어버렸다. 다행인 건 지금 때죽꽃이 만발했다는 것이다. 암벽 벌집에 석청이 충분히 들어 있을 것이다.

"동상, 지난번에 나하고 한 약조를 잊지 않았는가 모르겠네?"

아침상을 물리고 능주가 떡배에게 물었다.

"약속이라니예?"

"배랑방에 있는 석청을 따는데 동상이 도와준다고 했잖여?"

"아, 그거요? 당연히 도와야지예."

떡배가 호탕하게 대답했다.

"그람 오늘 그 석청을 따러 가세. 내가 있잖여? 장군님 드릴라고 석청 단지를 봇짐에 메고 남원으로 갔단 말이시. 왜군이 매복하고 있을지 몰라 밤에 산길을 가는데, 사향노루가 바위 등걸 사이에서 갑자기 튀어나와서 깜짝 놀라 주저앉았지 않았겠는가? 그 바람에 그만, 단지가 깨져부렀단 말이시."

"아이고야! 식겁했겠는데예?"

떡배가 안타까운 표정을 지었다.

"식겁이 문제가 아니었제."

"그라면예?"

"석청이 바지에 촉촉하게 젖었지 않았겄어? 마늘을 재웠으니 냄새도 고약하고. 그 차림으로 장군님 계신 곳을 물어보려는데 다들 똥 싼 줄 알드랑께. 미친놈이 옷에 똥을 싸고선 씻지도 않고 돌아다닌 줄 알고 다들 고개를 외로 틀고 피하드라고."

"하하하, 나도 그렇게 생각했겠는데예?"

"꼴새가 그랬으니 동상도 틀림없이 그라고 생각했을 거구먼."

"석청이 똥색하고 비스무리하니 생겼다 아입니꺼? 사정을 모르면 다들 그렇게 생각하고도 남았겠네예. 하하하."

떡배가 호방하게 웃었다. 소리는 내지 않았지만 능주도 따라 웃었다. 모처럼 집안에 웃음꽃이 피었다. 능주는 십 년 묵은 체증이 해소된 것 같았다. 지금까지 누구에게도 이 밀을 하지 못했다. 민경이에게 단지를 깨트린 사연은 털어놓았지만 똥 싼 놈 취급받았다는 말은 하지 않았다. 누군가에게 말하고 가슴에서 하얗게 지워버리고 싶었는데 기회가 없었다. 연달아 들려오는 비보에 사람들이 침울한 나날을 보내고 있어서 그런 말을 꺼낼 수 없었다. 만약 그런 말을 했다면 얼빠진 놈이라고 매도당했을 것이다. 그래서 가슴에 담고 있었는데, 떡배에게 풀고 나니 속이 다 시원했다.

능주는 밧줄, 정, 망치, 단지, 훈연기 등의 채밀 도구를 챙겨 집을 나섰다. 혼자 산에 오를 때면 늘 외로웠고, 은근히 걱정도 되었다. 더구나 위험지역에서 채밀할 때는 두려움이 더했다. 하지만 떡배와 길을 나서니 든든했다. 그동안 그림의 떡으로만 여겼던 직벽의 석청을 기필코 따리라 마음먹었다. 떡배가 직벽을 타는 것은 일도 아니라 했으니 돌아올 때는 단지 가득 석청을 담아 올 것 같았다. 때를 맞춰 아내가 떡배를 능주에게 보냈는지도 모른다고 생각했다. 떡배는 능주와의 약속 때문에 다시 왔을 수 있다. 아니면 덕령이에게 은혜를 갚으려고 돌아왔는지도 몰랐다. 단지 사향만을 구하려 했다면 가까운 산에서 잠복하는 게 더 유리할 테니 말이다. 이유야 어쨌든 떡배와의 동행에 든든함을 느낀 건 어쩔 수 없었다.

추월산이 가까워올수록 발걸음이 빨라졌다. 잘 자고 일어난 것처럼 걸음걸이도 가벼웠다. 쉬엄쉬엄 올랐던 산이지만 오늘 따라 가뿐하게 올랐다. 가는 길에 낫으로 칡넝쿨을 잘라 한 아름 들고 갔다. 덕령이가 기병 후로 추월산에 오지 않았지만 발견하 기도 쉽지 않은 위치에 있으니 석청은 그 자리에 그대로 있을 것 이다. 다른 석청꾼이 발견했다 해도 감히 딸 엄두를 내지 못했을 것이다.

능주가 그 장소를 발견한 건 우연이 아니었다. 산에 오르면 전망이 좋은 곳에 멈춰 서서 벌의 움직임을 유심히 관찰하곤 했 다. 벌의 이동 경로를 알아야 석청의 위치를 찾기 쉽기 때문이었 다. 그날도 부엉이바위에 올라 주변을 살폈다. 휘우듬한 소나무 우듬지 근처에 벌떼가 앉아 있는 게 눈에 들어왔다. 손이 닿을 수 없는 높이였다. 수십 마리의 벌이 주위를 맴돌았다. 여왕벌을 중심으로 모여 있을 터였다. 기존의 벌집에서 분봉하려는 것임 을 알고 있었다. 저 나무에 둥지를 틀면 톱으로 베지 않는 한 따 기 힘들어 보였다. 벌이 안착하기에 적당한 장소도 아니었다.

능주는 조심스럽게 소나무로 다가갔다. 소나무는 암벽지대와 가까운 흙에 뿌리를 내리고 있었다. 힘껏 소나무를 흔들었다. 소 나무가 워낙 굵어 꿈쩍도 하지 않았다. 자잘한 돌을 주워 벌떼를 향해 날렸다. 오십 번 넘는 돌팔매질 끝에 벌떼를 명중시켰다.

놀란 벌이 일시에 날아올랐다. 능주는 벌에 쏘이는 걸 각오하고 벌떼가 향하는 장소를 유심히 보았다. 직벽의 바위틈에 벌떼가 진을 쳤다. 벌떼의 움직임을 보지 않았다면 도저히 알아챌 수 없는, 은밀한 곳이었다. 밧줄을 타고 내려가지 않는 한 딸 수 없다는 생각에 다른 곳으로 쫓으려고 했다. 하지만 암벽뿐인 곳에서 자잘한 돌을 찾을 수 없었다.

드디어 벌집이 있는 직벽이 눈앞에 나타났다. 벌집은 그대로였다. 벌들이 분주히 바위틈을 드나들었다. 능주는 칡넝쿨을 여러 가닥으로 야무지게 엮어놓고 어디에다 밧줄과 칡넝쿨을 매야 하는지를 살폈다. 나무에서 석청이 있는 지점과, 석청에서 바닥까지 거리가 얼마나 되는지 가늠하는데 떡배 목소리가 들려왔다.

"행님요? 줄을 타고 내려가는 기는 문제가 아닌데, 벌이 쏘지 않습니꺼?"

예상치 못한 질문에 능주는 어안이 벙벙했다.

"침이 있는디, 당연히 쏘제. 그래서 이렇게 훈연기를 준비한 거 아니겠어?"

"연기를 피워도 벌이 전부 도망간다는 보장은 없다 아입니꺼?"

"그거야, 그라제."

능주는 말끝을 내렸다.

"그카먼 행님이 따실랍니꺼? 행님은 벌에 내성이 생겼을 거 아입니꺼? 지는 마, 아직 경험이 없다 아입니꺼? 저 높은 곳에서 벌에 쏘여, 깜짝 놀라 떨어지기라도 하면 큰일 아입니꺼?"

능주는 기대가 산산이 부서지는 느낌이었다. 떡배 말이 하나도 틀린 게 없어 반박할 말도 생각나지 않았다. 그동안 그 자신감은 어디서 나왔단 말인가. 이제 와서 떡배가 이렇게 나오니 답답할 뿐이었다.

"아니, 그 자신감은 도대체 뭐였는디? 지금까지 나를 기만했다 이거여?"

능주는 말끝을 높였다.

"와 행님을 기만하겠습니꺼? 지금까지는 그 생각을 못했는데 이제야 떠올랐다 아입니꺼?"

"동상을 찰떡 같이 믿었는디, 시방 이게 뭐란 말인가?"

능주는 바위에 짓눌린 듯 답답했다. 오늘은 질 좋은 석청을 따 올 거라고 민경이에게 큰소리까지 쳤는데 이게 뭐란 말인가. 떡배를 너무 믿은 탓이었다. 그런데 지금에서야 이렇게 나오다니. 배신감이 스밀거렸다. 담양 부사가 떡배에게 생향을 내 준건 덕령이의 목숨 값이나 진배없었다. 출병한 의병장이나 의병들이 거지반 목숨을 잃었지 않은가. 그걸 알고도 장군은 생향 때문에 담양 부사에게 약조하지 않았던가. 꼭 생향이 아니라 충정 때문에 기병할 결심을 굳히고 있었다 해도, 떡배가 이렇게 나오면 안 되는 거 아닌가. 능주는 떡배 멱살을 움켜잡고 욕지거리를 퍼붓고 싶었다. 능주 얼굴이 험하게 일그러졌고, 눈빛에 살벌한 기운이 어렸다. 불끈 쥔 두 주먹이 부르르 떨렸다.

떡배가 정말로 꿀벌이 쏜다는 것을 이제야 생각했는지도 몰랐다. 생향을 얻었을 때는 감격에 겨웠거나, 아버지를 빨리 구출할 생각에 벌침을 떠올리지 못했을지도 몰랐다. 하지만 스무 살도 넘은 나이에 이제야 벌침을 떠올렸다는 것은 도무지 믿을 수 없었다. 사람이라면 이제 와서 발뺌할 수는 없었다. 능주는 금방이라도 때려눕힐 것처럼 눈을 사납게 치켜뜨고 떡배를 노려보았다.

"행님요? 와 그렇게 쏘아보는교? 제가 뭐, 거짓말한 줄 아십니꺼?"

떡배가 대거리했다.

"니가 사람이라면 절대로 이럴 수는 없는 것이여!"

"그럼 어째야 되는데예? 줄에 매달려 벌침을 온몸에 맞아야 사람입니꺼? 그러다 고통을 못 이겨 줄에서 떨어져야 사람입니꺼? 떨어져 바위에 대갈통이 깨지고 온몸이 산산조각 나야 사람입니꺼? 너무 하신 거 아입니꺼?"

능주는 순간 움찔했다. 듣고 보니, 떡배에게 위험을 강요했다는 생각이 들었다. 아내가 낭떠러지에 떨어졌을 때의 참혹한 장면이 떠올랐다. 능주는 진저리를 쳤다. 석청을 딸 욕심이 너무 앞선 것이 화근이었다. 너무 위험하다고 판단해, 자기 혼자서는 석청을 딸 꿈도 못 꾸었고, 다른 꾼들을 부를 엄두조차 내지 못했으면서 떡배를 비웃었다는 생각에 능주는 저절로 목소리가 낮아졌다.

"설마 내가 동상이 그러기를 바라겠는가? 장군님께서 동상 부모님 때문에 목숨 걸고 약조했고, 또 그 약조를 지키려고 기병을 하셨는디, 동상이 그걸 모른 것 같아 부애가 나서 언성을 높였당께."

능주는 부끄러움에 고개를 약간 떨구고 있었다.

"어찌 그 은혜를 모르겠습니꺼? 그걸 잊었다면 사람도 아니지예! 그 은혜는 죽을 때까지 잊지 못할 겁니다. 저도 예? 어떻게든 석청을 따보려고 궁리 중임니더. 석청을 빨리 따야 행님이 사향노루 사냥을 도와줄 거 아입니꺼?"

떡배가 말끝에 힘을 주었다. 목소리의 크기로 자기 의지를 보여주려는 듯했다. 어쨌든 오늘 석청을 딸 것이고, 방법을 궁리 중이라는 말에 더 이상 떡배를 몰아 부칠 수 없었다. 그것보다는 의기투합해서 석청을 따는 게 훨씬 생산적이었다.

"궁리하고 있다고?"

"행님, 이렇게 하면 어떻겠습니꺼?"

"뭔디?"

능주는 표정으로 대답을 재촉했다.

"위에서 내려오는 것보다 밑에서 올라가는 게 덜 무섭다 아입니꺼? 칡넝쿨을 저 바위 위에 있는 소나무 밑동에 묶어 안전줄로 삼고, 밧줄을 밑동에 걸어서 양쪽 끝을 바닥에 내립시더. 한쪽 끄트머리는 행님 허리춤에 묶고 한쪽 끝은 제가 밑에서 당기면 어떻겠습니꺼? 행님이 칡넝쿨을 잡고 올라갈 때 내가 당겨주면 훨 수월할 거 아입니꺼? 행님 몸도 가벼우니 마, 제가 너끈히 올릴 수 있겠습니더!"

떡배는 속으로 고개를 끄덕였다. 그 방법은 한 번도 생각해 본 적이 없었다. 위에서 내려올 생각만 했지, 밑에서 올라가는 방법은 꿈에도 생각하지 못했다. 떡배가 서서히 줄을 풀어주면 내려오는 것도 수월할 것 같았다. 하지만 능주는 대답하지 않았다. 처음 시도하는 방법이라 자신이 없었다.

"와, 저를 못 믿어서 그렇습니꺼? 그렇다면 굳이 그렇게 하지 마입시더!"

"처음이라 자신이 없어서 그라제, 동상을 못 믿어서가 아니여."

"행님은 칡넝쿨에 매달려 석청을 따고, 내는 행님이 필요한 도구를 줄에 매달아 올리고, 필요 없는 도구는 다시 내리고. 그러면 좋지 않을까예? 아무튼 결정은 행님이 하이소."

떡배는 시선을 돌려 산세를 살폈다. 그 방법이 아니라면 줄을 타고 내려가는 방법밖에 없다는 것을 행동으로 보여주는 듯했다. 능주는 고민에 빠졌다. 줄을 타고 내려가는 것도, 줄에 매달려 올라가는 것도 위험해 보이기는 매한가지였다.

능주는 왜 지금 석청을 따야 하는지, 다음으로 미루면 안 되는지 스스로에게 질문했다. 몇 번이나 물었지만 대답은 한결 같았다. 덕령이는 목숨 걸고 전장으로 나갔는데, 그런 덕령이에게 해드릴 만한 것은 오직 이것뿐이라는 생각이 들었다. 덕령이가 나라를 구하겠다고 싸우러 갔지만, 나라가 없으면 자기도 없는 거나 마찬가지니 결국은 자기를 위해 목숨을 걸었다는 생각이 떠나질 않았다. 그런 덕령이에게 석청을 전하지 못한다면, 평생 후회로 남을 게 뻔했다. 암벽을 오르는 위험은, 전장에서 왜군과 싸우는 것에 비견할 바가 아니었다.

위에서 내려오는 것보다 떡배가 제안하는 방법이 나을 듯했다. 만에 하나라도 떡배가 줄을 놓아버리거나, 힘을 쓰지 않는다면 어떤 위험이 닥칠지 몰랐다. 오르기 전에 떡배와 충분히 교감하고, 치밀한 작전을 짜야했다. 그런 일련의 과정이 없다면 위험을 자초한 거나 마찬가지 아니겠는가. 둘은 머리를 맞대고 구체적인 계획을 세웠다. 밧줄이 손에서 빠져나갈 수 있으니, 떡배 허리춤에 끝을 묶어 놓고 힘을 쓰기로 했다. 도구는 망태기에 담아 올리고, 사용하고 나면 바로 내리기로 했다. 능주가 올라가서 다시 말하겠지만 올리는 순서도 정했다. 훈연기는 올라갈 때 가져가고, 망치와 정, 단지 순으로 올리기로 했다. 둘이 구체적으로 계획을 세우고, 칡넝쿨을 엮었다. 중간 중간 칡넝쿨을 잡고 둘이 힘껏 잡아당기며 튼튼한지 확인하고 또 확인했다.

떡배는 밧줄과 칡넝쿨을 어깨에 메고 직벽을 멀리 돌아, 직벽 위의 소나무로 향했다. 밧줄은 오랏줄이었다. 두껍고 튼튼해 능주 같은 사람 세 명을 한꺼번에 매달아도 버틸만큼 튼튼했다. 떡배가 소나무로 오르는 동안, 능주는 마른 나뭇가지와 소나무 생이파리를 구해왔다. 능주는 훈연기에 부싯깃을 넣고 부싯돌로 불을 붙여 부싯깃에 옮겼다. 부싯깃에 불이 붙자 마른 나뭇가지를 불 위에 올렸다. 훈연기에서 불이 활활 타올랐다. 능주는 떡배가 올 때까지 불을 꺼트리지 않으려고 자주 마른 나뭇가지를 훈연기에 보충했다. 떡배가 소나무에 칡넝쿨을 묶어 아래로 내리고, 밧줄도 소나무 밑동에 걸어 양 끝을 바닥으로 내렸다. 직벽 높이는 얼추 마흔 척 정도고, 석청은 직벽 중앙보다 약간 높은 곳에 있었다.

떡배가 돌아오자 능주는 훈연기에 생 솔가지를 넣어 연기를 피웠다. 둘은 깎아지른 절벽 아래로 이동해 능주는 밧줄 끝을 가슴팍에, 떡배는 허리춤에 묶었다. 능주는 훈연기를 망태기 담아 어깨에 메고 칡넝쿨을 타고 절벽을 한 걸음, 한 걸음 오르기 시작했다. 하지만 예상과 다르게 능주 혼자 힘으로 오르는 느낌이었다.

"힘을 쓰는 거여, 쓰는 척하는 거여?"

"지금 죽을 둥 살 둥 쓰고 있다 아입니꺼?"

떡배가 어이없다는 투로 말했다. 능주가 고개를 돌려보니, 정말로 떡배는 기를 쓰고 밧줄을 당기고 있었다. 그래도 떡배 힘이 능주에게 오롯이 전달되지 않은 건 소나무 밑동에서 일으킨 마찰 때문이었다. 능주의 몸무게로 생긴 마찰이 떡배의 힘을 잡아먹고 있었다. 이제 키 높이에 올랐고, 앞으로 세 배는 더 올라가야 하는데 이런 식이라면 턱도 없을 것 같았다. 이 방법으로는 도저히 안 될 것 같아 떡배에게 밧줄을 풀어 달라 하고 천천히 내려왔다.

"내가 위에서 도구를 몽땅 들고 내려갈 텐께, 밑에서 서서히 줄을 풀어줘야 겄네."

능주는 바닥에 있는 짐을 모두 챙겨 망태기에 담았다.

"괜찮겠습니꺼?"

떡배 눈이 한껏 확장되었다.

"뭐, 그 방법밖에 더 있는감?"

"사람을 더 불러서 따면 어떻겠는교?"

"석청 위치를 노출시키자고?"

능주는 정색했다. 석청꾼들 사이에서는 먼저 발견한 사람이 임자였다. 그건 불문율이었다. 능주는 석청을 발견해도 천이 묶여 있거나, 산에 없는 물건이 놓여 있으면 처음 발견한 사람의 표식이라고 인정하여 함부로 따지 않았다. 그런 불문율을 모두가 지킨 건 아니었다. 능주가 표식을 해 놓은 석청도 다음 해에 가면 이미 누가 따간 경우가 허다했다. 그래서 능주는 일행 없이 혼자 다니는 걸 선호했다. 두서너 명이 짝을 이뤄 산에 오르는

꾼들에 비해 작업 능률은 떨어지지만 마음은 편했다. 옥신각신 다투며 분배하지 않아도 되고, 석청의 위치가 노출될 확률도 낮았다.

"위험한 거보다, 그기 낫지 않겠습니꺼?"

"동상이 있는디, 뭘 걱정이여? 함 해보드라고."

"까짓 거 마, 한번 해보입시더! 죽기야 하겠습니꺼?"

떡배가 호방하게 말했다. 능주는 떡배 말에 묘한 힘이 생겼다. 죽기 아니면 까무러치기지 뭐. 하는 정체불명의 오기 같은 것도 생겼다.

하지만 이내 등줄기에 소름이 쫙 끼쳤다. 죽기야 하겠냐는 말에, 문득 떡배의 얼굴이 떠올랐다. 아씨를 찬찬히 뜯어보던 그 얼굴이. 능주가 죽기라도 한다면, 떡배가 아씨에게 어떤 짓을 할지 몰랐다. 광옥이가 없는 틈에 욕을 보일지도 몰랐다. 광옥이가 없으면 낭패 아닌가. 그렇게 호언장담하더니 이제 와서 벌침을 핑계로 댄다는 것도 의문이었다. 의구심이 솟구치자 굳이 석청을 따야 하는지 갈등이 일었다. 능주는 떡배가 눈치 채지 않고 떡배 표정을 살폈다. 담담한 표정이었다.

"행님요? 와 미적거리십니꺼? 나를 믿지 못하겠다 이겁니꺼?"

떡배가 기분 나쁜 표정으로 말했다.

"동상을 왜 못 믿어?"

"얼굴에 그렇다고 써졌는데예?"

"내가 어디를 봐서 동상을 못 믿겠는가? 젊은 나이에 벌써 눈깔이 삐었는갑네."

"그럼 빨리 땁시더. 빨리 따고 물이 나오고, 밤에 잘 수 있는 석굴을 알려주셔야지예? 그란다고 안 했습니꺼?"

능주는 난감했다. 하지만 결심했다. 석청을 따기로. 떡배를 믿고 안 믿고를 떠나, 석청을 따지 않으면, 민경이가 실망할 것이다. 어차피 다른 방법도 없지 않은가. 능주는 이를 앙다물었다. 내려갈 때, 떡배가 잡는 밧줄에 의지하기보다는 칡넝쿨에 더 의지할 생각이었다. 칡넝쿨을 엮으며 몇 번이나 확인했으니, 칡넝쿨은 믿음이 갔다. 설령 떡배가 줄을 놓더라도 칡넝쿨을 이용해 천천히 내려오면 될 것이었다. 능주는 이를 앙다물고 절벽 위로 올라갔다.

능주는 줄을 가슴에 묶고 위에서 칡넝쿨을 잡고 조심해서 내려왔다. 떡배가 줄을 서서히 풀어주었다. 능주는 밧줄보다 칡넝쿨에 의지해 한 걸음 한 걸음 아래로 향했다. 난생처음 시도하는 거라 온몸이 떨렸다. 게다가 떡배 동태까지 살펴야 하니 긴장감이 극에 달했다. 능주는 아내에게 기도했다. 잘 지켜달라고. 기도가 먹힌 것일까. 능주의 걱정과 달리 떡배가 애초 계획대로 안전하게 줄을 잡아주었다.

능주는 바위틈 벌집 앞에서 멈춰, 자세를 잡고 훈연기로 벌을 쫓았다. 벌이 연기를 피해 무리 지어 벌집을 빠져나갔다. 망태기에서 정을 꺼내, 망치로 치며 바위틈을 쪼았다. 땅, 땅, 땅. 망치 소리가 크게 들렸다. 메아리가 들려오기도 했다. 망치질을 열댓 번 하고 나니, 바위틈이 아이들 손이 들어갈 정도로 넓어졌다.

이런!

능주는 짧게 탄식했다. 벌집 입구에 동박새가 죽어 있었다. 비바람을 피하려고 바위틈으로 들어갔다가 벌떼의 공격에 죽은 모양이었다. 죽은 지 꽤 오래돼 보였다. 동박새는 단단한 깃털만 빼고 머리나, 가슴 같은 곳에 난 부드러운 털은 홀라당 빠져 있었다. 한데 이상한 점은 동박새가 하나도 썩지 않았다는 것이다. 썩은 냄새조차도 나지 않았고, 털이 방금 전에 뽑힌 듯 껍질이 온전했다. 뱀이 바위틈에 있다가 동박새를 죽였다면 털도 뽑지 않은 채 통째로 삼켰을 것이다. 바위틈은 부엉이나 독수리가 들어갈 수 없을 만큼 좁았다. 그러니 맹금류가 죽였을 리도 없었다. 설령 어찌어찌 들어가 있다가, 맹금류가 동박새를 죽였다면 몸통은 쪼아 먹고 털만 수북하게 남았을 것이다. 능주는 산에서 맹금류에 잡아먹힌 새들의 흔적을 가끔 보았다. 그 자리에는 뼈마디는커녕 털밖에 남아있지 않았다. 그러므로 동박새를 썩지 않게 했던 동물은 벌이 분명했다.

봉교 때문이었다. 봉교는 식물의 점액, 수지, 수교 등을 벌이 채집하여 봉랍과 벌 자신의 분비물을 식물 분비물에 혼합하여 만든 천연 액체다. 수분이 송송 뚫어진 벌의 방으로 침투하는 걸 막고, 미생물이나 유충들의 침입도 방어한다. 봉방 속으로 진입하는 공기를 조절해주고, 정정한 습도와 온도를 유지하는 기능도 있다. 그러니까, 다양한 균류의 침투를 막거나 치료하는 데 유용한 항균제이면서 방부제인 것이다. 벌이 봉교를 생산한 이유는 간단하다. 살아남기 위함이다. 좁은 공간에 수많은 벌이 살아야 하는데 병원균이 침투하면 금세 번지기 쉬운 구조이고, 살아가는 방식이다. 항균제나 방부제가 없으면 집단으로 감염되어 몰살당할 수 있다. 그걸 방지하려고 봉교를 고안했고, 침입자가 있으면 봉교를 바르는데, 그런 이유로 동박새가 썩지 않았던 것이다. 이런 사실을 능주는 알지 못했다.

"앗 따가워! 행님요? 밧줄 꽉 붙잡으이소, 이?"

고개를 돌려 떡배를 보니 떡배가 이리저리 날뛰고 있었다. 연기에 벌집을 빠져나온 벌떼가 떡배를 공격한 것이었다. 능주는 훈연기를 들고 있어, 벌이 접근하지 않았다. 벌에 쏘이면서도 떡배는 줄을 꼭 잡고 있었다. 줄을 당기거나 풀어주지도 않았다. 떡배가 줄을 풀어주거나 당겼다면, 능주는 오르락내리락했을 텐데, 능주는 그 자리 그대로였다.

"동상, 줄을 놓고 땅바닥에 엎드려!"

능주가 크게 소리쳤다. 중심을 최대한 낮추는 게 공격을 덜 당한다는 것을 익히 경험했기에 던진 말이었다. 떡배가 벌떼의 공격을 받으면서도 줄을 놓지 않는 게 가상해 저절로 나온 소리였다. 떡배가 줄을 놓더라도, 칡넝쿨을 타고 조심조심 내려올 수 있을지 싶었다. 떡배를 믿으니 예기치 못한 자신감이 붙은 것이다.

"어찌 그럴 수 있습니꺼? 그카다 행님이 떨어질 수도 있다 아입니꺼? 천천히 풀어줄 테니까, 작업 중단하고 그만 내려오이소!"

떡배가 여전히 이리저리 몸을 피하며 소리쳤다.

"혼자 내려갈 수 있능께, 줄을 놓고 바닥에 엎드리라니까!"

능주가 다시 소리쳤다.

"지는 그렇게 못합니더! 어쨌거나 줄을 단디 잡을 테니, 조심

조심 내려오이소!"

"알았으니까, 줄을 싸게싸게 풀어!"

빨리 내려가지 않으면 떡배가 벌침에 쏘여 큰일 날 것만 같았다. 한두 방이면 몰라도 수십 번, 수백 번을 쏘인다면 쓰러질지도 몰랐다. 능주는 서둘러 내려갔다. 다른 건 떨어뜨리더라도, 훈연기만큼은 떨어뜨릴 수 없어, 꼭 잡고 있었다.

"줄을 더 빨리빨리 풀라니까!"

떡배가 줄을 조금씩 풀자, 능주는 떡배를 재촉했다. 그래도 떡배는 전후좌우로 뛰어다니면서 줄을 조금씩 풀었다. 떡배가 아니라도 안전하게 내려올 수 있었지만, 떡배 도움으로 더 안전하게 바닥에 발을 디뎠다. 능주는 곧장 떡배 몸에 훈연기를 가까이하여 연기를 뿜었다. 그 많던 벌 떼가 연기를 피해 날아갔다.

"동상, 얼굴이 그게 뭔가? 완전 쑥대밭이 돼부렀구먼."

떡배는 얼굴이 온통 부어올라 있었다. 누군지 알아볼 수 없을 정도였다. 눈꺼풀도 퉁퉁 부어 앞이 보이기나 할지, 싶었다. 손등이며, 팔, 발목 등 노출된 모든 부위가 벌겋게 달아올랐다. 벌침이 옷까지 뚫었다면서 떡배가 저고리를 올려 아랫배를 보여주었다. 침에 쏘인 흔적이 대여섯 군데 있었다. 떡배는 식겁했다는 표정으로 있다가, 벌떼가 완전히 사라지자 입을 열었다.

"행님요?"

"왜?"

"꼭 이렇게 위험하게 따러 다닐 필요가 있습니꺼? 집에다 한 봉을 몇 통 들이면 될끼 아입니꺼?"

떡배가 그 간단한 방법을 놔두고 왜 생고생하느냐고, 다그치듯 말했다.

"그걸 몰라서 이러고 다닌 줄 아는감?"

능주는 잠시 기억을 되살리고는 왜 석청을 따러 산에 오르게 되었는지 연유를 들려주었다.

민경이가 여섯 살 때였다. 능주는 꿀을 따려고 산기슭에다 한 봉 10통을 놓고 관리했다. 대감 땅이었다. 민경이가 대감 손을 잡고 구경 왔을 때 벌통 가까이에 장수말벌이 날아들었다. 장수말벌이 벌통 안으로 들어가면, 그 벌통은 그야말로 풍비박산이 났다. 여왕벌까지도 위험했다. 이를 막으려고 수많은 벌떼가 벌통에서 나왔다. 벌꿀만의 소통 수단이 있는 모양이었다. 삽시간에 장수말벌을 둘러싸고 공격했다. 꿀벌의 침에는 화살촉처럼 거꾸로 된 가시가 있어서 침을 쏘면 가시에 걸려, 내장이 빠져나가 죽을 수밖에 없었다. 반면 장수말벌의 침에는 가시가 없어 내장이 빠질 일이 없었다. 수십 번을 쏘아도 죽을 일이 없다는 말이다. 게다가 침에 독까지 있어 꿀벌은 상대가 되지 않았다. 꿀벌이 장수말벌을 퇴치하는 방법은 단 하나, 떼를 지어 공격하는 것뿐이었다. 수많은 벌떼가 장수말벌을 공격했다. 장수말벌은 표피가 단단해 꿀벌 침이 뚫기 어렵다. 시간이 흐를수록 꿀벌의 사체가 바닥에 수북하기 마련이었다. 바람에 밀린 낙엽이 한 곳에 몰려있는 것처럼 바닥에 수북하게 널린 꿀벌의 사체를 보고 민경이가 대감에게 말했다.

"아버님."

"우리 공주님이 어인 일로 부르시는고?"

"꿀벌이 너무 불쌍해요. 벌들을 모두 날려 보내주시어요."

민경이가, 청이라기보다, 당돌하다시피 강단지게 말했다.

"날려 보내도 얼마 살지 못할 거야. 그게 벌이란다. 몇 개월밖에 살지 못하는 운명이니 날려 보낸들 무슨 소용이 있겠느냐?"

"그런 운명을 타고났더라도, 제 눈앞에서 죽어가는 걸 보고 싶지는 않습니다. 멀리 보내주시어요."

대감이 부탁을 안 들어주면 민경이는 그 자리에서 한 걸음도 움직이지 않겠다는 표정으로 서 있었다.

"어허, 청을 안 들어 드리면, 집에 가지 않겠다는 게요?"

"그럴 거예요."

대감이 껄껄 웃으며 능주에게 벌통을 산속 깊이 치우라고 했다. 능주는 밤에 치우겠다고 했다.

"왜 지금은 안 되는데요?"

민경이가 능주에게 따져 물었다.

"벌이 밤에는 움직이지 않으니 쏘일 일이 없습니다요. 벌은 꿀을 따려고 멀리 날아가도 밤이 되기 전에 모두 돌아오는데, 밤이 되기도 전에 벌통을 옮겨버리면 돌아오지 않은 벌들은 갈 곳이 없습니다요. 그래서 밤에 옮겨야 합니다요."

"그래요? 그럼 당연히 밤에 옮기셔야지요."

민경이는 본연의 해맑은 표정으로 돌아섰다.

밤에 등롱불을 밝히고 벌통으로 간 능주는 적이 놀랐다. 그 많던 꿀벌 사체들이 하나도 눈에 띄지 않았다. 새나 꿩이 주워 먹었을지도 몰랐다. 하지만 능주는 그렇게 생각하지 않았다. 사체를 물고 날아가는 벌을 본 적이 있기 때문이었다. 자기들을 지켜주려는 숭고한 희생에 보답하려고, 조류 따위의 부리가 함부로 침범할 수 없는 은밀한 곳으로 옮겨 놓은 듯했다. 벌이, 미물이 아닌 것 같았다. 묘한 감정이 북받쳐 올라왔다.

벌통 뚜껑을 연 능주는 또 한 번 놀라움을 금치 못했다. 벌통에 아이 손바닥만큼이나 커다란 나비가 죽어 있었다. 치우려고 나비를 집어 들었는데, 파슬파슬한 날개가 가루처럼 찢어져 흩날렸다. 죽은 지 꽤나 오래된 나비였다. 하지만 나비의 몸통은 하나도 썩지 않았다. 살아있을 때의 모습 그대로였다. 신이했다. 벌들이 어떻게 했기에 나비가 썩지 않았는지 궁금하지 않을 수 없었다. 별의별 궁리를 다했지만, 마땅한 이유를 찾지 못했다.

벌통을 정리하고 난 며칠 후, 대감이 능주 아버지에게 말했다. 한봉이 없으니 석청을 따오라고. 그때부터 능주 아버지는 고산지대의 암벽을 뒤졌고, 능주도 몇 년 후에 아버지와 산에 다니다가, 아버지가 돌아가시자 혼자 산에 올랐다.

"아씨의 감성이 정말 여리네예?"

잠자코 듣고 있던 떡배가 말했다.

"순수하신 거제."

"하긴 그리 보이십디더. 장군님 말씀이라면 뭐든지 따르는 백치 같기도 하십디더."

"클메 말이여. 동상이 안 왔다면 지금도 수리동산에 계셨을 거네. 장군님이 혹시나 오시는지 보려고 말일세."

능주는 민경이 생각에 깊은 한숨을 쉬었다.

"마, 지가 할 말이 없습니더!"

떡배가 고개를 푹 꺾었다.

"행님요?"

떡배가 까먹고 있던 기억을 되찾은 듯, 느닷없이 소리를 높였다.

"왜?"

"석청은 안 따실랍니꺼?"

"동상 얼굴이 이 모양인디 어떻코롬 따겄능가? 동상 얼굴이나 좀 가라앉으면 다시 오세."

"안 딸 거면, 물이 있는 곳이나 갈카주이소."

"급한 거 아니잖애? 낼이나 모래 다시 와서 알려줌세."

"아입니더! 오늘은 추월산을 더트고, 낼부텀 부산 쪽으로 가면서 샅샅이 더터볼랍니더!"

"아니, 갑자기 그게 무슨 말이당가? 두어 달 있을 거라 하지 않았남? 꼴새도 말이 아닌디?"

능주는 걱정 어린 어조로 말했다.

"사향노루가 내한티 잡히겠능교? 산을 돌아다니면서 줍는 게 더 빠르지 않겠습니꺼? 향기가 진동하니 냄새를 찾는 게 더 빠르다 아입니꺼?"

능주는 고개를 끄덕였다. 암벽지대를 타고 다니며 올무를 놓기도 어렵고, 놓았다 한들 잘 걸려들지도 않을 것이다. 그렇다면 떡배 말대로 냄새로 찾는 것이 나을 듯했다.

"아무리 그래도 붓기나 좀 가라앉으면 가지 그란가?"

"아입니더. 하루라도 빨리 가야 부모님이 빨리 풀려나실 거 아이겠습니꺼? 늦었다고 또 몇 개 더 구해오라 카면 답이 없다 아입니꺼? 어둡기 전에 추월산을 더트고, 저물면 물 가까운 데다 자리 잡고 밥도 짓고, 잠도 잘라 캅니더. 행님도 바쁘실 텐데 장소만 알려주시고, 얼른 내려가이소."

떡배는 어떤 말에도 설득당하지 않겠다는 듯 굳은 표정으로 능주를 보았다. 능주는 더 이상 떡배를 붙잡을 수 없다는 것을 느꼈다. 붙잡고 있을 게 아니라 떡배에게 시간을 주는 게 오히려 도움이 될 것 같았다. 어렵게 사향 두 개를 구해 갔는데, 늦었다고 또 트집을 잡아 몇 개를 더 구해오라고 한다면 그야말로 낭패가 아닌. 능주는 어차피 헤어질 거, 어차피 보낼 거, 망설일 필요가 없다고 생각해 자리에서 벌떡 일어났다. 그리고는 앞장서서 물이 있는 곳을 알려주었다.

"동상, 내가 시방 가진 것이 요것밖에 없는디, 이거라도 받소. 그래야 내 맘이 편하겠네."

능주는 망태기에서 주먹밥을 꺼내 떡배에게 주었다. 떡배와 먹을 요량으로 싸온 점심이었다. 능주는 좀 배가 고프더라도 집에 가서 허기를 달래면 되니까, 떡배에게 모두 건넸다. 뭐랄까. 떡배는 만감이 교차하는 표정으로 물끄러미 주먹밥을 바라보았다. 그리고는 무거운 표정으로 천천히 주먹밥을 받았다.

"후담에 또 만나면 좋겠네만, 여튼 부모님 무사히 풀려나기를 바람세."

능주는 떡배 어깨를 토닥였다. 능주는 떡배와 손인사를 나누고는 뒤돌아 걸었다. 여남은 걸음 걷다가, 능주는 아차, 하며 떡배를 돌아보았다. 떡배는 돌아서지 않고 있었다.

"동상!"

"와예?"

떡배가 뒤돌아보았다.

"내가 동상한테 사과를 할 게 있어서."

"뭔데예?"

"동상이 우리 아씨를 겁탈할지도 모른다고 오해했당께. 면목이 없구먼. 지금 사과하지 않으면 평생 가슴에 박힐 것 같응께, 동상이 이해해주소. 망령이 들어서 사리분별도 파악 못하는 놈이라서 그랬다고 말이여. 뭔 말인지 알겄제?"

"행님……."

떡배가 말끝을 흐렸다. 딱히 뭐라고 표현할 수 없는 복잡 미묘한 표정이었다. 어인일인지 떡배가 능주 시선을 부담스러워했다. 능주는 백분의 일각이라도 빨리 떡배를 보내는 게 도리이다 싶어 그대로 뒤돌아섰다. 떡배는 한참이나 능주의 뒷모습에 시선을 붙박았다. 시야에서 능주가 사라지자 터벅터벅 걸었다. 온종일 산을 타고 다닌 사람처럼 무거운 발걸음이었다

⊙─1594년 5월

1594년 5월

봄의 문턱을 훌쩍 넘어섰다. 온 세상에 싱그러운 이파리가 넘실거렸다. 길섶에 늘어선 이팝나무에 흐드러지게 핀 하얀 꽃이 살짝기 부는 바람에 떨어져, 꽃잎이 하늘하늘 휘날렸다. 마치 눈이 내린 듯했다. 겨우내 움츠렸던 모든 식물이 봄의 향연에 초대되어 따사로운 햇살을 만끽하고 있었다. 나무, 꽃, 벌레, 새들, 개구리까지도 절정에 이른 봄이 반가운지 짹짹, 개굴개굴 울어대고, 나비는 나풀거리며 꽃잎을 찾았다. 사람들은 어두운 얼굴로 여름을 맞이하고 있었다. 화전을 부쳐 꽃놀이를 간 사람은 하나도 없었다. 다들 전장으로 떠난 가족 소식에 애간장을 녹였다. 그래도 포기할 수 없는 건 농사였다. 봄이 되자 사람들은 산으로 들로 나가 씨를 뿌렸다. 하루하루가 바쁜 나날이었다. 그 와중에도 수리동산 소나무 아래는 사람들로 바글거렸다.

수리동산에 가면 다양한 소식을 들을 수 있었다. 전투 중 부상을 당했거나, 가족의 상을 당했거나, 특별한 이유 때문에 귀가하는 의병들이 하나 둘 늘어났다. 그렇게 귀가한 의병들이 전한 소식을 가장 빨리 접할 수 있는 곳도 수리동산 소나무 아래였다. 물론 가까이 사는 사람들이야 이보다 빨리 접하겠지만, 그런 사이가 아니라면 수리동산 소나무 아래서 듣는 게 가장 빨랐다. 다양하기도 했다. 돌샘의 빨래터를 수리동산으로 옮겨 놓은 것처럼, 빨래터에서 오갔을 이야기들이 수리동산에서 전파된 것이다. 그래서 사람들이 틈만 나면 수리동산으로 몰렸다. 남녀노소나 신분의 귀천과 상관없었다. 의병으로 참가했던 식구들이 어디쯤 오는지 살피기도 좋고, 빠르고 다양한 소식을 들을 수 있어서다.

민경이도 점심을 마치고 수리동산으로 향했다. 광옥이도 따라나섰다. 광옥이는 집에서 책을 읽으라는 말은 귓등으로도 듣지 않았다. 민경이는 그런 광옥이를 어쩔 수 없이 데리고 다녔다. 시어머니가 돌아가셨기에 광옥이가 병간호할 일도 없고, 능주도 농사일로 바빠 집에 광옥이 혼자 있어야 했다. 열 살이나 되었으니 집에 혼자 남겨두어도 걱정할 건 없었다. 하지만 광옥이도 아버지 걱정에 책은커녕 뭔들 손에 잡힐까 싶어, 오전에 이어 오후에도 함께 나온 것이다.

떡배가 추월산을 떠난 지 한 달째 접어들고 있었다. 전세는 소강상태고, 기존 의병들은 덕령이에게 예속되었다고 했다. 이런 소식에 사람들은 이제야 덕령이가 뜻을 제대로 펼치게 되었다고 반겨했다. 오십 근짜리 철병도와 이백 근짜리 쌍철추에 맞으면 왜군 장수가 아니라 조선 침략의 원흉인 히데요시라도 살아남지 못할 것이라고 했다. 민경이를 부러워하는 이도 있었다. 민경이는 그런 소식들이 하나도 달갑지 않았다. 차라리 부상당해서 돌아오는 게 낫다고 생각했다. 장수가 아니라면 전란이 소강상태이니 잠시라도 집에 다녀갈 수 있을 텐데, 장수라는 책임감 때문에 오히려 발이 묶였다고 생각해 사람들의 부러운 시선에 겉치레성 대답만 할 뿐이었다.

"도련님도 열심히 무예를 닦아서 장군님처럼 훌륭한 장수가 되셔야지요."

육십 줄에 접어든 노파가 광옥이에게 말했다. 노파는 절반쯤 굽은 허리를 지팡이에 의지하고 서 있었다.

"어머님이, 죽검조차도 잡지 말라하셨는데요?"

사실이었다. 덕령이를 전장에 보내고 하루하루를 노심초사하며 지내는데, 광옥이에게 무예를 수련하라고 할 수 없었다. 광옥이가 죽검을 들고 무예 연습이라도 할라치면 민경이는 즉시 죽검을 버리라고 불호령을 내렸다. 집에서 죽검이 보이면 보이는 족족 아궁이에 넣어 태웠다. 광옥이는 며칠이 지나면 또 죽검을 들고 휘두르려 했다. 주검동에서 무기를 제작했던 덕령이의 피를 물려받았음을 증명하듯 스스로 죽검을 깎은 것이다. 대나무는 지천이었다. 어쩌면 왜군을 무찌르고 싶은 충정 때문인지도 모르겠으나, 민경이는 그런 꼴마저도 보기 싫었다. 몇 차례 타일러도 먹히지 않자, 민경이는 울먹이며 간절히 애원했다. 두 번 다시 죽검을 잡지 말라고.

"앞으로 광옥이 앞에서 두 번 다시 그런 말씀 안 하셨으면 좋겠습니다."

민경이는 노파에게 단호하게 말했다. 표정에서 노기가 짙게 묻어났다. 사람들의 이목이 일시에 민경에게 집중되었다.

"아이고, 쇤네가 죽을죄를 지었습니다요. 다시는 절대 그런 말 안 할 거구먼유."

노파가 굽은 허리를 더욱 굽혔다. 신분 차이는 있지만 노파의 그런 모습이 민경이는 불편했다. 사람들의 시선도 부담스러웠다. 노파를 달래주기도 할 겸 화제를 돌리고도 싶었다.

"할아버지는 다 나으셨어요?"

노파의 남편은, 마부라도 하겠다며 자청해 의병에 가담했는데 군량미를 실은 소를 끌고 이동하다 매복한 왜군의 습격에 왼팔이 잘렸다. 부상으로 집에 돌아온 지 한 달이 넘었다. 하지만 아들도 전장에 있어 노파가 틈만 나면 수리동산으로 나왔다. 민경이는 노파가 부러웠다. 육십이 가깝도록 가시버시로 살아왔다는 것과, 비록 왼팔은 잘렸지만 집으로 돌아왔다는 것이 그렇게 부러울 수 없었다. 민경이는 덕령이가 그렇게라도 돌아왔으면 좋겠다는 생각을 수도 없이 했다. 덕령이도 왼팔에 화상을 입지 않았었던가.

"통증이 잡히긴 했습니다만……."

"그런데요?"

"식은땀을 줄줄 흘리고, 자다가 벌떡 벌떡 일어나곤 합니다요."

"아……."

민경이는 낮은 신음을 토했다.

"만수도 그란다드랑께."

"길남이도 허벅지를 칼에 찔려서 왔는디, 밤마다 악몽을 꾼다

드랑께."

"겸이는 등에 칼을 맞아 엎드려서 잔다잖여?"

"덕이도 눈깔이 뽑혀서 반 장님이 되어부렀드랑께."

여기저기서 보고 들은 이야기들이 쏟아졌다. 그런 말들을 한방에 잠재운 것은 약초꾼 김가였다. 그는 마흔 줄에 접어든 남정네였다.

"내가 말이요이? 문일이가 조총에 발목을 맞았다고 들었어라우. 다리가 썩어 들어간다고 합디다. 해서 도움이라도 될까 싶어 와송 한 꾸러미를 들고 찾아가지 않았겠소? 가는 날이 장날이라고 하필이면 그날 의원이 와서 다리를 절단하고 있습디다. 마당에 서서 문일이가 지르는 비명을 들었는디, 어찌나 소름이 돋던지 쌩오줌을 지려버렸어라우. 다리를 자를란께 재갈을 물렸을 거 아니요? 그래도 문일이가 괴성을 질러댄 탓에 와송 꾸러미를 마루에 던지듯 놓고 그냥 나와부렀당께라우. 생각만 해도. …… 어이구."

약초꾼이 몸을 부르르 떨었다. 약초꾼이 말을 마쳤지만 누구하나 입을 열지 않았다. 다들 약초꾼만 바라보고 있었다. 어떤 아낙은 약초꾼처럼 몸을 떨었다. 민경이는 다리를 절단하는 모습이 눈에 선해 소름이 돋았다. 무슨 말을 할 수가 없었다. 침묵

220

의 시간이 이어졌다.

"어머니, 저기 좀 보세요!"

좌중의 침묵을 광옥이가 깼다. 광옥이가 손가락으로 가리킨 곳을 보니 수십 명의 인파가 남산 산기슭을 돌아 막 담양으로 접어들고 있었다. 다들 하얀 차림이었다. 딱 봐도 왜군의 복장은 아니었다.

"오메, 오메, 우리 아들이 온갑당!"

한 아낙이 부리나케 그리로 달렸다. 그 움직임이 마치 신호라도 되는 듯 사람들이 일시에 수리동산을 달려서 내려갔다. 노파만 휘적휘적 지팡이를 짚고 걸었다. 민경이도 광옥이의 손을 잡고 무리에 섞여 뛰었다. 체면 같은 건 안중에 없었다. 일각이라도 빨리 가서 덕령이를 마중하고 싶은 일념뿐이었다. 광옥이도 숨을 헐근거리며 달렸다.

"어머니, 신발이 벗겨졌어요!"

광옥이가 다급하게 말했다.

"신발을 찾아 신고 여기서 기다리거라."

민경이는 잠깐 광옥이를 돌아보고는 다시 고개를 돌려 무리에 합류했다. 경사길을 경쟁하듯 달리다 넘어진 아낙도 있었다. 무릎이 까졌을 법도 한데 아낙은 바로 일어나 무리를 따라잡았다. 일행은 금세 고갯길을 내려와 평지에 접어들었다. 일행은 누구도 뒤처지지 않고 우르르 들길을 달렸다. 개울이 나타났다. 개울에 징검다리가 군데군데 놓여 있었다. 사람들은 징검다리를 무시하고 물에 첨벙 뛰어들어 정신없이 건넜다. 민경이도, 개울에 뛰어들었다. 어느새 광옥이 뒤따라와 개울에 뛰어들었다. 광옥이의 무릎 언저리에서 물이 찰랑거렸다. 민경이는 광옥이가 행여 미끄러질세라 손을 꽉 잡고 첨벙첨벙 개울을 건넜다. 개울을 건너자 다시 들길이 이어졌다. 아직 의병 행렬은 눈에 들어오지 않았다. 일행은 속도를 늦추지 않고 내달렸다.

드디어 의병 행렬이 눈에 들어왔다. 누가 누군지 구분하기 어려울 정도의 거리에 의병들이 무리 지어 걸어오고 있었다. 흰색 무명 저고리에 바지를 입고, 머리에 하얀 띠를 두른 걸 보니 의병이 확실했다. 의병들이 이쪽의 움직임을 보았단 말인가. 몇 명의 의병이 이쪽으로 달리기 시작했다. 식구들을 만난다는 생각에 힘이 저절로 생긴 모양이었다. 덕령이가 진주에서 주둔하고 있다 했으니, 의병들이 분명 진주에서 출발했을 것이다. 적어도 닷새 이상은 걸었을 테고, 기진맥진할 법도 한데 달리고 있는 것이다. 이쪽 일행의 속도가 더욱 빨라졌다. 광옥이가 속도를 내서 민경이를 앞서갔다. 민경이를 이끄는 광옥이의 손에 잔뜩 힘이 들어갔다. 사내대장부다운 힘이 강렬하게 전해왔다.

"엄니!"

"아이고 내 새끼!"

"영감!, 우리 영감 맞지리우?"

"우리 영수는 어딨다요? 야? 우리 영수는 왜 안 보인다요?"

"니 손이 왜 없다냐? 아이고, 아이고……."

"어무니가 돌아가셨는디, 왜 이제야 왔소, 왜 이제야……."

감격에 겨운 소리들, 원통해하는 울음들이 여기저기서 쏟아졌다. 민경이와 광옥이, 일행 몇 명은 허망한 눈으로 저 먼 곳으로 눈을 돌렸다. 또 다른 의병 행렬이 오고 있는지 살피기 위해서였다. 행렬은커녕 한 사람도 보이지 않았다.

덕령이가 보이지 않자, 민경이는 털썩 주저앉았다. 하늘이 무너지는 심정이 이런 것일까. 민경이는 마치 하늘이 무너진 듯했다. 세상이 아득해 보였다. 아니, 까맣게 보였다. 땅을 치며 통곡이라도 하고 싶었다. 하지만 그보다 덕령이의 소식을 묻는 게 순서였다. 민경이는 낯익은 어른을 붙잡고 덕령이의 소식을 물었다. 그는 덕령이가 태어난 석저촌 사람이었다.

"장군님은 어떠신가요?"

어른은 민경이의 숨이 골라질 때까지 차분히 기다렸다. 그 기다림이 오히려 민경이를 불안하게 했다. 나쁜 소식이기에 뜸을 들인 것 같았다. 그렇지 않다면야 뜸을 들일 이유가 없지 않은가. 금방이라도 울음이 터질 것 같았다. 민경이는 가까스로 울음을 참고 있었다.

"장군님은 잘 계시구만요."

오 신령님이시여, 라는 말이 저절로 터져 나왔다. 없던 기운이 샘솟았다.

어른이 덕령이의 근황을 상세히 전해 주었다. 덕령이는 충용군 소속의 의병장이 되었다고 했다. 군량도 문제고, 의병과 충용군의 지휘 통솔에도 문제가 생겨 의병과 관군을 통합했다는 것이다. 군량도 문제지만 농번기 철이라 농사를 지으라고 덕령이가 의병 오백 명만 남긴 채 모두 돌아가라고 했다는 것이다. 목책산성을 쌓아 주둔하고 있으니 너무 걱정 말라고 했다.

걱정 말라고 걱정이 사라진단 말인가. 민경이는 집에 돌아와서도 가슴에 가득한 걱정을 도려낼 수 없었다. 조총에 대한 위력 때문이었다. 목책산성이 아무리 튼튼해도 총탄을 막을 수 없을 게 아닌가. 의병장이라면 선두에서 지휘해야 하지 않겠는가. 누구보다 먼저 왜군의 표적이 될 것이었다. 총탄 앞에서는 갑옷이 무용지물일 것 같았다. 민경이는 덕령이가 총탄에 맞는 상상을 하고 도리질을 쳤다. 약초꾼에게 들은 말이 아직도 귀에 생생했다. 아무리 도리질을 쳐도 살이 썩어 들어간다는 말과, 다리를 절단할 때 질렀다는 괴성을 떨쳐낼 수가 없었다.

왜 의병장이 되셔 가지고. 나라를 구하려는 충정은 이해되지만 꼭 그 방법만이 전부는 아니지 않은가. 무기를 제작하고, 군량미를 모아서 전달하는 것도 방법이 아니겠는가. 몇 번을 곱씹어도 덕령이 선택이 아쉬웠다. 덕령이에게 제안했지만 거절당했던 것을 동생 원경이에게 권했다. 원경이는 쉴 새 없이 발품을 팔고 다니며 군량미와 무기를 수집해 의병에게 보냈다. 민경이는 그런 원경이를 보며 자연스럽게 덕령이를 떠올렸다. 덕홍 형의 죽음을 겪었으면서도 무모하게 전장에 나간 덕령이가 그저 원망스러울 뿐이었다. 그렇다고 원망만 하고 있을 순 없었다. 달님에게라도 빌어보려고 방문을 열고 마당으로 나갔다. 마당에 짙은 어둠이 내려앉아 있었다. 깊은 밤이었다. 하늘을 올려다보았다. 보름달은커녕 그믐달도 보이지 않았다.

민경이는 기도 대상을 넓혔다. 집에서 십 리쯤 떨어진 선동부락 위에 개선사가 있었다. 개선사에 미륵바위가 있었다. 옅은 눈썹, 감은 눈, 오뚝한 코, 두툼한 입술이 얼비치는 미륵바위. 영락없는 부처님 형상이었다. 마치 석공이 일부러 조각한 듯했다. 사람들은 미륵바위를 석등불이라며 소원을 빌었다. 미륵바위에서 빌면 소원을 들어줄까 봐, 민경이는 하루도 거르지 않고 미륵바위로 향했다. 가기 전에 정결한 몸과 마음을 유지하려고 몸을 씻고 집을 나섰다. 행여나 부정이라도 탈까 싶어, 개미도 밟지 않으려고 발 앞을 살피며 걸었다. 미륵바위 앞에 선 민경이는 마음을 정갈하게 모으고 합장했다.

'석불이시여. 정묘생 김덕령이 왜군의 침입에 나라를 구하겠다고 기병하여 목숨을 걸고 싸우고 있나이다. 하루하루 들려오는 비보에 애간장 태우다가 석불님 생각이 나서 빌러 왔습니다. 저의 하루하루가 아니, 순간순간이 경고빗사위나 마찬가지랍니다. 석불님께 앙망하옵나이다. 어서 왜군이 물러날 수 있게 원력을 베풀어 주시옵소서. 정묘생 김덕령을 살펴 보우하사, 꼭 살아서 돌아올 수 있게 원력을 베풀어 주시옵소서. 손이 부러져 밥을 떠먹지 못해도, 다리가 부러져 걷지 못하더라도 성심 성의껏 보살피겠으니 꼭 살아서 돌아올 수 있게 원력을 베풀어 주시옵소서. 꼭 다시 만날 수 있게 원력을 베풀어 주시옵소서. 이불 속에서 따스한 온기를 나누지 않아도 좋으니 그저 곁에만 있게 해 주시옵소서. 날마다 석불님께 지극정성으로 치성 드리겠시옵니다. 정묘생 김덕령을 어여삐 여기셔서 끝까지 보호하여 주시옵소서.'

    민경이는 정성을 다해 빌었다. 덕령이가 살아 돌아 올 수 있게 매일 찾아와 치성을 드릴 생각이었다. 기도를 마치고 수리동산으로 가려고 발길을 돌렸지만 걸음이 떨어지지 않았다. 정성이 부족한 건 아닌지 의구심이 들었다. 민경이는 다시 미륵바위 앞에 서서 합장하고, 허리를 굽실거리며 손을 비비고 정갈한 마음으로 오랫동안 빌었다.

    민경이의 일과는 달이 뜰 때와 뜨지 않을 때가 달랐다. 달이 뜨지 않은 날은 새벽과 저녁에 정화수를 떠 놓고 빌고, 달이 뜨면 달을 보고 빌었다. 일과는 규칙적이었다. 아침에 미륵바위에 가서 빌고, 수리동산이나 방청매에 올라 덕령이를 기다렸다. 어렸을 때 달이 클수록 소원을 잘 들어준다는 말을 들은 적 있어, 보름달이 뜨면 밤이 이슥하도록 빌었다. 그렇게 빌고, 기다리느라 살과 뼈가 거의 붙어버렸다. 미라 같았다.

⊙-1596년 8월

1596년 8월

　결실의 계절, 가을이 깊었다. 들녘의 노란 벼들이 하나둘 사라졌다. 논에 온전히 서 있는 벼는 이제 거의 남아 있지 않았다. 황금 들녘이 어느덧 텅 비어 가고 있었다. 바야흐로 한가위가 다가오고 있었다. 사람들은 한가위 상을 준비한답시고 분주히 움직였다. 방아 찍는 소리가 새벽까지 이어졌고, 육전이며 생선을 튀기는 노릇한 냄새도 코끝을 간질였다. 두부를 만들겠다고 물동이를 이고 돌샘으로 물을 뜨러 가는 아낙이 줄을 이었다. 아이들은 한가위가 되었다고 들뜬 얼굴로 돌아다녔다. 오늘이 한가위 전날이지만 밤이면 아이들이 마을 광장에 모여 밤이 깊도록 술래잡기며, 말뚝박기 놀이를 하면서 명절 분위기를 만끽할 것이다. 동네도, 어른들도, 아이들도 추석을 맞아 한껏 들떠 있었다.

민경이네 집은 침울한 분위기에 짓눌려 있었다. 민경이는 침울한 표정으로 장군봉을 바라보았다. 봉우리가 투구를 닮았다고 장안봉이라는 본래 이름보다 장군봉이라고 더 많이 불리었다. 장군봉 위에서 까마귀 한 마리가 몇 시간째 허공을 맴돌고 있었다. 잠깐잠깐 땅으로 내려앉았는지, 잠시 보이지 않다가 다시 모습을 드러냈다. 까마귀는 멀리 가지도 않았고, 까마득하게 높이 날지도 않았다. 일정한 높이, 일정한 거리를 두고 주위의 허공을 맴돌 뿐이었다. 까마귀는 불길한 징조라는데. 마치 덕령이 때문에 까마귀가 나타난 듯했다. 민경이는 가슴이 바싹바싹 타들어 갔다.

'아저씨라도 있으면 좋을 텐데.'

민경이는 능주를 오늘 아침 일찍 아저씨 본가로 보냈다. 식구들하고 한가위를 보내라는 취지였다. 한가위 분위기도 느껴지지 않았고, 한가하게 한가위를 맞이하고 싶지도 않았다. 덕령이가 없어 명절 분위기가 나지 않았다. 광옥이 역시나 한가위가 다가온다고 들뜬 표정도 아니었다. 능주도 덩달아 얼굴이 굳어졌다. 해서 능주만이라도 마음 편히 한가위를 보내라고 본가로 가시라

했다.

　그런데 청천벽력 같은 소식을 전해 들었다. 덕령이가 이몽학의 난에 연루되어 한양으로 압송당했다는 것이다. 김응회 소속 의병이 점심 전에 찾아와 은밀하게 소식을 전했다. 명나라와 왜가 강화협상 중이었고 조정에서는 치열하게 찬반 논쟁을 펼치고 있었다. 전란이 길어질수록 왜군의 노략질이 극에 달했다. 몇 년째 흉년까지 겹쳐 민중들의 생활은 처절하고 비참했다. 그 와중에 일본의 재침에 대비한다며 도탄에 빠진 민중들을 동원해 산성을 쌓았고, 갖은 명분으로 수탈을 일삼았다. 이에 이몽학이 반역을 꾀해 난을 일으켰는데, 세를 불리려고 명성이 자자한 김덕령이나, 최담년, 곽재우 등의 이름을 들먹였다. 이 때문에 덕령이가 반역죄로 압송되었다.

　민경이는 그 소식을 전해 듣고 털썩 주저앉았다. 반역죄의 대가가 얼마나 혹독한지 잘 알고 있었다. 반역죄를 범한 자는 소나 말에 묶어 사지를 찢어 죽인다고 들었다. 가족도 살아남기 힘들다고 했다. 그런 소식을 들었으니 민경이는 혼비백산했다. 의병은 민경이가 혼절할까 봐 한동안 민경이 곁을 떠나지 않았다. 다행인 것은 광옥이가 집에 없어 그 소식을 듣지 않았다는 점이었다. 민경이가 정신을 가다듬을 때까지 한참이나 걸렸다. 그제야 의병이 돌아갔다.

"어머님, 무슨 있으십니까?"

집으로 들어온 광옥이가 근심 어린 표정으로 물었다.

"그래, 친구들하고는 재밌게 놀다 왔느냐?"

민경이는 광옥이에게 걱정을 끼치지 않으려고 애써 침착하게 말했다.

"아버님이 안 계시는데 재밌게 놀 수 있겠습니까? 그런데 어머님 안색이 영 어둡습니다. 어디가 편찮으십니까?"

민경이는 광옥이를 꼭 끌어안았다. 나이에 비해 너무나 성숙해버린 광옥이가 안쓰러웠다. 덕령이가 없는 3년 가까운 세월 동안, 광옥이는 애늙은이가 되어 있었다. 한참 응석을 부려야 할 열한 살 나이에 어른처럼 행동하는 광옥이가 그저 안쓰럽고 또 안쓰러웠다. 조섭을 침략한 왜군이 원망스러웠고, 어린 광옥이와 자기를 남겨두고 전장으로 달려간 덕령이가 야속했다. 민경이는 광옥이를 끌어안은 팔에 더욱 힘을 주었다. 그러면서 장군봉 위를 바라보았다. 까마귀가 여전히 맴돌고 있었다.

민경이 눈에서 눈물이 흘렀다. 덕령이가 어떻게 심문을 받고 있을지 떠올랐다. 바지를 엉덩이 아래까지 벗기고 덕령이를 틀에 묶어, 입으로 곤장에 물을 뿜어 내리치는 모습에 눈에 그려졌다. 물 묻은 곤장을 맞아 살점이 찢기고, 하얀 옷은 피로 뻘겋게 물들어 있었다. 덕령이가 혼절했다. 온몸에 찬물을 끼얹어 덕령이를 깨웠다. 그리고는 다시 물 묻은 곤장으로 엉덩이를 사정없이 내려쳤다. 치도곤으로 부족해, 주리까지 틀었다. 두 다리를 묶어 그 사이에 몽둥이를 넣어 사납게 비틀었다. 빠지직, 뼈가 으스러지는 소리가 났다. 극심한 고통에 덕령이가 괴성을 질렀다. 괴성이 들려오는 듯했다. 조총에 발목을 맞아, 다리를 절단했다는 사람이 지른 괴성이 겹쳤다. 아니 그보다 더 한 괴성이었다. 다리를 절단할 때는 재갈을 물렸겠지만, 덕령이의 입에는 재갈도 물리지 않았다. 민경이는 그런 장면이 떠올라 자기도 모르게 광옥이를 으스러지게 끌어안았다.

"어머니, 숨 막히겠습니다. 좀 풀어주세요."

민경이는 얼른 품에서 광옥이를 풀었다.

"어머님, 도대체 왜 그러세요? 요즘 자주 눈물을 훔치시던데, 지금은 더 하시는데요? 무슨 일 있으신 거죠? 아버지에게 변고라도 생기셨습니까?"

"변고는 무슨 변고!"

민경이는 버럭 소리쳤다.

"그런데 왜 눈물을 흘리십니까?"

민경이는 눈물을 훔치고 입을 열었다.

"큰외삼촌이 그동안 우리 뒤를 봐주었잖아? 추석인데도 찾아 뵙지 못하니까 너무 미안해서 그래."

"언제 한 번 다녀오시면 되잖아요?"

광옥이가 별 일도 아닌데 어머니가 눈물바람이라고 책망하는 듯한 표정을 지었다.

"이렇게 하면 어떨까? 그래도 명절에 찾아뵙는 게 예의잖아? 내일 아침 일찍 능주 아저씨하고 큰외삼촌 댁에 다녀오면 어떻 겠느냐? 모처럼 외삼촌 뵐 테니 바로 오지 말고 며칠 묵고 오면 좋겠구나. 그렇게라도 인사를 드려야 내 맘이 편할 것 같구나."

"어머님은요?"

"근행도 아닌데 어떻게 집을 떠날 수 있겠느냐?"

"아 참, 그렇겠군요. 그럼 제가 대신 다녀오겠습니다."

민경이는 광옥의 말에 속으로 안도의 한숨을 쉬었다. 가지 않 겠다고 고집부리면 어떻게 하나, 반역죄인의 가족이라고 광옥이 를 잡으러 오면 어떻게 하나, 내심 고민했다. 우선 광옥이를 집 에서 내보내는 게 안전할 것 같았다. 지체하고 싶지 않았다.

광옥이에게 심부름을 시켰다. 능주 아저씨에게 가서, 내일 일 찍 집으로 오시라고 전하라고 했다. 마음이야 당장 광옥이를 보내고 싶지만, 지금 출발하면 밤길을 걸어야 하고, 따뜻한 밥이라도 한 끼 먹여서 보내고 싶었다. 언제 다시 볼지 모르는데, 한 끼도 챙겨 먹이지 않고 보낼 순 없었다. 그동안 서로 떨어져 잤기에, 함께 하룻밤을 보내고도 싶었다.

광옥이가 밖으로 나가자, 피를 토하는 마음으로 인경 오라버니에게 서찰을 썼다. 간단히 안부를 묻고, 덕령이가 반역죄로 압송되었다는 사실을 적었다. 이미 오라버니가 알고 있을지 모르지만, 혹시나 하는 마음에 간단히 적었다. 그리고 본론으로 들어갔다. 광옥이를 보낼 테니 안전한 집에 맡기고, 뒤를 부탁한다고 했다. 어디로 부임을 하던 근처로 데려가라고 했다. 족보도 바꿀 수 있으면 바꾸라고 했다. 광옥이가 절대로 덕령이의 아들이어서는 안 된다고, 두서너 번 강조하고 끝을 맺었다.

서찰을 쓰는 동안 심장은 갈기갈기 찢어지는 듯했다. 앞으로 덕령이는 물론이려니와 광옥이마저 보지 못한다고 생각하니 뼈마디가 부서지고 내장이 터져 밖으로 새어나온 것 같았다.

덕령이가 반역죄에서 풀려나리라고 믿었다. 덕령이의 충정을 누구보다 가까이서 지켜본 민경이었다. 충정이 없었다면, 어머니가 병중일 때 처음으로 기병하지 않았을 거 아닌가. 삼 년 작정한 시묘살이를 포기하고 다시 기병하지 않았을 거 아닌가. 전란이 소강상태일 때 잠깐이라도 민경이와 광옥이를 보러 집에 다녀갔을 게 아닌가. 군량미를 보충하려고 둔전을 개간할 일도 없지 않은가. 왜적에 대비해 목책산성을 쌓을 리도 없지 않은가. 밤늦도록 주검동에서 철병도와 쌍철추를 만들 리 없지 않은가. 설마 반란을 꿈꾸고 철병도와 쌍철추를 만들지 않았음을, 민경이는 믿고 또 믿었다. 그런데 반역죄라니. 반역죄라니. 믿을 수 없었다. 덕령이가 머지않아 풀려나리라 믿었다. 믿고 싶었다.

밤이 깊어 민경이와 광옥이가 안방에 나란히 누웠다. 민경이는 광옥이에게 팔을 내주었다. 광옥이는 어머님께서 힘드실 텐데, 그럴 순 없다며 팔을 베지 않았다. 가슴이 먹먹했다. 마지막으로 한 번 안아주고 싶었는데, 속도 모르고. 민경이는 쌔근거리며 잠에 빠진 광옥이를 걱정 어린 눈으로 바라보았다. 얼굴이라도 한 번 매만지고 싶지만 광옥이가 깰까 봐 만질 수도 없었다. 일어나 앉아 축축한 눈으로 그저 바라볼 뿐이었다. 광옥이가 깊은 잠에 빠질 때까지 민경이는 움직이지 않았다. 방에 앉아 있자니 하염없이 눈물만 흘렀다. 덕령이가 너무나 보고 싶고, 무사하기를 간절히 바라고, 광옥이도 탈 없이 자라기를 바랐다. 민경이 꿈은 소박했다. 평범하게 살아도 좋으니, 아니 빌어먹고 살아도 좋으니, 세 식구가 오순도순 모여 살고 싶었다. 한숨과 눈물이 범벅인 채로 기다리다가 광옥이가 깊은 잠에 빠지자, 민경이는 바느질 도구를 찾아 광옥이 옷을 짓기 시작했다. 먼길 떠나는 광옥이에게 새로 지은 옷 한 벌은 입히고 싶었다.

자시가 끝날 무렵 옷 한 벌이 완성되었다.

민경이는 밤도둑처럼 살며시 문을 열고 마당으로 나와 하늘을 올려다보았다. 보름달에 가까운 둥근 달이 두둥실 밤하늘에 떠 있었다. 보름이 아니지만 다른 때의 보름달보다 커 보였다. 정갈한 마음으로 가슴 앞에 합장을 했다. 광옥 아비가 무사히 풀려나게 해 주시기를 간절히 빌며 두 손을 공손히 비볐다. 단아하고도 정중하게 허리를 굽실거렸다. 애절하고도 간절한 마음으로 몇 번이나 빌었다. 보름달이 뜨면, 얍, 얍 기합을 지르며 오라버니와 대련하는 모습이 떠올라, 사무치도록 그리워서 마당으로 나가 보름달을 올려보았을 때는, 단정한 차림으로 덕령이가 빙그레 웃고 있었다. 지금은 헝클어진 머리카락이 얼굴을 가렸고, 얼굴 곳곳에 피멍이 들었고, 군데군데 찢어진 옷에 피가 흥건했다. 차마 달을 더 이상 볼 수가 없어 방으로 들어갔다.

자리에 누울 수가 없었다. 장롱을 열었다. 장롱 깊은 곳에서 밤손님처럼 패물 보자기를 꺼내 허리춤에 찼다. 보자기에는 금반지, 금팔찌, 머리 장신구인 떨잠, 봉잠, 혼례 때 사용했던 용비

녀 등이 들어 있었다. 그리고는 방을 바장거렸다. 빨리 날이 밝기만을 기다리며 안절부절못했다.

새벽녘이 되자 다리가 아파왔다. 바닥에 앉았다. 내일을 위해 잠을 좀 자야겠다고 생각했지만, 도무지 잠이 오지 않아, 차라리 앉아서 아침을 맞을 생각으로 눈을 감고 벽에 머리를 기댔다. 뒤뜰에서 자꾸만 덕령이의 기합소리가 들려왔다. 가슴이 벌렁거렸다. 처음 기합소리를 들었을 때 들었던 그런 감정이 다시금 새록새록 솟았다. 얼굴이 상기되고 심장이 쿵쾅거렸다. 듬직한 덕령이가 빙그레 웃으며 민경이를 바라보았다. 당신 오셨어요? 덕령이의 품을 파고들려고 팔을 쭉 뻗었다. 따뜻한 가슴팍이 아닌, 차가운 벽이 느껴졌다. 깜짝 놀랐다. 눈을 번쩍 떴다. 잠깐 졸은 사이에 꿈을 꾼 것이었다. 꿈이라기에는 너무나 생생했다. 정말로 덕령이가 와 있을 것 같았다. 자리에서 벌떡 일어나 방문을 열고 마당으로 나갔다. 덕령이는 보이지 않았다. 미명에 빛을 잃어가는 달이 서산으로 기울고 있을 뿐이었다.

'무사하신 거죠? 반드시 돌아오실 거죠?'

'제발 우리 광옥이 아버지를 무사히 돌려주세요.'

민경이는 달을 보며 절절하게 빌었다. 그리고는 발길을 돌려 장독대 위에 정화수를 올렸다. 난생처음이었다. 광옥이를 잉태

했을 때도, 덕령이가 기병을 할 때도 장독대에 정화수를 떠 놓고 빌진 않았다. 부엌에서만 빌었을 뿐이었다. 정화수를 올리자, 문득 정성이 부족해 덕령이가 압송당했다는 생각이 들었다. 자기 때문이라는 생각에, 미칠 것만 같았다. 진즉 치성을 드릴 걸, 하는 후회가 주체할 수 없을 정도로 올라왔다. 두 손을 공손히 모으고, 허리를 백 번도 넘게 굽실거렸다. 모든 죄는 자기에게 내리고, 덕령이가 무사히 돌아올 수 있게만 해달라고 빌고 또 빌었다.

치성을 드리는 동안, 어느덧 여명이 밝아왔다. 한 숨도 못 잔 데다, 정성껏 치성을 드리고 난 후라 몸이 뻐근했다.

부엌으로 들어가 등롱을 밝혔다. 광옥이에게 차려주는 마지막 밥일지도 모르니 있는 재료를 탈탈 털어 반찬을 만들 생각으로 찬장을 뒤졌다. 국수 외에 마땅한 재료가 없었다. 추석 대목 장은 어제 열렸다. 차례상에 올리려고 장을 보러 갈 생각이었다. 저육에, 소고기, 조기, 나물 세 가지, 밤, 대추, 사과 같은 과일에 강정도 살 요량이었다. 덕령이의 소식을 듣지 않았다면 식혜도 만들고, 송편을 만들기 위해 떡방아도 찧었을 것이다. 하지만 덕령이가 압송되었다는 소식에 장에 나갈 생각이 아예 가셔 버렸다. 그러니 저잣거리에서 며칠 전에 사 온 국수가 전부였다. 곡

간에서 쌀을 됫박에 고봉으로 퍼와 큰방 아궁이 솥에 밥을 안쳤
다. 작은방 아궁이에는 물을 끓여 국수를 데쳤다. 찬물에 국수를
식혔다. 능주가 오면 광옥이를 깨워 열무김치에 국수를 비벼 줄
것이다. 마지막 밥상이 너무 초라함에, 또 가슴이 미어졌다.

"능주 아저씨, 명절 때 먼 길 떠나게 해서 죄송하구먼요."
아침 일찍 찾아온 능주와 광옥이에게 아침상을 차려주고 민
경이가 말문을 열었다.
"쇤네야 명절이고, 새벽이고 상관있답니까? 아씨가 우선인
걸요."
능주가 괘념치 말라는 표정을 지었다.
"일단 식사부터 좀 하세요."
능주는 황송함에 몸 둘 바 몰라했다. 광옥이하고 겸상이 처음
이라 그런 듯했다.
"그러시면 제가 오히려 더 미안하니까, 괘념치 마시고 같이
드세요."
민경이 말에도 능주가 밥상 앞에 앉지 못했다. 민경이는 능주
팔을 잡아당겨 억지로 앉혔다. 광옥이는 눈을 비비고 일어나, 소
세를 하고, 의복을 단정히 갈아입고 상 앞에 앉아 있었다. 광옥

242

이는 무거운 표정이었다. 밥상이 소박해서가 아니라, 심상치 않은 흐름을 감지하고 있을지도 몰랐다. 아니면 먼 길을 다녀와야 한다는 생각 때문인지도 몰랐다. 광옥이도 능주도 밥술을 뜨는 둥 마는 둥 했다. 먹는 시늉에 가까웠다. 민경이는 그런 모습에 속으로 울었다. 고봉으로 밥을 담았는데, 둘은 반 그릇도 비우지 않았다. 평소 같으면 뚝딱 해치웠을 양이었다. 그릇이 비워지면 더 퍼 줄 요량으로 큰 사발에 따로 밥을 담아 놓았지만 퍼 줄 일은 없었다. 국수도 준비했지만, 둘 다 국수에는 손도 대지 않았다.

민경이는 능주에게 밥상을 부엌으로 물리라고 했다. 능주가 밥상을 들고 나가자, 민경이가 바로 따라 나갔다. 부엌에 들어서서, 민경이는 품에서 서찰을 꺼내 능주에게 건넸다. 능주가 서찰을 품속에 넣었다. 광옥이가 들리지 않게 작은 목소리로, 지금 인경 오라버니가 용안현에 와 계시는데, 광옥이를 데려가 인사도 시키고 서찰을 전해주고 오라고 했다. 서찰을 광옥이가 절대 보지 못하게 하라고 신신당부했다. 밤길은 걷지 말라며 허리춤에서 은전을 꺼내 건네고, 봇짐도 건넸다. 봇짐에는 주먹밥이 들었지만, 그걸로 허기만 달래고 여각에서 광옥이에게 양껏 밥을 사 먹이고, 용안현에 도착하면 봇짐에 있는 새 옷으로 갈아입히라고 했다.

민경이는 두 사람을 마을 어귀까지 따라 나갔다. 여기저기 굴뚝에서 연기가 피어올랐다. 하루가 시작되고 있었다. 홰치는 소리가 곳곳에서 들렸다. 개들이 컹컹 짖는 소리도 들렸다. 꼭두새벽에 들려오는 낯선 소리에 짖어댈 것이었다. 광옥이는 다시 한번 집에서처럼 허리를 깊이 숙여 인사하고 돌아섰다.

"광옥아!"

민경이는 저만치 멀어져 가는 광옥이를 목청껏 불렀다. 목이 매인 목소리였다.

"왜요?"

"조심해서……."

뒷말이 나오지 않았다. 민경이는 휘이휘이 손짓하며 광옥이 쪽으로 걸었다. 이제 가면 언제 또 볼 수 있을까. 다시 볼 수는 잇을까. 저 어린 것이 잘 살아갈 수 있을까. 민경이는 발길을 차마 돌릴 수가 없었다.

"무사히 다녀올 테니, 걱정 마세요, 어머니!"

광옥이가 다시 허리 굽혀 인사하고, 손을 흔들고 돌아섰다. 민경이는 그 자리에서 얼어붙은 듯 꼼짝 않고 광옥이를 지켜보았다. 주르르 흐르는 눈물을 소매로 훔칠 생각도 없이 오래도록 바라보고 서 있었다. 시야에서 완전히 사라졌음에도, 돌부처처럼 꼼짝 않고 서서 바라보고 있었다. 아니, 망부석처럼 꼼짝 않고 광옥이가 지나간 길을 오래도록 바라보았다.

한가위 아침은 고소한 냄새로 시작되었다. 집집마다에서 노릇한 냄새가 흘러나왔다. 돌샘에서는 아낙들이 줄을 서서 대기했다. 돌샘 물로 두부를 써야 맛도 좋고, 모양도 잘 나온다고들 했다. 어떤 아낙은 대바구니를 이고 부리나케 걸었다. 방아가 없어 옆집으로 방아를 찧으러 가는 모양이었다. 고샅에는 겅중겅중 뛰며 어머니를 따르는 아이도 있었다. 한가위는 마을에 활력을 불어넣었다. 사람들의 발걸음이 가볍고 경쾌했다. 하인들의 표정도 더없이 밝았다. 한가위만 같아라, 라는 말을 표정에서 읽을 수 있었다. 능주 아저씨도 길을 나서지 않았다면 저런 표정일 것이다. 민경이는 미안한 마음을 억누르고 걸음을 재촉했다.

담양 부사 댁 대문 안으로 들어섰다. 부사 집안도 역시 분주했다. 방아 찧는 소리가 들리고, 마루에서 전을 부치는 모습이 눈에 들어왔다. 노릇하게 익어가는 고소한 전 냄새가 콧속을 파고들었다. 이곳 역시나 들뜬 표정과, 경쾌한 걸음으로 곡간에서 부엌으로, 부엌에서 우물 가로, 우물가에서 마루로, 하인들이 바삐 다녔다. 한가위 날은 다른 무엇보다 차례상을 준비하는 게 우선이었다. 그런 움직임이 민경이의 등장에 일시에 멈추어졌다. 다들 민경이를 향해 시선을 집중했다. 민경이는 대감마님을 뵈러 왔다고 알리고, 기다렸다.

"부인께서 이른 아침부터 어인 행차십니까? 얼굴이 퀭한 걸 보니 무슨 일이 있으시군요. 어떤 일입니까?"

담양 부사가 정중하게 민경이를 사랑채로 안내했다. 영문을 모르겠다는 표정이었다. 민경이는 다른 남자와 마주한 적 없지만, 상황이 상황인지라 염치 불구하고 따라 들어갔다. 머뭇거림도 없이 들어가는 자신을 보고 민경이는 속으로 놀랐다. 나에게 이런 면모도 있었나 싶었다.

"장군님께서 반역죄로 압송당했다 하옵니다."

"반역죄로요? 언제요?"

부사가 눈을 휘둥그레 뜨고 물었다. 민경이는 약간이나마 희망이 생겼다. 반역죄로 판명이 났다면, 변서로 고지를 했을 테니 지금쯤 담양 부사가 모르고 있을 것 같지 않았다.

"칠월 스무닷새 날 체포당하셨다 하옵니다."

"이런……"

부사가 깊은 한숨을 토했다.

"장군님께서 반역하실 분이 절대 아니잖아요?"

민경이가 물었다.

"아무렴요. 절대 그럴 분이 아니지요."

부사가 황당하다는 표정으로 말했다.

"심장이 터질 것 같습니다."

"방도를 찾아보십시다. 먼저 전후를 파악하고 상소를 올려보 겠습니다."

"정말로 고맙습니다. 저도 상소라도 부탁하려고 서둘러 찾아 뵈었습니다."

"제가 기병을 부탁했으니, 당연히 상소를 올려야지요."

"그래서 부사님께 먼저 찾아뵈었습니다. 긴히 부탁드릴 게 있 어서요."

"긴한 부탁이라니요?"

민경이는 허리춤에서 패물 보자기를 꺼내 부사 앞으로 조심 스럽게 내밀었다. 부사는 이래서는 안 된다는 표정이었다. 자기 에게 내민 줄 알고 손사래까지 쳤다.

"대감마님께서 관찰사를 찾아뵈셨으면 해서요. 관찰사님께서 우리 원경 아우가 효심이 깊다고 어여삐 여겨 조정에 천거까지 해주셨습니다. 장군님이 원경이 매형이라는 것도 잘 아실 테니

찾아뵈시면 어떻게라도 도와주실 겁니다. 관찰사님께 그냥 부탁
드리기 뭐해 준비했으니, 말씀 좀 잘 해 주십시오."

"그건 저도 잘 알지요. 허나 부인께서 직접 찾아뵈는 게 더 낫
지 않겠습니까?"

"그럴 생각도 했습니다만, 장성 현감님을 찾아뵈려고 합니다.
보다 많은 분들이 상소를 올려야 더 나을까 싶어 찾아뵈려는 겁
니다. 시간이 촉박하다 보니 대감마님께 염치 불구하고 부탁을
드립니다. 서둘러서 관찰사님을 찾아뵈주시면 어떻겠습니까?"

"제가 등을 떠밀었으니 당연히 서둘러야죠. 장성까지 가까운
거리가 아닌데, 말이라도 내 드릴까요?"

부사가 아차, 하는 표정을 지었다. 안쓰럽고, 급한 마음에 민
경이가 여자라는 걸 깜빡 한 모양이었다. 민경이는 말 타는 거라
도 배워놓을 걸 하는 마음이 들었다. 아버지가 탈것을 관장하는
관리였으니 배울 여건은 충분했다. 하지만 민경이는 여자였다.
아무리 때를 써도 아버지가 허락하지 않았을 것이다.

"안장에 올라간 적도 없고, 한가위라 들떠 있을 텐데, 노에게
말을 끌게 할 수 없잖습니까? 혼자 다녀오겠습니다."

"보아하니 식전인 것 같은데, 식사라도 하고 출발하시지요."

부사가 밖을 향해, 희원이 있느냐, 하고 불렀다. 쉰네를 찾으

248

셨습니까? 하는 하녀 목소리가 들려왔다. 하녀에게 밥상을 차리도록 시킬 모양이었다. 민경이는 바로 손사래를 쳤다. 그리고는 거듭 부탁드린다고 정중하게 말하고 자리에서 일어섰다.

부사 집에서 나온 민경이는 수리동산을 향해 걸음을 재촉했다. 장성으로 떠나기 전에 덕령이가 오는지 저 멀리까지 살펴보고 갈 생각이었다. 만나는 사람들이 민경이를 알아보고 허리 숙여 공손하게 인사했다. 한가위를 맞아 인사 차 부사 댁에 다녀오는 길이라고 생각하는 표정도 있었고, 퀭한 얼굴로 아침부터 부산하게 다니는 걸 의아하게 생각하는 표정도 있었다. 민경이는 사람들의 시선에 개의치 않았다. 말없이 고개 숙여 답례하고 수리동산으로 향했다. 수리동산에 오르기 전에 장군봉을 보았다. 까마귀가 보이지 않았다. 왠지 모르게 힘이 났다. 담양 부사와 관찰사에 대한 믿음 때문인지도 몰랐다. 아무튼 까마귀가 보이지 않자 마음이 거뿐해진 건 사실이었다.

경사진 길을 오르는 길옆에 산소들이 군데군데 있었다. 한가위를 맞아 벌초한 탓에, 하나 같이 단정한 모습이었다. 벌초 더미에서 야릇한 풀 내음이 콧속을 파고들었다. 싫지 않았다. 후손들이 음식을 차려놓고 봉분을 향해 넙죽, 큰절을 올렸다. 아직 어린아이는 큰절을 따라한다고 엉덩이를 한껏 올리고 절했다. 어떤 산소에서는 둘레둘레 모여 앉아 음복을 하기도 했다. 덕령이와 광복이가 있다면, 우리 산소에서도 저기처럼 제사를 지내고 있을 것이다. 갑자기 조상님께 죄송한 마음이 솟구쳤다. 덕령이가 돌아온다면 뒤늦게라도 제사를 지내야겠다고 생각했다. 민경이는 시선을 거두고 언덕으로 향했다.

아!

민경이는 갑자기 두근거렸다. 저 멀리 산기슭에서 누군가가 움직였다. 혼자였다. 삼삼오오 성묘하는데 그만 유독 혼자서 담양으로 걸어오고 있었다. 덕령일지도 몰라 손바닥으로 채양을 만들어 눈썹에 붙이고 보았다. 너무 멀어서 구분하기 어려웠다. 걷는 속도를 파악하기도 어려웠다. 민경이는 시선을 붙박아놓고 살폈다. 그는 담양으로 오다가 산으로 방향을 틀어 잡풀이 우거진 산소로 향했다. 그곳은 덕령이 조상이 묻힌 곳이 아니었다. 그가 성묘를 하기 전에 낫으로 벌초하는지 우거졌던 잡풀이 하나둘 사라지고 깨끗한 봉분의 면적이 점점 넓어졌다. 아무리 봐도 덕령이가 아니었다. 덕령이가 풀려나 한양에서 담양까지 걸어왔다면 기진맥진해 있을 것이다. 장사라지만 문초를 받았고, 제대로 자지도 못했을 터였다. 그런 몸으로 남의 산소에 벌초할

리도 없고, 벌초할 이유도 없었다. 갑자기 맥이 풀렸다. 다른 기척이 느껴지는지 한참이나 보았지만 혼자인 사람은 없었다. 덕령이가 무리 지어 올 수도 있다고 생각해, 무리의 움직임도 눈여겨보았다. 그들은 하나같이 산소로 향했다.

순간 다리에 힘이 풀렸다. 주저앉고 싶은 마음이 들었지만, 그럴 순 없었다. 민경이는 휘청이며 경사진 길을 내려왔다. 걸어서 내려온다기보다, 아래에서 누군가가 끌어당기는 것처럼 미끄러지듯 걸었다. 가다가 휘청, 중심을 잃어 풀을 손에 잡았다. 하필이면 가시덤불이어서 손에 잔가시가 박히고 약간의 피가 흘렀다. 잔가시를 빼고 입술로 피를 빨아 땅에 뱉은 다음 다시 길을 내려갔다. 언제나 그랬듯 내려서서도 시선을 멀리 던졌다. 낮은 평지라 그렇게까지 멀리 보이지 않았다. 덕령이라고 생각되는 남자의 움직임은 시야에 들어오지 않았다. 민경이는 장성 쪽으로 방향을 틀었다.

봉산 방화동에 다다르니, 방청매가 눈에 들어왔다. 산은 낮아도 탁 트인 벌판에 우뚝 솟은 산이라 멀리 보일 것 같았다. 방청매로 올라가는 길이 있는지 살폈다. 땔감용 나무를 하러 다니는 오솔길이 나 있었다. 오솔길로 접어들었다. 삼백 여정도 걸었을 무렵, 풀숲에서 갑자기 장끼가 퍼드득 날아올랐다. 민경이는 깜짝 놀라, 저절로 걸음이 멈춰졌다. 겨우 놀란 가슴을 진정하고 다시 산길을 올랐다. 장끼나 다른 짐승이 또 갑자기 튀어나올지 몰라, 시야를 부채꼴로 던져가며 걸음을 옮겼다. 고라니가 풀숲에서 갑자기 달아났다. 이미 수상한 움직임을 눈으로 확인했기에 놀라지는 않았다.

드디어 정상에 도착했다. 몽성산, 불태산, 추월산, 병풍산이 한눈에 들어왔다. 한양에서 담양으로 오려면 장성을 거칠 것이다. 장성 쪽으로 멀리 시선을 던졌다. 사람들의 움직임이 눈에 띄지만 하나같이 성묘객 일색이었다. 비린내 나는 생콩이라도 있다면 바로 씹어 먹을 정도로 심한 허기가 느껴졌다. 조갈도 느껴졌다. 다시 내려올 수밖에 없었다. 마을 우물에서 물을 벌컥벌컥 마시고 길을 재촉했다.

땀범벅이 된 몸으로 미시가 다 돼서 비아에 접어들었다. 비아에서 잠시 쉬었다가 마흥제에 겨우 다다랐는데, 못재가 떡하니 가로막고 있었다. 못재를 넘어야 장성이 나올 것이다. 돌 위에 잠시 엉덩이를 붙였다. 홍색의 화문단 혜를 벗었다. 발에 물집이 생겨 걷는 게 불편해서였다. 민경이는 버선을 벗어 물집을 확인하고 다시 버선을 신었다. 지금까지 이렇게 많이 걸었던 적은 없었다. 어렸을 때, 광주까지 간 적이 있었는데 그때는 아버지가 달구지를 태워 주웠다. 문득 아버지가 그리웠다. 아버지가 살아계셨다면 달구지를 바로 내주었을 것이다. 그럼 발에 물집도 생기지 않았고, 더 일찍 장성으로 갈 수 있을 텐데, 하는 아쉬움이 느껴졌다. 하지만 아버지가 살아계신다고 해도 민경이를 알아볼지 의문이었다. 봄볕에 타면 딸의 얼굴도 몰라본다는 말이 떠올랐기 때문이다. 가을임에도 한낮의 햇살은 따가웠다. 체감으로는 봄볕보다 강한 듯했다. 거의 온종일 걸었으니 얼굴이 새까맣게 그을렸을 게 뻔했다.

민경이는 혜를 신고 일어섰다. 물집 때문에 따갑고 불편하지만, 덕령이가 받을 고초에 비하면 아무것도 아니지 않은가. 지금 덕령이는 생사의 기로에 있을 게 아닌가. 그런데 물집 정도로 길을 지체할 수 없었다. 다시 길을 걸었다.

못재를 오르를 때는 발에 생긴 물집이 터졌다. 한 발 한 발 움직일 때마다 짜릿한 통증이 느껴졌다. 허기도 느껴졌다. 생각해 보니, 어제 덕령이의 소식을 들은 후부터 끼니를 걸렀다. 허기지고, 기진맥진한 몸에, 물집이 터진 발로 재를 넘는다는 게 여간 힘든 게 아니었다. 민경이는 이를 앙다물고 고통을 참아가며 걸음을 재촉했다. 한 시라도 늦으면 덕령이에게 큰일이 터질 것만 같아서였다. 민경이는 어칠비칠 오르막길을 걸었다. 발바닥에서

심한 쓰라림을 느끼면서도 시선은 멀리 두었다. 행여나 덕령이가 올까 봐 발밑을 보고 걸을 수 없었다. 민경이는 연신 헛방을 디뎌 휘청, 중심을 잃었다. 그때마다 바로 중심을 잡고 힐근거리며 잿마루에 올라섰다. 숨을 고를 염도 없이 저 멀리 시선을 던졌다. 장성이 드디어 눈에 들어왔다. 하지만 민경이가 두리번거리며 찾는 건 덕령이었다. 아무리 시야를 넓혀보아도 덕령이는 보이지 않았다.

내리막길은 오를 때보다 더 힘들었다. 다리가 후들거렸다. 자갈을 밟으면 여지없이 엉덩방아를 찧었다. 땅을 짚고 곧장 일어섰다. 역시나 시선은 최대한 멀리 두었다. 다시 자갈을 밟았다. 또 엉덩방아를 찧었다. 땅을 짚고 벌떡 일어섰다. 다리가 후들후들 떨렸다. 민경이는 그래도 시선을 발 앞에 두지 않았다. 또 자갈에 미끄러져 엉덩방아를 찧었다. 오뚝이처럼 벌떡 일어나 엉덩이를 털고 다시 걸었다. 엉덩이에서 쓰라림이 느껴졌다. 걸음을 재촉했다. 또 자갈에 중심을 잃었다. 이번에는 꼬리뼈에서 둔탁한 느낌이 전해졌다. 저절로 인상이 찌푸려질 정도의 통증이 밀려왔다. 덕령이는 뼈마디가 바스러졌을지도 모르는데, 이 정도쯤이야. 민경이는 이를 앙다물었다. 하지만 마음과 다르게 걸음걸이는 어정어정, 휘청휘청, 흔들흔들했다.

"현감님 댁을 좀 알려주세요."

민경이는 지나는 사람들을 가로막고 부탁했다. 하지만 선뜻 알려주지 않았다. 새까만 얼굴에, 재를 내려오면서 미끄러진 통에 치마 엉덩이 부분이 흙투성인데다, 퀭한 얼굴을 보고 말 상대조차 하지 않으려 했다. 누더기 옷이었다면 비렁뱅이 취급할 기세였다. 어떤 이는 옷 때문에 현감의 애첩이라도 되는지 생각했다가, 꼴을 보고는 고개를 흔들었다. 현감에게 버림받아 미쳐버렸다고 생각한 듯했다. 어떤 이는 어정어정 걷는 것을 보고 중풍에 맞은 환자로도 취급했다.

"만재야, 의원님 좀 모시고 오너라."

장성 현감이 황급히 말했다. 민경이는 묻고 또 물어 어렵게 현감 댁을 찾아갔다. 대문을 밀고 들어가 안방 앞에서 현감을 부르자, 현감이 문을 열고 나와 민경임을 알아보고는 크게 소리친 것이었다. 다들 상에 앉아 음식을 먹고 있었다. 현감의 지시에 서른 후반의 하인이 행랑채에서 황급히 나왔다. 입에 음식이 들은 듯 입을 오물거리며, 예, 하고 대문 밖으로 나갔다. 말릴 틈도 없었다. 현감은 만신창이가 된 민경이를 급히 사랑채로 안내했다. 그리고는 직접 이부자리를 펴 주며 좀 누우라고 했다. 민경이는 누울 수 없었다. 덕령이가 반역죄로 압송되었다며, 담양 부사에게 했던 것처럼 도움을 청했다. 그리고는 탈진으로 쓰러졌다.

민경이가 눈을 뜬 건 새벽녘이었다. 다들 깊은 잠에 빠져들어 사위가 고요했다. 살짝 몸을 움직여 보았다. 묵지근한 느낌이지만 못 움직일 정도는 아니었다. 몸을 일으켰다. 다리 전체에서 통증이 느껴졌고, 발바닥에서도 쓰라림이 느껴졌다. 민경이는 슬며시 문을 열고 도둑고양이처럼 소리 나지 않게, 엉금엉금 마당으로 나왔다. 보름달이 서산에 떠 있었다. 달을 보고 덕령이가 무사히 돌아올 수 있게 해 달라고, 손을 비비고 연신 허리를 굽혔다. 문득 덕령이가 갇혀 있다는 옥에서도 달이 보일지 궁금했다. 창살 사이로 보일 것 같았다. 덕령이가 잠들지 못하고 달을 보고 나를 생각하고 있을 것이다. 아니다. 옥에서 풀려나 보름달빛을 밟으며 내게로 다고 오고 있을 것이다. 덕령이의 앞길을 훤히 비춰달라고 달을 보고 다시 빌었다.

집으로 돌아온 민경이는 부엌으로 들어가 깨끗한 사발을 찬장에서 꺼냈다. 하얀 사발이었다. 사발을 들고 돌샘으로 소리 나지 않게 걸었다. 발소리에 개가 짖으면 부정이라도 탈지 모른다는 생각에 사뿐사뿐 걸었다. 유령의 걸음 같았다. 돌샘에 도착한 민경이는 역시나 소리 나지 않게 소세를 하고 정갈한 마음으로 사발에 물을 받았다. 사발을 두 손으로 고이 들고 집으로 향했다. 민경이는 등 뒤에서 비추는 달빛의 그림자와 함께 집으로 들어섰다. 돌샘 물을 조왕 주발에 옮겨 담고 부뚜막 토대에 경건한 마음으로 올렸다. 손을 비비고 절하며 덕령이의 무사귀환을 빌었다. 조왕신이시여. 정묘생 김덕령이 억울하게도 누명을 쓰고 하옥되어 있사옵니다. 왜군으로부터 나라를 구하겠다고 세를 모아 기병했는데 역모죄로 몰렸다 하옵니다. 그분이 절대 그럴 만한 위인이 아니라는 것을 누구보다 잘 알기에 백방으로 호소하였지만 아직 풀려나지 못하고 있사옵니다. 조왕신이시여. 하루도 거르지 않고 치성을 드리는 저를 어여삐 여기셔서 덕령이를 보살펴 주시옵소서. 덕령이가 없다면 저에겐 어제도 없었고, 오늘도 없으며 내일도 없사옵니다. 조왕신이시여 오직 바라옵니다. 신께서 살피고 보호하여 주시기를. 민경이는 자기 목숨을 갈구하듯 정성껏 빌었다.

지극정성에도 덕령이가 풀려나지 않자 민경이는 자기의 행실에 부정 탈만한 것은 없었는지 스스로 되돌아보았다. 행여나 부정 탈까 봐, 부뚜막에 걸터앉지 않았다. 아궁이에 불을 땔 때도 악담은커녕 그런 생각조차 하지 않았다. 부뚜막에 함부로 발을 올려놓은 적도 없었다. 조왕신의 심기가 불편할까 봐 언제나 부엌을 청결하게 했다. 부엌에서 부정 탈만한 행실은 없어 보였다. 그렇다면 무엇이 잘못되었단 말인가. 그동안 기도를 올렸던 행적을 곱씹어보았다. 달님께 빌 때도 정갈한 몸으로 경건하게 빌었으니 딱히 부정 탈만한 짓은 없어 보였다. 다음 기도 대상인 미륵바위를 생각했다. 미륵바위를 떠올리자, 불현듯 스쳐간 게 있었다.

민경이가 여덟 살 때였다. 어머니 손을 잡고 개선사에 있었던 연등회를 보러 갔다. 그날 관불의식이 있었다. 사람들이 아기 부처님의 몸을 씻겨주면서 소원을 비는 것을 보았다. 민경이는 그때 기억 때문에 마음에 걸린 게 있었다. 미륵바위에 빌기만 했지, 한 번도 씻어준 적이 없다는 사실에, 매우 중요한 것을 빼먹었다고 자책했다. 내가 너무 이기적이었구나. 장탄식을 늘어놓았다. 하옥된 덕령이를 위해 지금 민경이가 할 수 있는 일은 오직 기도뿐인데, 기도에만 치우쳤다는 후회가 가슴 가득 차올랐다.

조왕신께 비는 동안, 훼치는 소리가 들려왔다. 민경이는 밥을 안칠 생각도 없이 물동이를 이고 바로 개선사로 향했다. 어귀에 다다라 돌샘으로 물을 길으러 가는 아낙과 마주쳤다. 아낙이 민경이를 이상한 눈으로 보았다. 물은 능주가 길어 나르곤 했으니, 물동이를 인 민경이가 생경했을 터였다. 물이 필요하면 돌샘으로 갈 텐데, 다른 곳으로 가는 것도 이상한 모양이었다. 아낙은 어디로 가는지 묻지 않았다. 덕령이가 역모죄로 옥에 갇혀 있다는 소문이 퍼진 탓에 상종하기 꺼린 것이다. 민경이는 그런 것에 아랑곳하지 않고 개선사로 바삐 걸었다.

개선사에 도착해, 석간수를 물동이에 받아, 바가지로 물을 부어 가며 미륵부처를 성심껏 씻겼다. 깨끗한 솜으로 미륵바위의 물기를 닦은 후 두 손을 모으고 기도를 올렸다. 덕령이의 무사귀환을 빌기 전에 그동안 한 번도 씻겨드리지 못한 불경함에 대한 사죄를 했다. 앞으로는 올 때마다 씻겨드리겠다고 미륵바위에게 약속하고 기도에 들어갔다. 의금부에 갇혀 있는 덕령이를 보살펴 주시라는 입속말이 오래도록 미륵바위 앞에서 떠돌았다.

⊙−1596년 9월

1596년 9월

"아씨 마님, 또 여기 계셨어요? 몸도 성치 않으신데 그만 내려가십시다."

능주는 안타까운 시선으로 민경이를 바라보았다. 성치 않은 몸으로, 허적허적 수리동산을 오르는 민경이에게 더 이상 아씨라고 부를 수 없었다. 아씨라고 호칭할 수 없을 만큼 민경이가 어른스럽게 느껴졌다. 발에 잡힌 물집이 아물 새도 없이 눈만 뜨면 수리동산에 올라 먼 곳을 바라보는 민경이가 안쓰러웠다. 마님이라고 불러야지 최소한의 도리를 다한 듯했다.

능주는 용안에서 다녀온 뒤 보고 차, 집에 들렀으나 민경이는 집에 없었다. 당연히 수리동산에 있을 줄 알고 갔는데, 그곳에 없었다. 사람들에게 물으니 봉산 방청매로 자리를 옮겼다고 했다. 집에서 삼십 리 떨어진 방청매는 수리동산보다 장성이 더 가까웠다. 덕령이가 한양에서 담양으로 내려올 때 장성으로 넘어올 것이라 판단하셨으리라.

"능주 아저씨, 내일 저하고 한양으로 가실까요?"

능주는 잘못 들은 게 아닌가 싶었다. 한양은 능주도 딱 두 번밖에 다녀오지 않았다. 심부름 때문이었는데, 혼자 몸으로 다녀오는데도 열엿새 걸렸다. 그 머나먼 길을 여자가 간다 하니 놀랄 수밖에 없었다. 지금껏 여자가 한양에 다녀왔다는 말을 들어보지 못했다. 가더라도 가마를 타거나, 달구지를 타고 갔을 텐데 가마도, 달구지도 없었다. 게다가 몸도 만신창이지 않은가.

"그런 몸으로 한양까지요?"

능주는 눈을 휘둥그레 뜨고 물었다.

"장군님께서 곧 풀려나실 거예요. 몸도 성치 않으실 텐데, 모시고 와야지요."

민경이 의지가 워낙 강해 보였다. 절대 포기하지 않을 듯했다.

"풀려나신다면야 당연히 모시고 와야지요."

능주는 말끝을 흐렸다. 한양까지 길이 멀어서가 아니었다. 민경이의 몸이 성치 않아서도 아니었다. 걷지 못하면 업고라도 갈 것이다. 민경이가 이렇게 애타게 기다리는데 한양보다 더 먼 거리인들 가지 못할까. 하지만 풀려난다는 보장이 없기에 말끝을 흐릴 수밖에 없었다.

"부사님께서 그러셨어요. 함께 압송당한 곽재우 장군도, 최담년 장군도, 홍계남 장군도, 고언백 장군도 풀려나셨다고. 정탁 우의정께서 우리 장군님을 풀어달라고 임금님을 설득하신다 하시고, 이기 이조판서, 유영경 관찰사, 우리 고모부님께서도 장군님의 무고를 적극적으로 해명하신다 하셨으니, 곧 풀려나실 거예요."

민경이 얼굴에 기대감이 한껏 묻어났다. 어제의 축 늘어지고 핼쑥한 표정과는 달랐다. 오늘 담양 부사에게 기별을 들은 모양이었다. 능주가 용안에서 담양으로 돌아왔을 때는 장군의 압송 소식이 파다하게 퍼져 있었다. 민경이가 담양 부사를 찾아뵙고 상소를 부탁한 것도 회자되었다. 부사는 민경이가 다녀간 뒤 바로 말을 잘 타는 장졸을 한양으로 보내 전·후 사정을 알아오라고 했다. 그는 한가위 차례도 지내지 못하고 즉시 말을 몰고 올라가 8월 16일 한양에 도착해 상황을 파악하고, 18일 내려와 보고했다. 8월 4일 1차 친국이 있었고, 정탁, 이기, 유영경이 나서서, 심문을 연기할 것을 청했고, 8월 8일 2차 친국 후에, 최담년 장군 등을 풀어주었고, 한가위 기간에 친국이 이어지지 않고 있다는 것이 부사가 보고받은 내용이었다. 그걸 민경이에게 모두 전해주었다.

민경이는 왜 기대가 큰지 능주에게 차분히 말해 주었다. 장군의 매형인 김응회도 압송되었고, 혹독한 고문을 당했지만, 장군의 충성심이 어떤지를 의연히 주장했다고 했다. 구체적으로 예를 들어가며 장군이 반역할 분이 절대 아니라고 구구절절하게 밝혔다고 했다. 김응회가 목숨 걸고 주장할 정도라 신뢰가 간다는 것이었다. 하지만 가족의 주장이라는 점이 마음 한 구석에 걸린다고 했다. 그래서 민경이는 김응회보다는 정탁 우의정에 대한 믿음이 크다고 했다.

민경이가 정탁에 대해 장황하게 설명했다. 전란이 터지자 임금이 피신하기로 했을 때, 대부분 대신들이 한양에서 멀리 떨어진 함경도로 가야 한다고 했다. 하지만 정탁은 군사력이 왜군에 비해 열세이므로 명나라와 가까운 평안도로 가서 명나라의 도움을 받아야 한다고 했다. 임금은 정탁의 의견을 따라 평양을 택했다. 많은 대신들이 피신했음에도 정탁은 몸 사리지 않고 임금의 호종 행렬을 이끌었다. 왜군이 평양 턱밑까지 치고 올라오자, 임금이 있는 원조정과 세자가 있는 분조로 조정을 나누었다. 임금이 요동으로 망명할 것까지 대비한 것이었다. 정탁은 세자를 모셨다. 이런 공 때문에 우의정으로 승직했다. 전란이 일어나기 전에는 정탁이 사은사로 명나라에 다녀왔고, 전란 중에는 조선으로 파병한 명군을 실질적으로 지휘한 송응창을 영접했고, 명나라 장수 이여송의 군영에도 자주 드나들었다. 그 정도 인물이니 발언권이 얼마나 클지 짐작이 가고도 남는다는 것이었다. 덕령이를 형조좌랑으로 임명받을 수 있게, 충호장이란 직함을 받을 수 있게 추천한 이도 정탁이었다. 곽재우, 유정대사 등이 포상받을 수 있도록 추천한 이도 정탁이었다. 정탁이 덕령이를 추천했으니 정탁이 반드시 살려낼 것이라고 했다. 아마도 이순신 장군의 압송 때 들은 이야기 때문일 것이다.

삼도수군통제사인 이순신 장군 때문에 해상으로 물자를 수송하려 했던 계획이 틀어진 왜군은 장군을 제거하려고 계략을 꾸몄다. 왜군이 언제, 어디를 경유해, 어디로 쳐들어올 것이라는 구체적인 정보를 의도적으로 흘렸다. 이 정보를 들은 임금은 장군에게 출정을 명했고, 장군은 계략이라고 판단해 출정하지 않았다. 이에 조정에서 이순신을 파직하고 한양으로 압송해 국문을 했다. 국문이 어찌나 혹독한지 몇 차례 국문이 이어지면 죽을

지도 몰랐다. 2차 국문이 있기 전에 정탁이 나서서 이순신을 구하는 글을 올렸다. 전·후 사정을 살피지 않고 벌을 내린다면 앞으로는 능력 있는 자들이 나라를 위해 힘을 쓰지 않을 거라며 호소했다. 이에 임금이 백의종군을 명하며 이순신을 살려주었다. 이순신을 절체절명에서 구한 이가 정탁이었다는 것은 조선에 널리 알려진 사실이었다. 그런 정탁이 덕령이의 구명에 힘을 쏟고 있다고 한 것이다. 국문이 이어지지 않고 있다는 것도 민경이에게는 크나큰 희망이었다. 민경이는 그러한 연유로 장군이 꼭 풀려나리라고 믿었다. 정탁 대감이 장군과 함께 추천한 곽재우 장군이 풀려났다는 소식에 한껏 부풀어 있는 것이었다.

"그래요? 그것 참 잘됐구먼요. 언제 출발하실란가요? 말씀만 내리시면 바로 여장을 꾸리겠습니다요."

능주가 고무된 표정으로 말했다.

"발에 물집이 아물면 바로 출발하시도록 하시죠. 이런 발로 한양까지는 도저히 무리일 것 같아요."

"당연히 어렵지요. 물집이 잡힐 때까지 인자부텀 여기 오지 마시와요."

"안 그래도 그럴 생각이에요. 희망적인 소식을 들었으니, 발 관리 잘해서, 하루빨리 장군님 모시러 가야지요."

"잘 생각하셨구먼이라우. 그람 인자 내려가시지요."

"아니에요. 기왕 올라왔으니, 조금만 더 있다 내려갈게요. 먼저 가서 쉬세요. 용안까지 다녀온 여독이 덜 풀리셨을 텐데."

"쇤네는 팔팔합니다요. 안 쉬어도 됩니다요."

"나이를 거꾸로 드시나 봅니다. 아직도 기력이 넘치신 걸 보니."

능주는 모처럼 마음이 가벼웠다. 민경이가 이런 농담을 한 게 몇 년 만인지 모른다. 덕령이가 기병한 이후 들어본 기억이 없었다. 아무리 기억을 되작거려도 말이다.

"아매도 산을 많이 타서 그런가 봅니다요. 이런 날을 대비하려고 석청을 따러 다니게 하셨는가 봅니다요."

능주도 농담 삼아 말했다.

"그게 그렇게 되나요?"

"그럼요. 대감마님과 아씨마님께서 선견지명이 있으셨당께요."

"저는 그렇지 않아요. 장군님께서 워낙 좋아하셔서 아저씨께 부탁드린 거지, 그런 생각은 추호도 못했어요."

"허허, 그럼 장군님께서 선견지명이 있으셨나 봅니다요."

"혹시, 우리 장군님이 걷는데 불편하시면 능주가 좀 업어주실 수 있지요?"

"그렇다마다요!"

능주는 문득 광옥이가 떠올랐다. 그동안 민경이 입에서 광옥이를 업어달라고 말한 적이 한 번도 없었다. 단 한 번도. 광옥이를 용안까지 데리고 가기 전에도 그런 말조차 꺼내지 않았다. 광옥이도 생전 처음 먼 길을 걸었고, 비탈지고 좁은 산길까지 걷느라 다리에 물집이 잡힐 수 있다는 것을 아실 텐데도 찜부럭도 없었다. 민경이가 광옥이의 체력을 믿었는지도 몰랐다. 사실 광옥이는 시종일관 사내대장부처럼 늠름하고 당당하게 걸었다. 쉬었다 가자는 말을 능주가 먼저 꺼냈다. 산에 오르내리며 다져진 능주보다 광옥이 걸음이 빨랐다. 갈림길에 접어들지 않는 이상 언제나 광옥이가 앞서 걸었다. 능주는 허겁지겁 광옥이를 따라가느라 정신없었다. 그런 체력 때문이 아니라면 오직 덕령이 생각 때문인지도 몰랐다. 먼 길 가는 것 보다야 혹독한 심문으로 고초를 겪고 있을 덕령이 때문에 광옥이가 뒷전으로 밀려났을 것이다.

"그렇게 해주신다니 천군만마를 얻은 듯 든든합니다."

"그런데요, 아씨 마님?"

민경이가 어리둥절한 표정을 지었다.

"도련님을 업어달라는 말은 한 번도 하신 적 없으시다는 거 아셔요?"

"그랬나요?"

"그렇다니까요?"

"광옥이는 근행석이 많이 업어주었잖아요?"

능주는 피식 웃음이 나왔다. 민경이가 근행했을 때 따라간 광옥이가 혼자 놀다가 지치거나, 돌이 따사로우면 근행석 위에서 잠들곤 했다. 그걸 근행석이 업어주었다고 표현하니 웃음이 나올 수밖에 없었다. 틀린 표현 같지도 않았다. 아무튼 민경이 얼굴에 화색이 돌고 조급증도 사라진 것 같아, 안심이었다. 이 정도라면 민경이가 혼자서도 집으로 돌아오기에 무리 없어 보였다. 능주는 민경이를 남겨둔 채 뒤돌아섰다. 비탈길을 내려오는 발걸음이 무척 경쾌했다. 석청 몇 단지를 봇짐에 지고 내려올 때보다 더 가벼웠다. 노래라도 부르고 싶었다.

능주는 마당에 서서 민경이가 안방에서 나오기를 기다렸다. 민경이가 덕령이를 데리러 한양까지 간다는 소문이 온 동네에 퍼진 후라 아낙들이 한두 명씩 마당으로 들어섰다. 노자에 보태라고 은전 몇 닢을 건네주고, 요기하라고 마를 가져오고, 주먹밥을 싸 오고, 고구마며, 배, 단감, 사과 등을 가져와 쭈뼛쭈뼛 건넸다.

"한양을 버리고 몽진한 임금이 어찌 우리 장수를 반역죄로 몰 수 있당감?"

"그랑께 말이여! 적반하장도 유분수랑께."

"말이사 바른말이제. 우리 장군님 같은 분이 팔도에 어디 있기나 하당감요?"

"너무 출중해서 조정에서 시기, 모함했다고들 안혀?"

"그런 간신배들을 싹 잡아다 족쳐야 쓴디, 어만 우리 장군님만 잡아다가 뭔 짓을 저질렀는지 모르겠당게라우."

"임금님이 1등공신으로 호종한 신하를 더 많이 뽑았담서?"

"누가 아니래? 도망갈 때 호위하는 게 무신 공신이라고!"

"클메 말이여. 싸우는 족족 왜군을 쳐부순 이순신 장군님하고, 가마 옆이나 따라갔던 신하들이 어떠코롬 같은 1등공신이될 수 있다요? 말도 안 되는 거 아니요?"

"괜히 우리 새끼만 의병으로 갔다가……."

아낙들이 정신없이 흉을 보았다. 자식 생각에 눈물을 훔친 아낙도 있었다. 집안에 들어선 아낙들은 너나없이 전란에 식구들을 잃었다. 의병에 가담하여 전투 중 목숨을 잃었으니, 몽진한 임금이 곱게 보일 리 없었다. 임금님을 흉보는 사이에 민경이가 방에서 나왔다. 아낙들이 입을 닫고 민경이에게 시선을 돌렸다. 민경이가 댓돌 위에 가지런히 있는 혜를 신고 아낙들 곁으로 다가서서 한 마디 했다.

"그래도 우리 장군님을 풀어주실 거잖아요? 저는 그거면 되었네요."

민경이 말에 아낙들은 더 이상 흉을 보지 않았다. 잘 다녀오라고, 장군님 꼭 모셔오라고, 장군님만 살아오신다면 자기들이 먹여 살릴 수도 있다고 했다. 민경이의 눈시울이 붉어졌다. 능주도 덩달아 뜨거운 무언가가 가슴 깊은 곳에서 올라옴을 느꼈다. 민경이가 아낙들의 손을 일일이 잡아주었다. 깊은 상처를 안고 있는 분들에게 동병상련의 감정을 느꼈는지, 오래도록 손을 마주 잡았다.

이윽고 대문 밖으로 나가려는데 또 다른 아낙들이 몰려들었다. 손에 보자기나 꾸러미들이 들려 있었다. 그들도 잘 다녀오라는 인사와, 따뜻한 위로를 건네고 꾸러미를 민경이에게 건넸다. 고구마 같은 먹을거리가 대부분이었다. 민경이가 너무 많다고 사양했지만, 아낙들이 기어이 능주 손에 쥐어주었다. 능주는 얼떨결에 받아들었다. 받아들 수밖에 없었다. 한사코 건넸으니까.

능주의 양팔이 축 쳐졌다. 인심의 무게 때문이었다. 아니, 민심의 무게 때문이었다. 민경이는 늦게 들어선 아낙들의 손을 또 일일이 마주 잡으며 감사함을 전했다. 덕령이의 무사귀환과 먼 길 떠나는 민경이를 걱정하는 말이 마당에 출렁거렸다.

가을 햇살은 따사로웠다. 가을걷이가 아직 끝나지 않은 들녘 곳곳에서 황금물결이 넘실거렸다. 바람이 불었다. 곧 겨울이 닥칠 것이니 빨리 결실을 맺으라고 독촉하러 다니는지도 몰랐다. 고개 숙이고 서 있는 벼들이, 도미노처럼 몸을 숙였다가 바른 자세를 잡았다. 전란이지만 침공을 당하지 않아 유래 없는 풍년이라고 농부들은 희색이 만연했다. 들로 향하는 농부들의 발걸음은 날아갈 듯했다. 능주 발걸음도 가벼웠다. 바람은 황금 들녘을 지나 능주 몸을 휘감고 지나갔다. 시원했다. 민경이 걸음도 가벼워 보였다. 그동안 발 관리를 잘 한 모양이었다. 한양까지 가는 데 무리 없어 보였다. 정 힘들어하면 먹을거리를 낯선 이에게 나누어주고 민경이를 업어서 가면 될 것이었다. 지금부터라도 업고 싶은 마음이 불쑥 불쑥 치솟곤 했다.

고서에 막 다다랐을 때였다. 저 멀리서 누군가가 달구지를 끌고 오는 게 보였다. 달구지는 하얀 천으로 덮여 있었다. 민경이가 근행했을 때, 근행석을 달구지에 싣고 올 때의 모습과 비슷했다. 아니, 영락없었다. 저 달구지에도 돌이 실려 있을까? 그런 생각을 하니 문득, 광옥이가 떠올랐다. 근행석 위에서 잠에 빠진 모습이 눈에 선했다. 얏, 얏, 기합을 내지르며 죽검을 휘두르던 광옥이, 민경이가 죽검을 잡지도 말라는 불호령에, 낫을 들고 대밭으로 가서 죽검을 만들어 등 뒤에 숨기고 슬금슬금 돌아오던 광옥이, 사내대장부가 장차 큰일을 하려면 문·무를 겸비해야 한다고 당차게 말했던 광옥이, 민경이가 장군을 걱정해 멍하니 허공을 바라보고 있으면 아버님은 꼭 살아오실 테니 상심하지 말라며 위로했던 광옥이, 용안현으로 떠날 때 눈물을 보이지 않으려고 민경이가 지켜보고 있다는 것을 알면서도 끝내 돌아보지 않고 의연한 척하며 걷던 광옥이, 그때 들썩이던 어깨, 민경이가 새로 지어드린 옷을 한참이나 갈아입지 못하고 바라만 보고 있던 광옥이, 곧 어머님께 달려갈 테니 건강하게 계셔야 한다고 꼭 건강하셔야 한다고 울먹이는 목소리로 전해달라던 광옥이의 모습이 눈에 선했다.

능주는 광옥이가 그리웠다. 근행석 위에 올라 죽검을 휘두르는 모습을 다시 보고 싶었다. 능주도 죽검을 들고 광옥이랑 대련을 해보고도 싶었다. 덕령이와 인경이가 대감 댁 뒤뜰에서 대련

했던 것처럼 말이다. 석청을 따러 갈 때도 함께 다니고 싶었다. 석청을 따는 데 도움이 되어서가 아니었다. 광옥이가 산 정상에 발을 딛고 서서 세상을 호령하는 호연지기를 키웠으면 하는 마음 때문이었다. 화랑들도 산을 누비며 호연지기를 키웠다고 했으니 광옥이도 그랬으면 싶었다. 덕령이는 무등산 지왕봉에서 바위와 바위를 뛰어 건너며 무술을 연마하고 체력과 담력을 길렀다고 했다. 덕령이의 핏줄을 물려받은 광옥이가 못할 리 없을 것이다. 수련 중 광옥이가 목말라하면 봇짐을 풀어 단지에서 꿀을 꺼내면 될 것이다. 산속 어디에 물이 있는지 구석구석 알고 있으니 그리 가서 청미래덩굴 잎으로 물을 떠먹이면 될 것이다.

왜 진즉 그 생각을 하지 못했는지 후회스러웠다. 가슴을 치고 싶었다. 하지만 앞으로 얼마든지 기회는 있을 것 같아 스스로 위안을 삼았다. 광옥이가 돌아오면 어느 산에를 먼저 오를지 머릿속으로 생각했다. 가까운 무등산에 먼저 오르고, 다음으로 추월산에 오르고, 그 다음에는 병풍산, 강천산, 동악산, 백아산, 선운산, 불갑산, 지리산……. 상상만으로도 얼굴에 미소가 머금어졌다. 광옥이가 훨씬 튼튼한 몸과 마음으로 산을 내려오는 모습이 눈에 선했다.

"도련님은 어떤 인물이 되고 싶으셔유?"

전란이 일어나기 전, 그러니까 광옥이가 일곱 살 이었을 때 능주가 물었다. 광옥이 옆에 죽검이 있었고, 옷은 흥건히 젖어 있었다.

"임금님을 지키는 충신이 될 거에요."

광옥이가 호기롭게 말했다.

"그래서 그렇게 무예 수련에 열심이군요."

"환벽당에서 배우는 논어 공부에 비하면, 무예 수련은 찰나에 불과해요."

"소인은 논어가 뭔지 잘 모르옵니다만."

능주는 난처한 표정으로 서 있었다.

"사서 중 하나랍니다. 공자님 말씀이 많이 들어 있는데, 공자님께서 그러셨어요. 마음만 먹으면 효도는 개나 소도 할 수 있다고. 진정으로 존경하는 마음으로 효도를 하라는 말씀이지요. 충도 그런 거 아니겠습니까? 개나 소, 누구나 충을 할 수 있지만 진정성이 일도 없는 충이라면 무슨 소용이 있겠습니까? 저는 진정한 충을 실천하려고 공부 중이랍니다."

"도련님은 틀림없이 훌륭한 충신이 되실 거구먼유."

능주는 고개를 주억거렸다. 할 수만 있다면 어깨라도 토닥여 주고 싶었다. 하지만 하인 신분에 그럴 순 없었다. 마음뿐이었다.

광옥이가 충신이 될 거라는 확신은 두 가지 이유였다. 하나는 광옥이의 드높은 기개 때문이었다. 덕령이 집은 터의 기운이 워낙 강했다. 손님들이 자고 가려고 사랑채에 누웠다가도 기에 눌려 벌떡 일어나 줄행랑치듯 한밤중에 집을 나가곤 했다. 아침까지 자는 경우는 열에 한 명 정도였다. 능주는 가장 기가 약하다는 구석방에서 기거하면서도 벌떡 벌떡 잠에서 깨는 경우가 허다했다. 그런 날이면 아침에 얼굴이 푸석했다. 몸도 찌뿌듯했다. 광옥이는 달랐다. 광옥이 방은 기가 가장 강하다고 했다. 그 방에서 자면서 한 번도 가위에 눌리거나, 악몽으로 식은땀을 흘리지 않았다. 아침이면 편안한 모습으로 기지개를 켜면서, 아주 잘 잤다고 했다. 사람들은 덕령이 기가 워낙 세서 강한 집터의 기를 이겨낼 수 있다고 했다. 민경이도 장군님 못지않기에 기운을 이겨내고 편히 살 수 있다고들 했다. 사람들의 평처럼 기의 세기로 본다면 광옥이가 한 수 위이지 싶었다. 아침이면 두 사람보다 광옥이의 화색이 더 밝았다.

두 번째는 광옥이 체력이었다. 덕령이네는 소문난 장사 집안이었다. 덕령이야 몇 백 리 너머까지 소문이 나돌 정도로 익히 알려졌지만, 손 위 누이도 만만치 않았다. 누이가 남장을 하고 덕령이와 씨름을 했는데 누이가 이겼다는 말을 들었다. 그 소문

278

이 사실인지 아닌지 알 수 없으나 누이가 힘이 약했다면 그런 소문이 나지 않았을 것이다. 덕령이는 남매가 특출한 장사인데, 광옥이 또한 그러했다. 또래 아이들하고 씨름을 했는데 덩치가 두 배나 커 보이는 상대를 시작하자마자 눕혀버렸다. 그 아이는 다시 붙자는 말도 하지 못했다. 그뿐이 아니었다.

백중날이었다. 백중은 과일이 풍성한 계절의 복판에 있었다. 백중은 시쳇말로 머슴들의 날이라고 했다. 주인이 머슴에게 용돈을 주며 하루를 쉬게 했다. 머슴들은 마치 자기들의 날을 허투루 보내지 않을 것처럼 백중을 즐겼다. 머슴들이 너나없이 돈과 힘을 소진했다. 장에 나가 물건을 구입하고, 씨름을 하고, 힘자랑을 했다. 성촌마을 머슴들은 백중날이면 하는 습속이 있었다. '들독' 들기였다. 들독 들기는 마을 가운데 자리한 당산나무 아래에서 이루어졌다. 사람들은 누가 가장 힘이 센지 보려고 당산나무 아래에서 빙 둘러 진을 치고 힘자랑을 구경했다. 7살 광옥이도 사람들 틈에서 자리 잡고 구경했다. 들독은 다양한 크기로 준비되었다. 가장 큰 것은 이백 근, 그 다음은 백오십 근, 그 다음은 백 근, 그 다음은 오십 근 순으로 되어 있었다. 낮은 들독부터 들어 열 걸음 이상 걸어야 통과했음을 인정받고 다음 단계로 올라가는 규칙이 정해져 있었다. 결승에서 서른세 살의 용이와 스물아홉의 영태가 만났다. 결승은 같은 무게의 들독을 들고 누가 더 멀리 옮기느냐에 따라 승부가 갈렸다. 이백 근짜리 들독은 덕령이 외에 그 누구도 들은 적 없었다. 잡기 불편하게 돌이 둥글둥글해서 제대로 힘을 쓸 수 없기 때문이었다. 영태는 백오십 근짜리 들독을 들고 낑낑거리며 서른일곱 자를 옮겼다. 상기된 얼굴로 이를 앙다물고 힘을 쓴 용이는 스물여섯 자를 옮겼다. 승부가 결판났다. 사람들은 영태에게 열렬한 환호성을 지르며 축하를 건넸다. 이 순간만큼은 영태가 영웅이었다. 영태 주인은 영태에게 세경을 올려주겠노라며 좋아했다.

어른들의 힘자랑이 끝나자 열 살 이하의 아이들이 흉내를 냈다. 아이들은 오십 근짜리 들독을 들어보려고 시도했으나 꿈쩍도 하지 않았다. 몇 번을 시도해도 마찬가지였다. 한 아이가 포기하면 다른 아이가 들독 앞에 자리 잡고 들기를 시도했다. 실패, 또 실패, 또 실패였다. 실패의 연속이었고 이제 들독을 들어보려는 아이가 없었다. 그때 광옥이가 슬금슬금 나가 오십 근짜리 들독 앞에 섰다. 광옥이가 들독 앞에 서자 이목이 집중되었다. 광옥이가 잠시 호흡을 고르고는 들독을 들었다. 겨우 무릎 높이로 들고는 바로 내렸다. 사람들이 웅성거렸다. 영태가 우승한 것보다 더 큰 환호성이 터졌다. 일곱 살 나이가 믿기지 않을 정도라고 경악을 금치 못했다. 틀림없이 아버지를 뛰어넘을 장사라고 감탄의 말과 기대감과 칭찬이 자자했다.

달구지가 점점 가까워졌다. 달구지가 무겁게 오는 듯했다. 아니 달구지를 끄는 사람의 걸음걸이가 그렇게 무거워 보일 수가 없었다. 봉두난발에 옷이 갈기갈기 찢어져 있는 데다 피투성이었다. 몰골이 거지꼴이나 다름없었다. 그가 터벅터벅 가까이 다가왔다.

"아주버니!"

민경이가 화들짝 놀라 소리쳤다. 김응회였다. 거지나 진배없는 모습이지만 분명히 김응회였다. 그는 초점을 잃은 듯한 흐리멍덩한 모습으로 걷더니 민경이의 등장에 땅바닥에 털썩 주저앉았다. 내장이 뒤집어질 것 같은 역한 냄새가 콧속을 파고들었다. 능주는 섬뜩한 예감이 온몸에 스치는 것을 느꼈다. 민경이도 그런 듯했다. 김응회를 일으켜 세울 생각도 않고 불길한 표정으로 안절부절못했다. 주저앉은 김응회가 울먹이는 목소리로 간신히, 정말 간신히 입을 열었다. 처남이라고……. 김덕령 장군이라고……. 하얗게 질린 민경이가 급히 천을 들어 달구지를 살피고는 이내 혼절하여 땅바닥에 나자빠졌다.

능주도 천을 들어보았다. 주검이었다. 머리가 없는 시신이었다. 김응회가 입은 옷보다 더 갈기갈기 찢어진 옷에는 피딱지가 두껍게 붙어 있었다. 하얀 옷인지, 적색인지 구분하기 어려울 정도였다. 손등이나 팔, 다리, 종아리, 어깨처럼 옷 밖으로 드러난 신체의 모든 부위의 피부가 홀라당 벗겨져 있었다. 양쪽 정강이 뼈가 부러져 반듯해야 할 다리가 꺾여 있었다. 그런 시신에서 진물이 흘렀다. 썩어가고 있는 것이었다. 처참했다. 모골이 송연했다. 다리가 후들거려 서 있기가 힘들었다. 능주가 참혹한 주검을 먼저 보았다면 민경이처럼 혼절했을 듯했다. 민경이가 혼절했기에 얼마나 끔찍할지 조금이나마 짐작했고, 그 덕에 가까스로 버틸 수 있었다.

능주는 의병의 시신을 수습해와 장사를 지내는 일을 도운 적이 있었다. 그때도 심장이 벌렁거리는 충격을 받았다. 온전한 얼굴이 아니라, 귀와 코가 없었다. 왜군들이 전과로 삼으려고 귀와 코를 벤 것이었다. 정말이지 끔찍했다. 귀와 코가 없는 시신을 보고 나서 며칠 동안 잠을 설쳤다. 눈을 감으면 그 모습이 떠올랐기 때문이었다. 하지만 그것은 지금에 비해 아무것도 아니었다. 눈을 감으면, 아니 눈을 떠도 떠오를 것 같았다. 영원히 눈을 감는 그날까지 떠오를 것 같았다. 끔찍해서 보고 있기 힘들었다. 저절로 몸이 떨렸다. 무엇을 해야 하는지 생각도 못하고, 그저 서 있을 뿐이었다.

능주는 정신을 차리고, 민경이를 들쳐 업었다. 김응회도 간신간신 몸을 일으켰다. 김응회가 달구지 손잡이를 들려다가, 멈칫했다. 오, 이런! 김응회는 짧게 탄식하고 몸을 숙였다. 허리 숙여 조심스럽게 김응회가 들어 올린 건 덕령이 머리였다. 덜컥거리며 오는 동안 머리가 이리저리 굴러다니다가, 달구지가 멈추었을 때의 경사 때문에 땅으로 떨어진 것이었다. 이런 모습을 민경이가 보지 않은 것이 천만다행이라는 생각이 들었다. 민경이가 보았다면 어떤 반응이었을지 생각만으로도 아찔했다. 민경이가 그리워서였을까, 광옥이 때문일까. 억울해서인지도 몰랐다. 덕령이는 눈을 뜨고 있었다. 형형한 눈빛이었다. 진물이 흐를 정도로 썩어가는 얼굴이지만 눈빛만큼은 살아 있는 것처럼 생생했다. 능주는 김응회에게 눈을 감겨드려야 하지 않느냐고 말했다. 김응회가 손으로 덕령이 눈을 감기려 했다. 하지만 감기지 않았다. 몇 번이나 시도했지만 감지 않았다고 했다. 행여나 부인이 감겨드리면 감을지 모르겠다고 했다. 등에 업힌 민경이는 아직 깨어나지 못하고 있었다.

⊙-1596년 10월

“아씨 마님, 제발 정신 좀 차리셔유. 이제 그만 가시잔께유!”

능주가 애원조로 말했다.

“장군님이 올지도 모르는데 여기서 기다려야지요.”

수리동산에 오른 민경이는 장성 쪽으로 시선을 붙박아 놓고 고개도 돌리지 않았다.

“아씨……..”

능주는 차마 말을 잇지 못했다. 민경이는 오늘도 해가 이울 때까지 수리동산에서 덕령이를 기다릴 것이다.

“우리 장군님은 돌아가신 게 아니에요. 아직 살아 계실 것이고, 반드시 돌아오실 거예요. 오늘 올지도 모르는데, 뫼시고 같이 들어가야지요."

능주는 안타까운 시선으로 민경이를 보았다. 오늘도 고집을 꺾을 수 없다는 걸 직감했다.

덕령이의 장례를 치른 지 한 달이나 지났을 것이다. 겨우 기력을 회복한 민경이가 칩거 중인 김응회를 찾아가 자초지종을 물었다. 김응회는 덕령이가 억울하게 화를 당하는 것에 환멸을 느껴 두문불출하고 있었다. 말하기 좋아했던 예전과 달리 말 수가 눈에 띄게 줄었다. 민경이가 그의 입을 열려고 했다. 함께 압송당하고, 옥살이하면서 함께 문초를 당했으니 잘 아실 거 아니냐고, 아시는 대로 말해달라고 했다. 김응회는 난처한 표정을 지으며 좀처럼 입을 열지 않았다. 생각만으로도 끔찍한지, 수시로 진저리를 쳤다. 도무지 입을 열지 않으려는 김응회에게 여러 날 찾아갔다. 그날도 아침 일찍 찾아가 하도 간곡히 청하는 바람에 김응회가 어렵게 입을 열었다.

8월 4일, 첫 심문이 있었다. 임금님이 직접 주재한 친국이었다. 정탁, 이기, 유영경 등은 심문을 미루자고 했다. 윤두수는 즉각 심문해야 한다고 했다. 임금은 심문에 들어갔다. 함께 압송해 온 곽재우, 최담년 등과 대질 심문을 하고 임금이 신료들에게 물었다. 이 사람을 살려줄 도리가 없는지를. 유성룡이 먼저 나섰다. 이 사람이 살 도리는 없습니다만, 아직 그대로 가두어 두고 그의 일당을 국문한 뒤에 처리하심이 어떻겠습니까, 라고 했다. 판의금 최형이 즉각 반박했다. 그는 살인을 많이 했으니 그 죄는 죽어 마땅하며 조금도 애석할 것이 없습니다. 즉시 형신해야 합니다. 다른 신료들이 나섰다. 정탁, 이기, 유영경이 형신을 미루자고 또 건의했다. 정언 김택룡이 최형을 거들고 나섰다. 국가가 차츰 편안해지는데 장수 하나쯤 무슨 대수입니까. 즉시 처형하여 후환을 없애야 합니다. 여기저기서 웃음이 터졌다. 임금이 형신을 명했고, 정강이를 맞아 덕령이는 정강이뼈에 금이 갔다.

8월 8일 2차 심문이 있었다. 역시 임금이 주재하는 친국이었다. 정강이뼈의 상처에도 불구하고 덕령이는 심문장으로 끌려갈 때 반듯하게 걸었다. 임금은 최담년, 곽재우, 김응회, 등에게 경위를 물었다. 임금은 친국 후 덕령이만 남기고 석방을 명했다. 덕령이에게 또다시 형신이 가해졌다. 무지막지한 매질에 정강이뼈가 바스러졌다. 바닥에 피가 낭자했다. 그래도 비명 한 마디 지르지 않는다고, 덕령이가 독하다고 신료들이 쑥덕거렸다.

8월 18일. 한가위가 끝나고 3차 형문이 있었다. 임금은 모습을 드러내지 않았다. 덕령이는 매질을 당하면서도 주장을 굽히지 않았다. 꿈에도 반역을 도모한 적 없습니다. 강하게 주장했지만 받아들여지지 않았다. 덕령이에게 낙형이 가해졌다. 벌겋게 달군 인두로 팔을 지졌다. 치지직, 살 타는 소리가 났다. 냄새도 났다. 사람들이 고개를 외로 돌리고 인상을 찌푸렸다. 충정으로 왜군을 물리쳐 조선이 천년만년 영구히 이어지기를 바라는 마음 뿐이었습니다. 덕령이 말은 허공에 산산이 흩어졌다. 가차 없는 매질이 정강이에 집중되었다. 오른쪽 정강이가 댕강 부러졌다. 피가 바닥에 흥건했다. 피비린내가 진동했다. 사람들은 코를 막으며 인상을 찌푸렸다.

8월 19일 4차 형문이 있었다. 덕령이는 절뚝거리며 형문장으로 끌려갔다. 임금은 또 모습을 드러내지 않았다. 덕령이는 바른 자세로 고했다. 죄가 있다면 적장을 목을 베지 못한 것뿐입니다. 덕령이 다리를 불에 달군 인두로 지졌다. 치지직. 치지직. 살이 익고, 타는 소리와 냄새가 더 심해졌다. 사람들이 코를 막고 돌아서서 고개를 절레절레 흔들었다. 덕령이가 입을 열었다. 왜장의 목을 베 온다고 수차례 호언장담했는데 지키지 못한 것이 지금도 천추의 한입니다. 혹독한 매질이 또 정강이에 쏟아졌다. 왼쪽 정강이마저 댕강 부러졌다. 바지가 온통 벌겋게 물들었다.

8월 20일. 5차 형문이 있었다. 날마다 이어진 형문에도 덕령이는 뜻을 굽히지 않았다. 형문장으로 갈 때는 아예 걷지 못했다. 질질 끌려갔다. 임금은 모습을 드러내지 않았다. 내가 이 지경인데 어찌 거짓을 고하겠습니까? 반역은 당치도 않습니다. 하늘을 우러러 한 치의 부끄러움도 없습니다. 다만 노모를 봉양하지 않고 형과 함께 기병한 것이고, 시묘살이도 채 끝내지 못하고 나를 구하려고 서둘러 종료한 것이 죄라면 죄라 할 수 있겠습니다. 덕령이 말을 귀담아 듣는 이가 없었다. 온몸에 인두가 가해졌다. 지글지글 피부가 익었고, 인두에 껍질이 붙어 몸과 피부가 분리되었다. 인두가 지나는 곳마다 피가 철철 흘렀다. 상의마저 벌겋게 물들었다. 사람들은 차마 볼 수가 없어, 처음부터 고개를 돌리고 있었다.

8월 21일. 6차 형문이 있었다. 옷에 피딱지가 덕지덕지 붙어 있었다. 덕령이는 질질 끌려가면서도 신음소리 하나 내지 않았다. 눈동자는 여전히 살아 있었다. 왜장이 눈앞에 있으면 당장이라도 씹어 삼킬 기세였다. 임금이 모습을 드러냈다. 나를 기다리는 부인이 있고, 자식이 있는데 어찌 반역을 꿈꾸겠습니까. 형님께서 금산성 전투 때 전사하셨는데 시신도 수습하지 못했습니다. 형님의 원수도 아직 못 갚았는데 어찌 반역을 꿈꾸겠습니까? 임금은 덕령이 말에 귀 기울이지 않았다. 6차 형문이 이어지는 동안 덕령이는 살려달라는 말은 단 한 마디도 하지 않았다.

덕령이에게 매질과 인두질이 이어졌다. 살 타는 냄새와 피비린내가 천지에 진동했다. 사람들은 고개를 돌리지 않았고, 코를 막지도 않았다. 인상도 쓰지 않았다. 무거운 표정으로 지켜볼 뿐이었다. 임금이 명했다. 즉시 참형에 처하라고.

8월 23일. 형문장에서 망나니의 칼춤이 이어졌다. 망나니가 날이 시퍼렇게 선 칼에 입으로 물을 뿌리며 덕령이의 목에 칼을 몇 번 가까이 대었다가 멀리 거두며 춤을 추고, 목을 겨누었다가 거두어 다시 춤을 추기를 반복했다. 덕령이는 눈을 감고 집행을 기다릴 뿐이었다. 어떤 구차한 말도 하지 않았다. 그 누구도 입을 열지 않았다. 이윽고 망나니가 힘차게 목을 내리쳤다. 덕령이는 머리와 몸통이 분리되었다. 덕령이 머리가 땅바닥에서 펄떡펄떡 뛰었다. 눈은 감지 않았다. 눈빛이 형형했다. 그날, 마침내 김덕령 장군이 죽었다고 임금에게 보고되었다.

김응회는 차마 21일과 23일에 일어난 일을 그대로 민경이에게 전하지 못했다. 민경이에게는 덕령이가 옥사했다고만 전했다. 단만 이런 말을 민경이가 없는 틈에 능주에게 들려주었을 뿐이었다. 민경이는 장례 중에 식음을 전폐하고 앓아누웠다. 도무지 살아갈 의지가 없어 보였다. 머지않아 죽을 것만 같았다. 민경이가 죽더라도 사실이나 알고 죽어야 한다는 생각에, 능주는 김응회에게 들은 내용을 민경이에게 가감 없이 전했다. .

"장군님이 옥사하셨다고 분명히 그러셨잖아요? 참형이라는 말은 입 밖에도 꺼내지 않으셨잖아요? 옥사하셨다면 머리가 없을 리 없잖아요? 왜군을 모조리 소탕해야 하는데, 언제 끝날지도 모르는데, 이제나 저제나 하며 가족이 기다리는 게 부담스러워 아주버니에게 거짓말을 시키셨을 거예요. 언제 돌아오실지 모르니, 돌아가신 걸로 하시라고. 그래서 왜군의 시신을 보내신 게 분명해요. 왜군이 아니라면, 다리를 부러뜨리고, 껍질을 홀라당 벗기고, 목을 벨 필요가 없잖아요? 그렇게 잔인무도하게 죽일 필요가 없을 거잖아요?"

"아씨……."

능주는 말을 잇지 못했다. 덕령이 머리가 분명히 있었지만 바로 혼절한 탓에 민경이가 보지 못했다. 얼굴을 확인하지 못했기에 엉뚱한 확신을 하고 있었다. 덕령이 시신이 맞다고 몇 번이나 말했지만, 민경이는 거짓말하지 말라고 살천스럽게 맞받아쳤다.

"우리 장군님이 아니라는 확실한 이유가 있잖아요? 왼팔의 화상 흉터가 없었잖아요? 장군님은 분명히 왼팔에 화상을 당하셨잖아요?"

"아씨……."

능주는 고개를 꺾고 있을 수밖에 없었다.

김응회가 장군의 시신이라는 말을 하지 않았다면, 사실 능주
도 누구 시신인지 알지 못했을 것이다. 온통 피투성이에 썩어가
는 중이라 얼굴을 판별할 수 없지 않은가. 피부가 죄다 벗겨졌으
니 특징인 왼팔의 흉터를 찾을 수 없지 않은가. 주검동에서 무기
를 만들 때 왼팔을 불에 달궈진 쇠붙이에 덴 적이 있었고, 석청
으로 치료했지만 흉터는 남아 있었기에 능주는 확인 차 시신의
왼팔을 살펴보았다. 피부가 벗겨지고 살이 짓이겨져 있어 확인
이 불가능했다. 양 정강이가 부러졌으니 키를 짐작하기도 어려
웠다. 게다가 옷에는 피딱지가 범벅이라서, 민경이가 지어준 옷
인지 아닌지 알 수 없었다. 김응회가 왜군의 시신이라고 했다면
능주도 의심의 여지없이 믿었을 것이다.

"진짜 장군님이라면 선산으로 모셔야 하는데, 그러지도 않았
잖아요?"

능주는 깊은 신음을 토했다. 대역 죄인이라고 김씨 가문에서
덕령이를 선산에 모시지 못하게 하여 선산에서 떨어진 곳에 안
장할 수밖에 없었다. 아무리 대역죄인이라도 산소 근처에라도
안장해야 하는데, 십 리나 떨어진 곳에 안장을 했으니 민경이는
덕령이가 아니라고 믿었다. 민경이는 여자라 장례문제에 간섭할

294

수 없었고, 문중에서 쉬쉬하여 장례를 치른 통에 자세한 내막을 몰랐다. 말이 장례지 사실은 장례 절차를 무시하고 안치하기에 급급했다. 그렇다고 민경이에게 일언반구도 없이 장례를 치르지 않았으니 민경이가 진행 상황을 모를 리 없었다. 다만, 민경이가 혼절할까 봐 시신은 더 이상 보지 못하게 막았다. 온갖 시도에도 덕령이가 눈을 감지 않자 민경이에게 눈을 감기게 하자는 의견도 나왔으나, 민경이의 몸 상태를 이유로 묵살 당했다. 그것도 엉뚱한 확신을 갖게 하는데 한몫했다. 해서 민경이는 덕령이가 아직도 옥에 갇혀있다고 믿고 있는 것이었다.

"관찰사님이나, 담양 부사님, 장성 현감님도 상소를 올렸을 거 아닙니까? 변방에서도 상소가 올라오는데 임금님께서 반드시 살려주실 거예요."

상소 역시나, 사실대로 전해드려야 하는데 너무 실망할까 봐, 사실대로 말할 수 없음에 능주는 답답증이 올라왔다. 김응회가 그랬다. 대역죄인을 두둔하는 게 두려워서 아예 상소를 올리지 않았거나, 올렸는데 도중에 분실했거나, 조정에 전해지기 전에 윤두수 일당이 가로챘는지 몰라도, 어쨌든 상소가 조정에 전해지지 않았다고 했다.

"아씨……."

능주는 민경이에게 어떤 말을 해야 좋을지 판단이 서지 않았다. 그동안 다양한 말을 건넸으나 민경이가 믿지 않았다.

"올해 초에도 장군님이 압송당하셨는데, 임금님이 말까지 하사하며 석방하셨잖아요? 이번에도 그러실 거예요. 장군님이 말을 타고 오고 계실지도 몰라요."

덕령이가 한 번 석방된 것은 사실이었다. 1595년은 명나라와 왜가 한창 강화협상 중이라 전쟁은 소강상태였다. 전쟁이 없으니 의병들의 군기가 느슨해졌다. 장군은 왜군과 싸우지 못해 불편한 심기였다. 군기라도 제대로 다스리고 있어야 했다. 군기를 엄히 세우려고 첩보 전달을 지체한 병사를 처형했다. 윤근수의 노비를 처형한 적도 있었다. 노비가 윤근수를 믿고 자주 군율을 어겼다. 윤근수는 노비를 죽이지 말라고 했지만, 장군은 끝내 처형했다. 1595년 10월이었다. 병사를 죽인 일로 1596년 초에 체포된 적이 있었다. 사헌부에서는 임금에게 치국하고, 죄목을 정해달라고 요청했다. 정탁, 김응남은 장군의 석방을 권유했다. 임금은 장군을 석방하며 말까지 하사했다. 민경이는 또 그런 일이 일어나리라고 기대하고 있는 것이다.

"아씨 마님, 오늘 해가 졌으니 장군님께서는 여각에서 주무실 겁니다. 주무시고 내일 오실지 모르잖아요? 오늘은 그만 내려가셨다가 내일 다시 오십시다요."

능주가 간절하게 부탁했다. 이미 해가 자취를 감추었다. 땅거미가 내리기 시작했다. 어스름 저녁이었다.

"장군님, 어서 오시와요. 날이 저물어도 장군님은 오실 수 있잖아요?"

민경이가 한양이 있는 북쪽을 보고 말했다.

"아씨 마님, 내일 다시 오시잖께요?"

"장군님, 얼른 오셔야 해요. 장군님이 안 계시니 집안이 적막강산이 되었어요. 절간 같아요, 절간. 밤이면 무섭단 말이에요 장군님."

민경이가 허공에 대고 입속말했다. 민경이의 입술은 바싹 말라 갈라져 있었고, 핏기마저 보였다.

민경이는 마을에서 외톨이가 되었다. 대역죄인이라고 다들 피했다. 혹시 잡혀갈까 봐, 집안 남자들이 화순으로, 장성으로, 곡성으로 죄다 숨어들었다. 덕령이 동생마저도 식영정에서 숨어 살고 있는데 집안사람들이야 오죽하겠는가. 그러니 집에 발길이 끊긴 건 당연했다. 아낙들은 민경이와 마주치면 이내 고개를 돌려 시선을 피했다. 찾는 이 없으니 집이 절간 같다는 생각이 저절로 들었을 것이다.

"아씨 마님, 장군님이 집에 와 계실지도 모르잖아요? 무등산을 넘어오실 수도 있잖아요? 꼭 이 길로 오신다는 보장은 없잖아요? 집으로 가 보시게요. 장군님이 집에서 아씨 마님을 목 빠지게 기다리실지도 모르잖아요?"

혹시나 하는 마음에 무등산길을 들먹였는데 민경이가 반응했다.

"참, 그럴지도 모르겠군요. 어서 가십시다."

드디어 민경이가 발길을 돌렸다. 가파른 비탈길을 서슴없이 내려갔다. 서 있는 것도 힘겨워 보였는데, 아직도 기력이 남아 있다는 게 믿어지지 않았다. 오랫동안 체력을 비축해 힘이 남아도는 사람처럼 뛰다시피 하였다.

성안마을에는 굴뚝마다 연기가 모락모락 피어올랐다. 밥을 지으려는지 샘에서 물을 길어 물동이를 머리에 이고 가는 아낙이 있었다. 아낙은 민경이와 마주치자 이내 고개를 돌렸다. 민경이가 미쳤는지도 모른다고 말했던 아낙이었다. 집터가 너무 세서 민경이가 미친 것 같다고 했다. 그동안은 장군님이 기를 눌러서 아씨가 온전할 수 있었는데, 장군님이 강한 기를 눌러주지 않으니 정신이 돌았다는 것이었다. 아낙 말에 수긍하는 이도 몇 명 있었다. 민경이 정신이 뚜렷하다고 해도 고개를 돌렸을 것이다.

대역 죄인의 부인이라는 점 때문에, 기피하고들 하니까.

집으로 가는 가파른 길을 민경이가 앞장서서 올랐고, 능주는 뒤를 따랐다. 부리나케 올라 집에 들어섰지만, 쓸쓸함만 넘쳐났다. 덕령이는 보이지 않았다. 덕령이가 기다린다는 게 오히려 비정상적이었다. 능주는 집이 텅 비어 있을 거라 예상했으니 실망하지 않았다. 하지만 민경이는 크게 실망한 표정을 지었다. 황망한 표정으로 마을 앞 들녘을 보고는 이내 서둘러 장독 위에 정화수를 올렸다.

"천지신명이시여, 제 정성이 부족한지 잘 압니다. 하지만 어여삐 여기시고 장군님을 무사히 돌려보내 주세요."

민경이는 한참이나 허리를 굽실거리며 빌고 나서야 방으로 들어갔다. 방에서도 바로 앉지 못하고 서성거렸다.

개 짖는 소리가 들렸다. 민경이는 문을 열고 나와 버선발로 대문 밖을 뛰어나갔다. 능주도 따라 뛰었다. 아낙이 물을 길으러 가는 소리에 개가 짖은 것이었다. 아낙은 민경이와 눈도 마주치지 않았다. 아낙은 찬바람을 일으키며 지나가버렸다. 민경이는 다리에 힘이 풀려 터벅터벅 집으로 들어섰다. 방으로 들어가기 전에 장독대 위에서 다시 빌었다. 적막감이 감도는 집안에 민경이가 비는 소리만 나지막하게 울려 퍼졌다. 민경이는 한참이나 지극정성으로 빌고 나서야 방으로 들어갔다.

개 짖는 소리가 또 들렸다. 민경이가 방문을 열고 냉큼 밖으로 뛰었다. 능주는 댓돌에서 민경이의 혜를 들고 따라나섰다. 버선발로 뛰어가는 모습을 보고 사람들이 정말로 미쳤다고 생각할 게 뻔했다. 민경이가 집으로 돌아올 때 날카로운 자갈을 밟아 살짝 인상을 찌푸리는 것을 보았다. 혜라도 신겨 드려야 그런 통증이라도 줄일 수 있을 것이었다. 혜를 들고 달려가니 어귀 저 멀리서 남정네가 걸어오고 있었다. 외출하고 돌아오는 중일 터였다. 손에 꾸러미를 들고 있었다. 민경이는 남정네를 향해 뛰면서 외쳤다. 장군님이세요? 하지만 덕령이가 아닌 것을 확인하고 민경이는 털썩 주저앉았다. 남정네는 걸음도 멈추지 않고 지나가 버렸다.

"아씨 마님, 산신령님도, 천지신명님도, 조왕신도, 아니 장군님께서도 아씨 마님의 정성을 잘 아실 거여유. 분명히 꿈에 선몽을 주실 겁니다. 그러니 눈이라도 붙이셔요. 선몽을 받아야지요. 꿈에라도 장군님과 대화를 나누셔야지요."

"제 정성이 부족한데 어찌 현몽을 내리시겠어요?"

민경이가 낙담하는 표정으로 말했다.

"아니구먼유. 밤낮으로 치성을 드리는데 모르실 리 없지라우? 그걸 모르신다면 신도 아니랑께요."

"어떻게 초저녁부터 잘 수 있답니까? 장군님이 오셔서 초저녁부터 자고 있는 모습을 보시면 얼마나 어이없으시겠어요? 기다리지도 않고 자고 있다고 말이예요."

"아씨 마님, 지금 모습이라면 장군님께서 아씨 마님인 줄 모를 수도 있어라우? 가죽밖에 없는 아씨 마님을 보고 어떠코롬 아씨 마님이라고 생각하시겠소? 예전의 모습이 하나도 남아있지 않은디 말이여라우."

"내가 그렇게 말랐나요?"

"그렇다니께요? 장군님께서 아씨가 아닌 줄 알고 발길을 돌리시겠당께라우?"

"설마 그러실라고요."

"장군님도 남자잖에요? 어여쁜 부인을 보고 싶지 아씨 마님처럼 새까만 얼굴에 광대뼈가 툭 튀어나오고, 산송장이나 다름없이 깡마른 여자를 품고 싶으시겠습니까?"

"안아 주지 않아도 좋아요. 살아만 오신다면요."

"아씨 마님이 건강하셔야, 돌아오셔도 걱정하지 않으실 거 아닙니까? 아씨 마님께서 편찮으시면 월매나 가슴이 아프겠어요?"

"그렇기도 하겠네요."

"그라고 도련님도 곧 오실 건디, 오시면 아씨 마님께서 맛있는 거 많이 장만해 드려야지라우. 글라라면 건강 잘 챙겨야 하지 않겠소?"

말은 그렇게 했지만, 능주는 광옥이가 오지 않기를 바랐다. 덕령이가 대역죄인라고 참형을 당했는데, 대역 죄인의 아들이라고 언제 체포당할지 모르기 때문이었다.

능주는 용안에 다녀온 며칠 후부터, 광옥이가 괘씸해 보였다. 외삼촌이 얼마나 잘해 드리기에 코빼기도 비추지 않는단 말인가. 개나 소도 효도할 수 있다고 하더니, 개나 소보다 못한 자식이었단 말인가. 주워온 자식도 아닌데 어머니가 보고 싶지도 않다는 말인가. 그렇게 튼튼한 몸으로, 쉬지 않고 걸으면 하루에도 올 수 있을 텐데, 그런 시간도 내지 못한단 말인가. 능주는 광옥이가 몹시 괘씸했다. 광옥이가 반듯하게 잘 성장하고 있다고 생각했는데, 허울만 보고 오판한 듯했다. 나중에야 민경이가 모종의 조치를 취했으리라 짐작했다.

민경이는 광옥이를 기다리는 눈치가 아니었다. 이해할 수 없었다. 그렇게 살뜰히 챙겨주더니, 광옥이 이름조차도 들먹이지 않았다. 용안 쪽을 하염없이 바라보며 눈물바람일 때도 있지만,

광옥이는 찾지 않았다. 광옥이한테 한번쯤 다녀오라고 할 법도 했다. 민경이가 다녀오라고 할 걸로 예상하고 있었다. 능주도 광옥이가 그리워 그 말이 빨리 떨어지기를 바랐다. 말만 떨어지면 한달음에 달려갈 생각이었다. 민경이는 용안 쪽에 시선을 박아놓고, 하염없이 바라보고 있으면서도 광옥이 말을 입 밖으로 꺼내지 않았다.

"아씨 마님, 이제 혜를 신고 집으로 가십시다요."

능주는 허리를 숙여 민경이 발 앞에 혜를 놓으려 했다. 그때였다. 민경이가 갑자기 집으로 뛰었다. 또 개 짖는 소리가 들려왔을 것 같아, 귀를 기울였지만 개 짖는 소리는 들리지 않았다. 어쩐 움직임도 눈에 들어오지 않았다. 헛것이라도 보셨나? 능주는 혜를 들고 민경이 뒤를 따랐다. 기력이 쇠진한 민경이가 넘어질까 봐 능주는 조마조마한 마음으로 달렸다. 만에 하나라도 넘어지면 쇠약한 몸이라 크게 다칠지도 몰랐다. 능주는 민경이가 넘어지면 몸으로라도 막으려고 바투 붙어서 따라갔다. 민경이 다리 상태를 보며 지근거리에서 민경이를 따라 갔다. 둘이 뛰어가는 소리 때문인지, 개들이 더 크게 컹컹 짖어댔다. 민경이는 더 속도를 냈다.

⊙-1597년 11월

1597년 11월

　1593년 1월 27일 벽제관에서 있었던 명나라와 왜의 전투가 벌어진 후 4년 넘게 지루하게 이어지던 명나라와 왜의 강화협상이 끝내 결렬되었다. 이에 도요토미 히데요시가 정유년에 재차 조선 침공을 명했다. 군사력의 우위에도 조선을 점령하지 못한 것이 의병 때문이라며 의병의 씨도 남기지 말고 소탕하라는 명령도 하달했다. 도요토미 히데요시는 전과물 확인을 위해 살상한 조선과 명나라 군사들의 코를 보내라고 지시했다.

　임진년에는 왜나라 제5군의 부대장이었던 시마즈 요시히로가 정유년에는 일본 제4군 총대장이 되었다. 시마즈 요시히로는 수많은 양민을 노예로 팔아먹고, 전사자들의 코를 남김없이 베었다. 8월 16일 남원성 전투 때부터 본격적으로 코를 베었고, 소금에 절여 자루나 가마니, 통발 등에 넣어 코를 일본으로 보냈다. 코의 수는 논공행상의 근거가 되었다. 그러니 코를 베는 것에 혈안이었다. 일본에다 코 무덤을 만들 정도로 악독한 시마즈 요시히로가 이끈 일본 제4군이 9월 16일에 장성 입암산성을 함락하고, 장성 필암서원까지 불태웠다. 장성현 인근인 진원현에서만 베어낸 코가 870개였다. 이를 소금에 절여 일본으로 보냈는데, 9월 21일 일본에 도착했다. 일본으로 코를 보낸 왜군 무리가 담양으로 방향을 틀었다. 시마즈 요시히로의 휘하 중 떡배에게 지령을 내린 장수가 선봉에 서서 추월산으로 향하고 있었다.

"처남댁! 처남댁!"

다급한 목소리가 들렸다. 고개를 돌려보니 김응회가 헐떡거리며 수리동산으로 오고 있었다. 김응회가 수리동산을 오르는 것은 처음이었다.

"아주버니 왜 그러세요? 우리 장군님 오셨어요? 그래서 부리나케 달려오신 거예요?"

민경이가 들뜬 어조로 물었다.

"그게 아니라요? 왜군이 쳐들어오는 중이래요. 왜군이. 어서 몸을 피하십시다!"

김웅회가 숨도 고르지 않고 말했다. 남원성을 함락한 왜군이 장성의 입암산성까지 함락했다고 했다.

"장군님이 오실 텐데 어떻게 집을 비운답니까? 저는 집에 남아있겠습니다."

민경이는 꼼짝 않을 태세였다.

"의병의 씨를 말리라고 했답니다. 장군은 왜군 사이에서도 명성이 자자한데 처남댁을 살려주겠습니까? 어서 피하십시다!"

"제가 수모를 당하도록 장군님이 가만 계시지 않을 거예요."

민경이는 도무지 움직일 생각이 없어 보였다.

"복장 터지는 소리 좀 그만 하시고 어서 내려갑시다. 제 어머님도 기다리고 계시고, 처남댁 올케들도 기다리고 계십니다. 서둘러 내려가십시다."

입암산성이 함락되었다는 소식과 피신하려고 가족이 모여 기다린다는 말에도 민경이는 발을 떼지 않았다.

"올케들 잘 부탁드릴 게요. 다들 조마조마한 마음으로 기다리고 계실 텐데 먼저 가세요. 능주 아저씨도 따라가시구요."

민경이가 완강한 표정을 지었다.

"제가 아씨 마님 혼자 남겨놓고 어찌 피신을 하겠습니까요? 함꾼에 가십시다!"

능주가 통사정했다.

"저라도 남아서 장군님을 맞이해야 하잖아요? 어서 가시어
요."

"아이고 복장이야. 처남댁이 남아있다는 걸 번연히 아는데 어
찌 피신할 수 있겠습니까? 처남댁 때문에 다 죽어도 좋겠어요?"

"그러니까 어서 가시어요. 저도 원망 듣고 싶지 않아요."

민경이가 정말 간절히 호소하는 표정과 어조로 말했다. 민경
이 말 한 마디 한 마디가 김응회의 가슴을 치는 몽둥이였다.

"아이고야."

김응회가 주먹으로 가슴팍을 치며 답답해했다.

"처남은 안 온다니까요! 아니, 못 온다니까요!"

"가짜 시신으로 거짓말하시더니 또 왜 그러세요?"

"오메, 입씨름하다 시간 다 가겠네. 알았으니까요? 가면서 말
씀드릴 테니, 일단 가십시다, 그려."

김응회가 또다시 가슴팍을 두드렸다. 급한 나머지 좀처럼 쓰
지 않던 사투리가 튀어나왔다.

"노모님 다리도 불편해 빨리 걷지 못하실 텐데, 어서 가서 피
신시키세요. 이러다 해 저물겠어요."

민경이는 김응회 어머니를 걱정했다. 능주가 보기에 오히려 민경이가 걱정이었다. 김응회 어머니가 연로하시긴 해도, 민경이보다는 정정했다. 거의 죽과 미음으로만 연명해온 민경이는 마치 미라 같았다. 눈 감고 꼼짝 않고 있으면 시난고난 병을 앓다 죽은 시신이라고 믿을 정도였다. 수리동산에 오를 때는 기대감으로 그럭저럭 오르지만, 내려갈 때는 힘이 없어 넘어지기 일쑤였다. 사실 저런 몸으로 추월산까지 갈 수나 있을지 싶었다. 하지만 앉아서 당하게 할 수는 없었다. 민경이를 움직이게 하려면 오매불망 그리워하는 덕령이를 들먹이는 방법밖에 없지 싶었다.

"아씨 마님, 왜군이 장성에서 추월산을 넘어올 거잖아요? 그렇다면 장군님께서 왜군을 물리치시려고 추월산에서 매복하고 계실 겁니다. 그리로 가십시다요."

능주가 간청했다. 능주는 추월산 미륵바위 석굴로 민경이를 피신시키고 싶었다. 물까지 있어, 당분간 피신하기에 더없이 좋은 장소 같았다. 김응회도 추월산으로 가자고 민경이를 부추겼다.

"맞아요. 왜군이 있는 곳에 장군님이 계실 거예요."

민경이가 드디어 움직일 기미를 보였다.

"그러문요. 가서 장군님을 도와 왜군을 물리쳐야제라우."

능주가 옳다구나, 생각하고 맞장구쳤다.

"왜 그 생각을 못했을까요? 가서 장군님을 응원해야 하는데, 제가 정신이 나갔나 봐요. 어서 추월산으로 떠나십시다."

민경이가 날렵하게 비탈길을 걸었다. 능주는 사람의 한계가 도대체 어디까지인지 혀를 내둘렀다. 민경이가 제대로 걷지 못할 것이라고 생각해 민경이를 추월산까지 업고 갈 요량이었는데, 업지 않아도 산에 오를 것 같았다. 하지만 가다가 기력이 소진되어 업어야 할지도 모른다고 짐작했다. 검불처럼 가벼울 테니, 업는 것은 일도 아닐 것이다.

집으로 급히 들어선 민경이는 다른 것은 일절 챙기지 않고, 단 하나만 챙겼다. 그것은 바로 석청 단지였다. 마늘을 재운 석청. 능주는 덕령이가 참형을 당한 후 석청을 따러 가지 않았다. 민경이가 석청을 따오라고 말할라치면, 능주는 바로 핑계를 댔다. 설사가 심하다거나, 고뿔 징조가 있다거나, 농사를 돕는다거나, 옆 마을 장례를 돕는다고 둘러댔다. 물론 거짓이었다. 곧 쓰러질 것처럼 허약한 민경이를 두고 산에 갈 수 없었다. 민경이가 석청을 얼마나 간절히 원하는지 익히 알고 있지만 곁을 떠날 수가 없었다. 보나마나 덕령이에게 주고 싶어서 석청을 원했을 텐데 덕령이가 없으니 굳이 갈 필요도 없었다. 그렇다고 덕령이가 죽었으니 더 이상 필요 없다는 말은 할 수 없었다. 민경이를 지켜본 사람이라면 누구라도 그럴 것이다. 그만큼 민경이는 덕령이가 살아있다고 확신했고, 돌아오리라는 것을 포기하지 않고 있었다. 다행히 능주가 핑계를 대면 민경이는 바로 받아들였다.

작년에는 연초부터 덕령이의 압송 소식에 경황이 없었고, 중후반에는 덕령이가 참형을 당했으니 산에 갈 수 없었다. 그러니까 저 단지 속 석청은 재작년에 때죽꽃이 질 무렵 추월산에서 따온 석청일 것이다. 최소한 2년은 넘었다는 말이다. 마늘을 오래 재울수록 효과가 좋다는데, 민경이는 석청을 보며 흐뭇해했을 것이다. 아니다. 부족하다고 아쉬워했을지도 모르겠다. 빨리 드리고 싶어 안달했을지도 모르겠고. 아무튼 민경이는 하얀 석청 단지를 옥색 보자기에 싸서 소중히 들고 집을 나섰다.

민경이는 김응회, 김응회 어머니, 인경 오라버니의 부인, 원경 아우의 부인 뒤를 따라 힘겹게 걸었다. 다들 산으로 피신을 했는지 길에 행인이 거의 없었다. 능주는 민경이 뒤를 따랐다. 민경이 걸음이 위태위태했다. 바람 불면 훅 꺼지는 촛불처럼 보였다. 금방이라도 주저앉을 것만 같았다. 어떤 계기라도 드려야

낙오되지 않을 듯했다.

"아씨 마님."

능주가 나지막하게 불렀다.

"왜 그러세요?"

민경이가 뒤돌아보았다. 눈이 움푹 들어갔고 광대뼈가 도드라져 보였다. 얼굴에 핏기라고는 느껴지지 않았다. 그래도 눈에는 총기가 가득했다. 여전히 덕령이가 살아서 올 거라는 확신에 찬 표정이었다.

"내년 봄에는요."

능주는 일부러 짧게 말했다. 한꺼번에 많은 말을 하다 민경이가 피로를 느껴 대화가 끊어질지도 모른다는 점을 우려했다. 민경이가 말을 받았다.

"그전까지는 전란도 끝나고 장군님도 돌아오시겠죠?"

"아무럼요. 그러니 건강하셔야 해라우."

"그건 걱정 마세요."

"그래서 그란디라우?"

"예. 말씀하세요."

"내년 봄에는 석청을 더 많이 따다 드릴께라우. 올해 안 땄으니 바위틈에 엄청 들어 있을 거구만요."

"정말요? 정말 그래 주실래요?"

민경이 얼굴에 화색이 돌았다. 이렇게까지 덕령이를 생각하다니. 이런 급박한 상황에도 오직 덕령이 생각뿐이라니. 덕령이라는 말만 나오면 초인이 되다니. 민경이가 마치 이 세상 사람이 아닌 듯했다. 천상의 여인이라면 이런 모습일까. 천사가 환생한 것일까. 아니면 선녀가 환생한 것일까. 능주는 목이 메었다. 이렇게 숭고한 민경이를 끝까지 지켜 주리라고 능주는 마음을 다 잡았다.

능주는 축축한 목소리를 들려주지 않으려고 말을 잇지 않고 뜸을 들였다. 추월산을 보았다. 집에서 추월산까지 절반은 넘어섰다. 그래도 저 멀리에 추월산이 있었다. 아직도 민경이가 포기하지 않고 이렇게 걷고 있다는 게 신이할 뿐이었다. 능주는 절벽의 석청을 생각했다. 떡배랑 둘이 따려다 실패했지만, 이제는 혼자서도 딸 수 있을 것 같았다. 밧줄을 타고 내려가 가슴팍에 안전줄을 묶어놓고 천천히 작업하면 가능할 것도 같았다. 처음에는 두려웠지만 한 번 경험하고 나니 용기도 생겼다. 다른 곳에서 석청을 따지 못하면 그리로 오를 것이다. 하지만 이제는 석청을 따야 하는 이유가 없음에 안타까웠다. 능주는 천천히 입을 열었다.

"아씨 마님, 예전 기억이 나실랑가 모르겠네요?"

"어떤……?"

민경이 반응에 능주는 또 뭉클했다. 몸도 제대로 가누지 못해, 비틀비틀 걸으면서도 질문에 대답하는 민경이 때문에 가슴이 찡했다.

"집에서 한봉 한 적 있잖애라우?"

"아, 그거요?"

민경이가 그때를 기억하고 있어 당시 상황을 굳이 환기할 필요가 없었다.

"벌통으로 장수말벌이 침입했잖아요? 그 장수말벌을 물리치려고 수많은 꿀벌이 날갯짓을 해서 장수말벌을 쫓았잖애유?"

"꿀벌이 너무나 많이 죽어서 제가 키우지 말자고 했지요. 그런데요?"

"그 벌통을 열었더니 하얀 나비가 있더라니께요?"

"나비가요?"

"하얀 나비였당께요?"

"……."

"나비가 죽었는디, 하나도 안 썩었당께요?"

"그래요? 죽은 지 얼마 지나지 않아서 그런 거 아닐까요?"

316

"저도 첨에는 그란 줄 알었는디, 날개를 만져본께 파스라니 금방 바스라지더랑께요? 죽은 지 솔찬히 되었다 그 말이여라우. 그란디 희한하게 몸통이 썽썽하더랑께요."

"그랬어요?"

"그때는 우연의 일치인 줄 알았어라우. ……그란디 그게 아닙디다."

"……."

"석청을 딸라다가 발견했어라우, 바위틈바구니에 벌집이 있었는디, 입구 뽀짝 안에 동박새가 죽어 있습디다. 비바람을 피하려고 들어갔다가 벌떼의 공격을 받은 모양입디다."

"오, 저런……."

"깃털처럼 단단한 부위만 빼고는요? 털이 홀라당 벗겨졌습디다. 그란디 그 동박새도 나비처럼 하나도 안 썩었습디다."

"왜 그랬을까요?"

"곰곰히 생각해보았어라우. ……살이 썩으면 냄새가 나겄잖애요? 그라면 꿀벌도, 여왕벌도 다들 숨쉬기 불편할 거 아니겄습니까?"

"그야, 그렇겠지요."

"그것 땜시, 벌들이 특수한 물질을 도포한 것 같애라우. ……

냄새나지 마라고, ……썩지 마라고, 말이여라우……. 벌들이 좁은 공간에서 밀집해 사니까 전영병이 생기면 몰살당하기 쉬울 거 아닙니까? 썩으면 병균이 생기니까, 썩지 말라고 특수한 물질을 바른 것 같애라우."

"아!"

민경이가 짧은 감탄사를 토하며, 고개를 주억거렸다. 능주는 입을 닫았다. 민경이의 걸음 상태를 확인하며 보폭을 맞춰 걸었다. 대화하느라 피곤함을 잊은 것일까. 민경이가 휘적휘적 걷긴 해도 업어야 할 정도는 아니었다. 업어준다 한들 등에 업힐 것 같지 않았다. 덕령이 등이 아닌데, 절대 업히지 않을 것이다. 민경이는 힘겨운 걸음으로 김응회와 그의 노모, 올케들과 일정 거리를 유지했다. 아니다. 그분들이 민경이를 위해 천천히 걸은 탓이다. 민경이는 길을 걸으며 누구보다 많이 집으로 고개를 돌렸다. 고개를 돌릴 때는 혹시나 하는 마음이 엿보였고, 다시 추월산으로 돌리려 할 때는 맥 빠진 모습이 엿보였다. 능주는 김응회를 불러 세웠다. 손가락으로 가리키며 저기 보이는 바위에 앉아 쉬어가자고 했다. 김응회가 그러자며 바위에 걸터앉았다. 일행 모두 바위에 걸터앉았다.

바위에 앉아 있는데, 삭풍이 몸을 휘감고 지나갔다. 능주는 쌀쌀함을 느꼈다. 피부가 뼈에 붙어 있으니 민경이는 더욱 추위를 느낄 것이다. 민경이는 움찔, 하며 한기를 털어내려 했다. 능주가 민경이에게 옷을 벗어드릴지 물었다. 민경이는 당치도 않다며 단칼에 거절했다. 민경이는 요 몇 년 사이에 부쩍 늙어 보였다. 까맣고, 푸석한 얼굴, 강파른 몸피를 보면 사십 대로 보이는 중노인 같았다. 스물다섯이라고 하면 거짓말 말라고, 사람들이 눈을 홉뜨고 나무랄 것이 분명했다. 삭풍이 다시 몸을 휘감고 지나갔다. 민경이가 또 몸을 잔뜩 움츠렸다. 민경이를 걷게 해야 했다. 능주는 왜군이 곧 닥칠지 모른다는 핑계로 서둘러 가자고 자리에서 먼저 일어섰다. 움직여야 민경이가 덜 춥다고 느낄 테니까.

추월산 기슭에 도착하자, 진눈깨비가 흩날렸다. 쌓일 것 같지는 않았다. 어쨌든 올 겨울 들어 처음 내린, 첫눈이었다. 민경이는 눈을 보고 직령을 가져오지 않은 것을 안타까워했다. 덕령이가 추위에 떨고 있을 것 같다며 애 닳아했다. 혹독한 추위와 직령을 가져오지 않았다는 후회로 민경이 얼굴에 짙은 그늘이 드리워졌다. 다리에 힘도 빠진 듯했다. 이대로 가다가는 석굴까지 못 오르지 싶었다.

"아씨 마님."

능주가 나지막하게 불렀다.

"또 왜요?"

"제가 말이여라우?"

"예."

"암도 모르는 곳에 있는, 석청 장소를 알고 있어라우."

"그러세요?"

여전히 기대에 찬 목소리였다.

"한 번도 안 땄응께, 겁나 있을 거구먼이라우."

"어머! 잘 되었네요!"

"거기가 어딘 줄 아시남요?"

"아무도 모른다는데 제가 어떻게 알겠어요?"

"아 참, 내가 그랬제."

"아저씨도……."

정신을 어디에 팔고 있냐고, 능주를 믿지 않게 타박하는 투였다.

"추월산에 있구먼이라우. 추월산에. 이따 올라가서 위치를 알려드릴께라우"

"정말이요?"

"그러니까 힘내서 꼭 보셔야 해라우. 장군님께 따 드릴 석청이 어디서 나오는지 꼭 보셔야 해라우……."

"그래야지요. 저도 아저씨를 따라 석청 따러 가보고 싶었어요."

민경이가 아이처럼 해맑은 소리로 말했다. 아니, 어쩌면 충격으로 백치가 되어버렸는지도 몰랐다. 그만큼 민경이는 앞뒤조차 재지 않았다. 지금 피신 중이라는 것을 꿈에도 모른 듯했다. 추월산에 오르면 덕령이를 만날 수 있을지 모른다는 가느다란 희망 하나로, 지친 몸을 이끌고 매서운 추위를 참고 견디며 힘겹게 걷는 민경이 머리에는 오직 덕령이 생각뿐임을 어찌 모르랴. 능주는 가슴이 먹먹했다.

"그란디 조건이 있어라우?"

"조건이요? 설마 안 가르쳐 주시려고 수 쓰는 건 아니시죠?"

"아씨께 어찌 수를 쓰겠습니까요?"

"맞아요. 아저씨가 그런 모습을 한 번도 본 적 없는데 죄송해요."

"죄송하다는 말, 참말이지라우?"

"정말 죄송해요. 저 때문에 고생도 많으신데…… 사과드릴게요."

"사과 대신 약조를 받고 싶구먼이라우."

"무슨 약조요?"

"그 석청은 장군님한테만 드릴라고 아무한테도 말 안 했어라우? 그랑께 아씨 마님도 누구한테도 말하지 않겠다고 약조를 해 주셔야 해라우."

민경이가 걸음을 멈추고 뒤돌아섰다. 민경이는 능주를 향해 연신 고개를 주억거렸다. 감격에 겨운 표정이었다. 빨리 가자고 보채는 것도 같았다. 눈시울이 붉어진 것도 같았다. 능주는 속으로 안도의 한숨을 쉬었다. 민경이가 사력을 다해 석굴까지 올라갈 것 같았다. 덕령이 기운이 민경이를 석굴로 인도할 것 같았다. 능주는 민경이 눈을 똑바로 볼 수 없었다. 자신의 눈이 촉촉해지고 있음을 느꼈다. 민경이에게 보이기 싫었다. 능주는 추월산으로 시선을 던졌다. 추월산이 흐릿하게 보였다.

심상치 않은 소리에 능주는 신경을 곤두세웠다. 탕, 탕. 연이어 소리가 들렸다. 난생처음 듣는 소리였다. 석굴에 모닥불을 지펴놓고 자고 있던 능주는 눈을 번쩍 뜨고 자리에서 일어났다. 다들 총소리에 놀라 벌떡 일어났다. 김응회가 조총 소리라고 했다. 왜군이 추월산까지 침입한 모양이라고 했다. 왜군들이 석굴을 발견하지 못할 것이라고 믿으면서도 불안감이 극에 달했다. 바깥의 동태를 모른다는 게 더 불안했다. 다들 불안에 떨고 있으니 자기라도 나가서 동태를 살피고 전해주고 싶었다.

문득 능주는, 미륵실 계곡에서 기도를 했던 무속인들이 총에 맞았을지도 모른다고 생각했다. 산에서 기도 중이라 왜군의 침입을 모르고 있을 가능성이 컸다. 기도가 자정을 넘기는 경우는 많아도 새벽까지 기도하는 무속인은 없으니, 맞았다면 자다가 총벼락을 맞았을 것이다. 징이나 꽹과리, 장고 등을 두드리며 기도한 통에 위치가 노출되었을지도 몰랐다.

기어서 석굴 밖으로 나갔다. 아직 갓밝이가 시작되지 않아 사위는 어둑했다. 시야 확보가 잘 되는 바위에 올라 인근을 살폈다. 미륵실 계곡을 살피기도 전에 조금 아래 있는 보리암으로 시선이 먼저 갔다. 보리암이 불꽃에 활활 타오르고 있었다. 의도적으로 불을 지른 듯, 한 곳에서 불이 번진 게 아니고, 법당과 요사채가 동시에 불타고 있었다. 짐작컨대 총소리는 스님을 겨냥했을 터였다. 이렇게 급박한 상황인데도 보리암에서 스님들 소리가 들려오지 않은 걸 보니 이미 사망했는지도 몰랐다. 능주는 바위 등걸 뒤로 몸을 숨겨, 눈반 빼꼼히 내밀고 주위를 살폈다.

농바위 쪽에서 수상한 움직임이 눈에 들어왔다. 미세한 움직임에 잘못 보았나 하고 시선을 집중했는데 역시나 무언가가 움직였다. 희끗한 물체였다. 분명 사람의 움직임이었다. 하얀 움직임은 잠깐 보이지 않다가 다시 보이고, 때로는 빠르게, 때로는 느릿느릿 움직였다. 하얀 움직임은 보리암에서 석굴 쪽으로 올라오는 중이었다. 갑자기 시야에서 사라졌다가, 다시 보이는 움직임이 능주 쪽으로 점점 가까워졌다. 이 시간에 수상한 움직임이라니. 왜군일 가능성이 커 보였다. 능주는 심장이 반으로 쪼그라드는 것 같았다. 제발 이곳으로 오지 않기를 바랐다. 숨죽이고 동태를 살폈다.

"행님요! 빨리 피하소."

떡배가 다급하게 소리쳤다. 떡배는 능주를 보지 못했지만, 석굴에 숨어 있다는 것을 예상하고 있었다.

"아니, 떡배 니가 웬 일이여?"

능주가 얼른 떡배 앞으로 다가섰다.

"제가 속았심더?"

떡배가 분통이 터진 듯한 표정을 지었다.

"속았다니, 밑도 끝도 없이 그게 뭔 소리여?"

"사향을 가져가면 부모님을 풀어준다고 했잖습니꺼? 전부 거짓말이었습니더. 이미 우리 부모님은 일본으로 팔려가셨습니더."

떡배가 그간의 일을 빠르게 말했다. 처음에 사향을 가져오면 부모님을 풀어준다기에 담양 부사가 준 사향을 시마즈 요시히로 휘하 장수에게 갖다 주고 부모님을 풀어달고 했더니, 사향을 받아 챙기고는 어디서 구했는지 물었다. 추월산에서 구했다고 했더니 조건을 걸었다. 추월산에 의병이 숨을 만한 곳, 4군데 이상을 알아 와야 부모님을 풀어주겠다고 했다. 두 번째 추월산에 왔을 때는 그것 때문이라고 했다. 부모님을 살리고 싶은 마음에 추월산 정보를 구체적으로 전해 주었다. 하지만 부모님이 일본으로 팔려갔다는 것을 뒤늦게 알았다. 속았다는 사실에 분통이 터졌다. 떡배는 포로로 잡혔다. 왜군 영내에서 부모님 행방을 백방으로 수소문하던 중 정유재란이 터졌다. 시마즈 요시히로 휘하 장수가 김덕령 장군의 부인이 있는 담양으로 갈 거라며, 총구를 떡배 등 뒤에 겨누고 떡배를 앞세웠다. 시마즈 요시히로가 부하들에게 지시했다. 장군의 부인을 사살하지 말고 반드시 생포하라고.

"왜?"

능주는 왜군이 들을지 몰라 귓속말로 물었다.

"욕보일라고 그런 기잖아요? 사향을 취음재로 쓰려한다고 했잖아예?"

"이런 우라질 놈들!"

"살아서도 욕보지만, 죽어도 그냥 두지 않습니더. 전과물로 보내려고 모두 코를 베어갑니더. 애도, 노인도, 여자도 가리지 않습니더! 닥치는 대로 베어갑니더. 그러니 얼른 피해야한다 아입니꺼!"

능주는 기가 막혀 말문이 열리지 않았다. 민경이에게 어떤 치욕이 생길지 암담했다. 민경이가 생포된다면 번연히 자결하겠지만, 그건 차후였다. 생포되지 않아야 했다. 죽지도 않아야 했다. 덕령이 시신도 온전치 않았는데, 민경이마저 그런 꼴을 당하게 할 순 없었다. 냉큼 피신시켜야 했다. 위치가 노출되었으니 석굴 안에 있게 할 수는 없었다. 능주는 석굴 안으로 고개를 들이 밀고 위치가 노출되었다고 당장 나와서 다른 곳으로 피하라 했다. 죽으면 코까지 베어간다고 하니 멀리 피해야 한다고 했다. 생포해서 능욕을 보이려고 한다고도 했다. 능주는 두서없이 빠르게 전하고 고개를 빼내 떡배에게 말했다.

"일단 너도 빨리 피해라. 지리는 잘 알 재?"

능주는 떡배 등을 떠밀었다. 떡배는 가지 않았다.

"행님, 이렇게 하입시더."

"어떻게?"

"제가 반대쪽으로 유인을 할랍니더. 행님은 마님을 안전한 곳으로 피신시키십시오."

떡배가 제안한 것은 장끼 역할이었다. 장끼는 암컷이나 새끼들의 은신처를 보호하려고 먼저 날아올라 포수나 적들을 유인하는데, 떡배가 그 방법을 제안한 것이었다.

"그건 내가 할랑께, 너는 빨리 피하라니까!"

능주가 작지만 단호하게 말했다.

"볼장 다 봤으니, 어차피 내도 죽일 겁니더. 이 참에 은혜라도 갚고 싶습니더!"

"은혜라니?"

"생향을 선뜻 내주셨잖습니꺼? 그런 은공을 모르면 사람도 아니지예."

"알았으니까, 일단 피하고 보세."

석굴에서 능주 일행이 나왔다. 눈발이 굵어져 있었다. 어제의 진눈깨비가 아니었다. 능주는 일행에게 위쪽으로 가라고 손짓했다. 석청이 있는 암벽 위였다. 민경이에게 위치를 알려주었으니 가는 길은 잘 알 것이다. 민경이 일행이 위쪽으로 향하는 곳을 보고 능주는 냉큼 아래로 내달렸다. 떡배도 능주를 따라 날렵하게 따라왔다. 이백 보나 뛰었을까. 족히 백여 명이 넘는 왜군이 조총을 앞에 들고 떼 지어 올라오고 있었다. 능주와 떡배는 옆으로 방향을 틀어 냅다 뛰었다. 바위가 지천이라 제대로 속도를 낼 수 없었다. 자칫 중심을 잃어 발목이 삘지도 몰랐다. 하지만 그런 걱정은 필요 없었다. 총탄이 이미 몸에 박혔으니까. 탕! 탕! 탕! 탕! 총소리가 추월산의 고요를 헤집었다. 유난히 크게 들렸다. 능주와 떡배는 그 자리에서 고꾸라졌다.

민경이는 또다시 들려오는 총소리에 가슴이 철렁했다. 석청이 있는 암벽 위에 다다른 민경이는 망연자실한 표정으로 철퍼덕 주저앉아 있었다. 한 손에는 꿀단지 보자기를 들고 있었다. 민경이는 이동 중에도 단지가 깨질까 봐 무척 신경 썼다. 잠깐 방심한 통에 능주도 단지를 깨버렸다 하지 않았던가. 단지를 만져보니 다행히 이상은 없었다. 민경이보다 먼저 암벽 위에 도착한 김웅회도, 노모도, 걸음을 멈추고 서서 움직일 생각을 하지 않았다. 올케들은 보이지 않았다. 차라리 잘 되었다 싶었다. 분산되면 어느 한쪽은 살아날 가능성이 크니까. 그때 총소리가 들렸다. 능주가 걱정이었다.

"능주 아저씨!"

민경이가 목 놓아 불렀다.

"능주 아저씨!"

능주가 대답을 않자 더 크게 불렀다.

"능주 아저씨!"

민경이가 고함쳤다. 김응회도 노모도 말리지 않았다. 두 분도 능주가 자기들을 위해 희생되었다는 것을 잘 알기 때문일 터였다. 소나무와 같은 상록수는 별로 없었다. 벌거벗은 나무가 지천이었다. 왜군에게 발각되기 십상이라 더 이상 도망 다닌다는 게 무의미하다고 생각했는지도 몰랐다.

"아저씨! 괜찮으세요?"

고래고래 고함을 쳤지만 능주의 대답은 들려오지 않았다. 심장에 구멍이 숭숭 뚫린 것 같았다. 자기를 위해 고생, 고생, 개고생을 했는데도 부족해, 끝까지 자기를 지켜주려 하다니. 울컥, 가슴에서 뜨거운 감정이 솟구쳤다. 덕령이가 있다면 이백 근짜리 쌍철추와 오십 근짜리 철병도를 휘둘러 왜군을 단숨에 궤멸시킬 텐데. 어젯밤에도, 지금도, 덕령이는 보이지 않았다. 자기전에 능주가 그랬다. 장군님이 워낙 출중하셔서, 임금님이 자기를 지켜달라고 장군님을 곁에 두었을 거라고. 조총으로 무장한 왜군이 아니냐고. 장군님이 아니면 누가 임금님을 지켜드리겠냐고. 그런 이유가 아니라면 왜군이 있는데 장군님이 나타나지 않을 리 없다고 했다. 민경이는 고개를 끄덕였다. 사내대장부라면 아내보다 당연히 임금님이 먼저여야 한다고 생각했다. 덕령이가 둘도 없는 사내대장부이니, 덕령이는 그 길을 택해야 했다. 그런 연유라면 얼마든지 이해할 수 있었다. 그 말이 진짜인 것 같기도 아닌 것 같기도 했다. 하지만 이제는 그 말이 진짜가 아닐 수도 있다고 생각했다.

덕령이가 윤곽이 없는 희미한 얼굴로 나타났다. 두 다리가 없어서 한 걸음도 걷지 못해 가고 싶어도 갈 수가 없었는데, 자네가 못 알아볼까 봐 썩지도 않고 있었는데, 이제나 저제나 하며 눈을 벌겋게 뜨고 기다리고 있었는데, 왜 한 번도 찾아오지 않느냐고 퉁을 놓았다. 민경이는 추월산에서 내려가면 즉시 다녀가겠다고 했다. 꿈이었다. 너무나 생생해서 현실 같았다. 덕령이가 꼭 옆에서 말한 것 같았다. 민경은 덕령이를 만났다는 생각에 가슴이 부풀었다. 다시 잘 수가 없었다. 밤새 뒤척일 수밖에 없었다.

꿈에라도 덕령이를 다시 보고 싶었다. 새우잠 자세로 뒤척이던 민경이는 무릎과 얼굴이 맞닿을 정도로 더욱 몸을 웅크리고 눈을 감았다. 입구에 피웠던 모닥불의 열기는 식은 지 오래였다. 등잔불과 일행의 열기만으로는 석굴을 따뜻하게 할 수 없었다.

석굴에 냉기가 흘러넘쳤다. 능주 말대로 추위에 대비해 있는 대로 옷을 껴입고서 자리에 누웠지만, 살집이 없는 몸이라 추위가 혹독하게 느껴졌다. 이를 악물고 견디다, 설핏 잠이 들었는데 꿈을 꾼 것이었다. 그 짧은 만남이 너무도 아쉬워 다시 꿈을 꾸려고 잠들기를 시도했지만, 외려 정신이 말똥말똥했다. 너무 추워서 그랬는지 몰랐다. 끝내 다시 잠들지 못하고 있는데, 능주가 당장 나와서 다른 곳으로 피하라고 해서 석굴을 빠져나왔다.

민경이는 이를 악물고 가파른 길을 기어 올라갔다. 암벽 위로 올라가면 덕령이가 기다리고 있을 것 같았다. 아니면 덕령이가 어디에 있는지 환히 내려다보일 것 같았다. 턱밑까지 차오르는 숨을 참고 손과 양발을 이용해 겨우 겨우 올라왔다. 뾰족한 나무에 찔려 몸이 생채기 투성이지만 한 손에는 석청 단지를 들고, 다른 손으로는 나무 밑동을 잡아당기고, 발로는 땅, 바위, 나무 등을 밀어가며 힘겹게 올라갔다. 암벽 위에 가까워지자, 드디어 덕령이를 볼 수 있다는 생각에 오히려 몸이 가벼워졌다. 암벽 위에 올라서서 부푼 마음으로 인근을 톺아보던 민경이는 덕령이가 보이지 않자 털썩 주저앉고 말았다.

그리고 총소리를 들었다. 정신이 번쩍, 들었다.

또, 총소리를 들었다.

둔탁한 몽둥이로 머리를 가격 당한 듯했다. 능주가 총에 맞아 죽었기에 대답을 하지 못했다는 생각이 들었다. 총소리가 민경이 정신을 되돌리기라도 한 듯 그제야 덕령이가 이 자리에 영영 못 오겠구나, 싶었다. 사실은 꿈을 꾸고 난 후에 어느 정도 사실을 받아들이게 되었다. 어쨌거나 하늘이 무너지는 듯했다. 그 어떤 생각도 들지 않았다. 은장도만 떠오를 뿐이었다. 김세근 장사가 전사하자, 그의 부인은 초혼장을 지내고 자결했다고 했다. 김세근 장사의 부인처럼 민경이도 자결을 생각했다. 하지만 품에 은장도가 없었다. 석청 단지뿐이었다. 은장도가 없다면 단검으로 하면 되지. 민경이는 능주가 항용 단검을 품고 산에 오른다는 것을 알고 있었다. 아까는 능주의 생사가 걱정돼 불렀지만, 이제는 단검이 필요해 능주를 불러야 했다.

"능주 아저씨!"

능주 목소리가 들려오지 않았다.

"능주 아저씨!"

여전히 대답이 없었다.

"능주 아저씨!"

메아리조차 돌아오지 않았다.

더 이상 부를 기운도, 움직일 기력도 남아있지 않았다. 일어서야 하는데, 서는 것조차도 힘들었다. 민경이는 눈을 감고 광옥이를 떠올렸다. 용의주도한 오라버니가 걱정 말라고 했으니 광옥이는 안심이었다. 광옥이가 용안으로 떠난 후 속으로 얼마나 울었는지 몰랐다. 광옥이를 잡으러 올까 봐 얼마나 노심초사한 나날을 보냈는지 몰랐다. 수리동산에서 덕령이를 기다리다가 군복 차림의 무리가 눈에 띄면 얼마나 가슴을 졸였는지 몰랐다. 하지만 다행히 광옥이를 잡으러 군인들이 들이닥치지는 않았다. 이제는 광옥이가 안전하다는 생각에 왜 이렇게 마음이 차분하고, 편안해지는지 모르겠다.

그래도 광옥이가 눈에 밟혔다. 민경이는 광옥이가 어떻게 지내고 있을지 떠올렸다. 오라버니에게 광옥이가 덕령이 후손이어서는 절대로 안 된다고 신신당부했으니, 광옥이는 덕령이 후손인 광산김씨는 아닐 것이다. 틀림없이 다른 성씨로 살아가고 있을 것이다. 그렇다고 광옥이가 덕령이 후손이 아닐 수는 없다. 광옥이도 쉽사리 그걸 잊지 않을 것이고, 덕령이가 아버지란 사실을 부정하지도 않을 것이다. 다만 입 밖으로 드러내지 않을 뿐이리라. 역모자의 후손이라고 광옥이가 잡혀가지 않았으니 역모자의 아들이라고 낙인찍힐 일도 없을 것이다. 어쨌거나 대가 끊어지지 않을 테니, 며느리의 의무는 다 한 듯싶었다.

광옥이를 한 번만이라도 보았으면 하는 아쉬움이 남았다. 하지만 그보다는 미안함이 더 컸다. 덕령이의 무사귀환만을 빌고 빌었기 때문이었을까. 아니면 광옥이가 꼭꼭 숨어서 안전하게 살아가고 있다고 믿었기 때문일까. 민경이는 광옥이 꿈을 한 번도 꾸지 않았다. 아들 광옥이보다 남편 덕령이가 언제나 우선이었다. 광옥이는 안전하다는 생각 때문이었지만, 그게 아니라도 덕령이가 더 그리웠고, 더 기다려졌고, 더 걱정이었다. 광옥이를 조금만 더 생각했다면 꿈에서라도 만날 수 있었을 거 아닌가. 꿈에라도 만났으면 좋았을 걸 하는 후회가 끓어올랐다. 광옥이가 이해해주겠거니 하면서도 미안함 마음이 가시지 않은 건 어쩔 수 없었다.

연기 냄새가 났다. 어디선가 불이 난 모양이었다. 허둥지둥 올라오느라 급급해 주변을 살피지 못했는데, 보리암이 불타고 있거나, 왜군이 석굴 안으로 불을 지폈는지도 몰랐다. 석굴 안에 있었다면 열기에 피부가 익었을 것이다. 석굴을 잘 빠져나왔다는 안도감도 잠깐, 석굴에 남아 있을 경우를 상상하니 몸이 으스스 떨렸다. 생각만으로도 이러는데. 장군님은 생살이 타고, 껍질이 벗겨질 때 얼마나 아프셨을까. 생 다리가 부러졌을 때는 또 얼마나 아프셨을까. 통증을 참으시느라 또 얼마나 힘들었을까.

민경이는 덕령이가 겪었을 고초를 상상했다. 온몸이 바스러지는 듯했다.

"저기 있다, 생포하라!"

왜군의 소리에 번쩍 눈을 떴다. 난생처음 본 무기를 든 왜군 무리가 암벽 위쪽으로 허겁지겁 몰려오고 있었다. 투구는 쓰지 않았고, 머리카락은 가운데를 홀라당 밀어버려 의병군과 차이가 확연했다. 원색이 가미된, 한복의 두루마기 같은 옷이 눈에 들어왔다. 색상은 조악해 보였다. 의상으로 미루어 짐작해도 의병이 아님은 틀림없었다. 김응회도 왜군이라고 알려주었다.

'능욕을 당할 수는 없다.'

민경이는 코는커녕, 머리카락 한 올이라도 왜군의 손에 넘길 수 없다고 생각했다. 낭떠러지로 몸을 던지면 어떤 게 코인지 알아볼 수 없을 정도로 머리가 산산이 박살 날 것이다. 그렇다면 은장도가 없어도 되지 싶었다. 왜군 때문에 덕령이를 잃었는데, 그런 왜군을 처단하지는 못할망정 전과물로 코까지 베어 가게 할 수는 없었다.

민경이는 단지를 들고 기를 쓰고 일어났다. 현생에 전해드리지 못했으니 내생에서라도 전해드리고 싶었다. 민경이는 절벽 앞으로 서서히 다가갔다. 눈발이 굵어지고 있어 미끄러웠다. 민경이가 눈에 미끄러져 휘청, 했다. 행여나 깨질까 봐 민경이는 단지를 품에 꼭 안았다. 이내 일어서서 중심을 잡고 걸었다. 멈추라는 왜군의 소리가 다급하게 들렸다. 아래쪽으로 시선을 돌렸다. 불타는 보리암이 눈에 들어왔다. 민경이는 내심 내장까지 얼었다고 느껴질 정도로 춥다고 느끼고 있었다. 이가 부딪치는 소리가 새 나가지 않게 하려고 얼마나 이를 악물었는지 몰랐다. 그래서일까. 불길이 멀게도, 무섭게도, 느껴지지 않았다. 마치 바로 눈앞에서 활활 타오른 듯했다.

불길 속으로 나비처럼 훨훨 날아갈 수 있을 것 같았다. 마지막은 따뜻할 것 같았다. 불길 속으로 날지 못하더라도, 불길이 번져 자기를 남김없이 태우기를 바랐다. 그렇다면 코는 물론이려니와 머리카락 한 올도 왜군들이 가져가지 못할 것이다. 불길이 몸으로 옮겨 붙어 활활 타오르는 상상을 했다. 왜군들이 허망한 표정으로 발길을 돌리는 모습을 떠올리니 그나마 다행이라는 생각이 들었다. 망설일 이유가 없었다. 왜군들이 손에 잡힐 듯 간격을 좁혀왔다. 민경이는 불길을 향해 휙, 몸을 날렸다. 조총 소리가 셀 수 없이 들려왔다. 총탄에 맞은 느낌은 없었다. 사금파리가 깨지는 소리와 동시에, 퍽 소리가 여명이 밀려오는 추월산에 울려 퍼졌다. 퍽, 퍽. 연이어 허공을 가르는 둔탁한 소리가 허공에 울려 퍼졌다. 단말마조차 들리지 않았다. 총소리만 난무할 뿐이었다.

보리암에서 시작된 연기가 계속 암벽으로 올라왔다. 연기 때문일까. 총소리 때문일까. 총탄이 벌집 입구 암벽에 집중되어 벌이 깜짝 놀랐는지도 몰랐다. 동면에 들어간 벌들이 모두 깨어난 모양이었다. 벌들이 다투어 바위틈에서 나왔다. 총소리에 놀라 도망치려고 나왔을지도 몰랐다. 아니면 석청꾼이 훈연기를 피우고, 망치로 벌집 입구를 땅, 땅, 두드리며, 깨부수는 중이라고 판단해 때지어 공격하러 나왔을지도 몰랐다. 그것도 아니라면 꿀단지에서 흘러나오는 석청의 냄새 때문인지도 몰랐다. 불타는 보리암에서 전해지는 열기에 봄이라고 착각했는지도 몰랐다. 어쨌거나 수천 · 수만 마리의 벌이 연기를 피해 직벽 아래로 모여들었다. 연기는 위로 올라가기 마련이라, 바닥에는 연기가 없었다. 탐스러운 함박눈이 민경이 위로 소담소담 내렸다. 헤아릴 수 없이 많은 벌떼가 민경이를 에워쌌다. 함박눈과 벌들이 갈마들며 민경이에게 내려앉았다. 벌들이 바닥에 흥건한 석청으로 분주히 오갔다. 석청에서 날아올라 민경이 몸에 내려앉은 벌 떼가 끝없이 봉교를 뿜어내, 민경이를 빈틈없이 발라주었다.

에필로그

　김덕령 장군의 묘를 이장하려고 관뚜껑을 열었을 때, 장군은 육탈이 되지 않은 채로 있었다. 관에 물이 가득 차 있었다. 378년 동안 관에 고여 있던 물. 사람들은 불로장생의 약수며, 만병통치의 약과 같다고, 부리나케 집으로 달려가 병을 가져왔다. 당시에 흔하디흔한 삼학 소주병이었다. 사람들이 줄을 서서 수십 병의 물을 받았다. 직계가 아니라는 이유로 이장 통보를 받지 못한 탓에 그 줄에는 민경(흥양 이씨)의 후손이라고는 한 사람도 보이지 않았다. 수십 명이 늘어선 긴 줄에, 단 한 사람도 없었다.

⊙ – 작가의 말

1960년대를 전후로 태어난 세대는 위인전에 익숙하다. 위인은 역사적으로 훌륭한 업적을 이룬 뛰어난 분이고, 위인전은 이들의 일대기를 기록한 전기다. 부모는 자녀가 훌륭하게 자라기를 바라며 위인전을 구매하곤 했다. 번지르르한 전질을 구입해 전시하듯 책장에 꽂아둔 가정이 있었고, 한 권도 구입하지 못한 가정도 있었다. 학교에서는 방학 숙제로 위인전 독후감이 거의 필수였다. 숙제 때문이거나 위인전을 읽고 싶어, 갖은 아양을 떨고 얄궂은 심부름까지 들어주고 빌렸다가 김칫국이나 오물이 책에 묻어 된통 혼난 이도 있었다.

우리나라에도 각계각층의 위인이 많다. 단군, 광개토대왕, 주몽, 이성계, 세종대왕 같은 군주와, 이순신, 강감찬, 김유신, 을지문덕 같은 장수, 정약용, 이황, 황희 같은 학자도 위인이다.

위인은 책에서만 접할 수 있는 게 아니다. 지폐와 동전에도 위인이 등장한다. 오만 원 권에 신사임당, 만 원권의 세종대왕, 오천 원 권에 이이, 천 원 권에 이황, 백 원짜리 동전에 이순신이 그렇다. 위인전은 매일 휴대하고 다닐 수 없지만 동전이나 지폐는 매일 휴대하고 다닌다. 어쨌든 우리는 간접적으로나마 매일 위인을 접하고 있는 셈이다. 그래서일까. 우리는 위인에 깊이 관심을 기울이고 열광하지 범인에게는 눈길조차 주지 않는다. 범부 없이 위인이 탄생할 수 없는데도 말이다.

김덕령 장군은 위인이다. 그의 부인 흥양이씨는 범부다. 위인인 김덕령 장군의 일대기는 널리 알려져 있으나 우리 대부분은 그 부인의 이름조차 기억하지 못한다. 분명 이름이 있었을 것인데도 흥양이씨로 통했고, 아직도 통하고 있다. 필자는 위인이 아닌 범부의 일대기를 그려보고 싶었다. 생과 사가 직면한 적장을 밤낮없이 남편이 누볐을 때, 가슴 졸였을 수많은 나날, 역모자로 몰린 남편이 억울한 희생을 당했을 때의 비통함, 왜군의 추적을 피해 끝내 절벽 아래로 투신할 수밖에 없었던 그녀의 애잔한 삶을 미약한 필력으로나마 꾸며보고 싶었다. 범부인 홍양이씨의 삶에 작은 관심을 갖기를 바라는 마음으로.

2024년 가을

홍양이씨 순절비가 있는 추월산 기슭에서

초판 1쇄 인쇄 2024년 11월 21일
초판 1쇄 발행 2024년 11월 28일

지 은 이 강성오
펴 낸 이 임성규
펴 낸 곳 다인숲
디 자 인 정민규

출판등록 2023년 3월 13일 제2023-000003호
주   소 62357 광주광역시 광산구 월곡산정로 20-49 101동 106호
전자우편 a-dream-book@naver.com

*책 가격은 뒤표지에 표시되어 있습니다.
*지은이와 협의에 의해 인지는 생략합니다.
*잘못된 책은 교환해 드립니다.

ISBN 979-11-988967-5-9 03810